grafit

Chemnitzer Str. 31, D-44139 Dortmund
E-Mail: Grafit-Verlag@t-online.de
Internet: http://www.grafit.de

Umschlagzeichnung: Peter Bucker unter
Verwendung eines Fotos von Jochen Brennecke
Druck und Bindearbeiten: Fuldaer Verlagsanstalt
ISBN 3-89425-053-4
5. 6. / 2002

Horst Eckert

L. L.

Annas Erbe

Kriminalroman

grafit

Der Autor:

Horst Eckert wurde am 7.5.1959 in Weiden (Oberpfalz) geboren. Er studierte in Erlangen und Berlin Politische Wissenschaft. Seit 1987 lebt er in Düsseldorf und arbeitet in Köln als Fernsehjournalist.

Vielen Dank an Kathie, Klaus, Henning und Michael für ihre Unterstützung.

Eva

1.

Er spürte den beißenden Gestank, der von draußen über den betonierten Vorplatz wehte und durch die Ritzen der Fenster in den Raum drang. Vielleicht war es auch der Arbeiter, dem der Ätzgeruch anhaftete wie das Himmelblau seiner Latzhose.

Der Mann kauerte ihm gegenüber und war so blaß, als würde er im nächsten Moment ohnmächtig werden. Der Schock saß ihm sichtbar in den Knochen. Das Grauen, das er an diesem Morgen gesehen hatte, war bei weitem schlimmer als all der Dreck und Gestank, dem der Deponiearbeiter Tag für Tag ausgesetzt war. Thann hatte Mitleid mit dem Mann.

»Setzen wir uns erst mal. Wir müssen die Befragung nicht gleich machen. Wenn Sie wollen ...«

»Nein, danke, Herr Kommissar. Es geht schon.«

Thann sah aus dem Fenster des Personalraums. Ein himmelblau gestrichener Mülltransporter fuhr draußen am Pförtnerhäuschen vorbei aufs Gelände. Die Aufschrift in Großbuchstaben: A & F ENTSORGUNGSDIENST – SICHER UND SAUBER. Zwei Männer in ebenfalls himmelblauen Overalls stiegen aus und gingen zum Pförtner. Der Fahrer gab Gas und fuhr hinüber zur Deponie, eine schwarze Rußwolke zurücklassend. Hinter dem Transporter senkte sich die Schranke.

»Wann haben Sie ...«, Thann zögerte, »... den Fund gemacht?«

Der Mann sah auf die Uhr über der Tür. »Vor einer dreiviertel Stunde, genau um acht. Es wurde gerade hell. Ich lief dann sofort hierher und rief die Polizei.«

Er hatte seine Planierraupe mitten auf der Deponie stehen lassen und war den ganzen Weg durch den tiefen, aufgeweichten Dreck zurückgerannt. Völlig von Sinnen. Nur allmählich war er etwas ruhiger geworden. Leise erzählte er weiter: »Ich sah ihn im Licht der Scheinwerfer. Ich war gerade beim Verdichten. So nennen wir das, wenn wir den Abfall zusammenschieben in eine Mulde. Und dabei fahren wir immer wieder hin und her, hin und her, damit das Volumen weniger wird, damit mehr auf die Deponie draufgeht.« Seine Hände arbeiteten, als wollte er die Luft verdichten.

Thann nickte. »Haben Sie eine Vorstellung, *wie* er auf die Deponie gekommen ist?«

Der Arbeiter schluckte. »Nein, keine Ahnung.«

Die Tür ging auf. Schneider und Dalla.

Dalla fuhr sich mit der Hand durch die zerzausten Haare. »Der Pförtner will von nichts etwas wissen, die anderen, die gerade kamen, auch nicht.«

Schneider ergänzte, die Mundwinkel zynisch nach unten gezogen: »Draußen haben sie weitere Teile entdeckt. Scheinen zusammenzugehören.«

»Ist gut, dann laßt uns noch mal rausfahren.«

»Okay, Chef.«

Thanns Magen krampfte sich zusammen. »Schneider, laß das!«

Zum ersten Mal hatte der Leiter des K1 ihm, dem jüngsten Oberkommissar, die Führung einer Mordkommission übertragen. Schneider und Dalla, beide im selben Dienstgrad, waren etwa zehn Jahre älter als er. Spott in jedem Wort, in jedem Blick der beiden.

Der Himmelblaue stand plötzlich auf, murmelte eine Entschuldigung und eilte zur Toilette. Es war etwas anderes als der Gestank, was ihm zu schaffen machte.

Sie fuhren mit ihrem Zivilwagen über die Deponie. Thann fühlte leichte Stiche in der Magengegend.

Es war der 13. Dezember, ein grauer Donnerstagmorgen. Ein schlammiger Pfad führte hinein in das Meer aus den toten Resten des Stadtlebens. Schwärme von Möwen kreisten über der Halde. Am Horizont flackerte das ewige Licht der Gase, die aus dem gärenden Leib der Deponie nach oben strömten, aufgefangen in einem Netz aus Rohren und ins Freie geführt von einem Kamin, an dessen Ende die Flamme, einmal entfacht, nie erlosch, weithin sichtbar von der Autobahn aus, die das Gelände auf einer Seite begrenzte.

Der Wagen hielt neben einer Planierraupe und drei Mannschaftswagen der Schutzpolizei. Möwengekreische, das Scharren der Schaufeln und Hacken, Blitzlichter und Flüche. Dreißig Beamte der Einsatzhundertschaft arbeiteten im Morast. Einige von ihnen hatten weiße Binden vor dem Gesicht.

»Verbandszeug. Damit wollen sie den Drecksgestank abhalten«, erklärte Dalla.

»Und, hilft's?« fragte Thann.

»Ach was. Das stinkt durch alle Poren durch. Schlimmer kann es in der Hölle auch nicht sein.«

»Dort drüben!« sagte Schneider und wies in Richtung des Polizeifotografen. Die Gruppe setzte sich in Bewegung, da ertönte weiter rechts ein Schrei.

»Hier ist das andere Bein!«

Einige der Uniformierten stapften auf den neuen Fund zu. Der Fotograf rammte sein einbeiniges Stativ in den weichen Grund. Wieder zerrissen Blitzlichter den Dämmer des Wintertages. Die anderen fuhren fort, im Müll zu graben. Nun setzte auch noch Regen ein.

Thann besah sich das, was der Müllarbeiter zuerst entdeckt hatte. Der Ort war mit einem Schild markiert. *Nummer eins*. Ein Kribbeln lief durch Thanns Körper. Der Regen lief ihm in den Kragen.

Blond und männlich, vermutete Thann. Sicher war er keineswegs. Die Haare und ein Teil des Gesichts waren verklebt mit schwarzem, geronnenem Blut. Das Kinn war rot angelaufen, die Haut an den Wangen und auf der Stirn mehrfach geschwollen und geplatzt. Die vorderen Zähne waren eingeschlagen, die linke Schädelseite zertrümmert. In seiner Vorstellung sah Thann eine Eisenstange oder einen Baseballschläger, mit Wucht geführt von einem Rechtshänder, der vor seinem Gegner stand, ausholte, den tödlichen Schlag gegen dessen Kopf setzte und, als dieser zu Boden ging, ein zweites Mal zuschlug und dabei die untere Gesichtshälfte traf.

In der Höhe des Kehlkopfes war der Hals abgetrennt. Wie das geschehen war, ging über Thanns Vorstellungskraft.

Um den Kopf hatte ein Kriminaltechniker die Markierung aus Kalk gestreut. Ein weißer Ring, der diesen menschlichen Überrest auf fast mystische Weise hervorhob. Thann stand wie gelähmt. Er vergaß Regen, Kälte und Gestank.

Gar nicht tot wirkten die Augen, die Thann entgegenstarrten. Das rechte war rot, blutunterlaufen und von einem roten Bluterguß umrahmt, der aussah wie ein Monokel. Das andere Auge war unversehrt. Beide fixierten ihn, als wollten sie ihn ansprechen, auf etwas aufmerksam machen. Wie ein letzter, verzweifelter Hilferuf des Opfers, persönlich an Thann gerichtet. Es dauerte eine ganze Weile, bis er sich bewußt wurde, daß er nur zufällig in die Blickrichtung der toten Pupillen geraten war, und auch dann schaffte er es nicht sofort, sich abzuwenden.

Es war das erste Mal, daß er als leitender Ermittler am Fundort einer Leiche stand, sein erster Mord. Thann schwor, diese Chance zu nutzen, der gesamten Kripo zu beweisen, was in ihm steckte. Der Spott sollte ihnen vergehen. Die Stiche im Magen nahmen an Heftigkeit zu.

Ein Kollege trat neben Thann. Er hatte die Hand in einer großen, transparenten Tüte, packte den Kopf bei den Haaren und stülpte beim Hochheben die Tüte über das Fundstück. Kaum mehr als eine flinke Handbewegung, ohne das Leichenteil direkt zu berühren, als hätte der Beamte Routine darin. In diesem Moment blitzte es, eine Kamera surrte kurz, es blitzte noch einmal. Thann fuhr herum. Das war *nicht* der Polizeifotograf. Es blitzte ein drittes Mal. Für einige Sekunden war Thann geblendet.

»WER SIND SIE? WIE KOMMEN SIE HIERHER?« schrie er ins Weiße und ballte die Fäuste.

»Presse«, antwortete der Fotograf und wedelte mit einer Art Ausweis. Sein Grinsen zeigte eine Zahnlücke. Über dem Pullover trug er eine khakifarbene Weste mit Dutzenden kleiner Taschen. Auf seiner Schirmmütze stand *BLITZ*.

Thann hätte ihn am liebsten in den Müll gestoßen. Eine Ader begann auf seiner Stirn zu tanzen. »Blutpresse. Die Schlagzeile größer als das Hirn der Verfasser. Euch hab' ich gern!«

Das Auto des Fotografen stand gleich neben ihrem Zivilwagen. Eine weiße Limousine mit Funktelefon und dem Namen der Zeitung auf der Tür.

Der Fotograf grinste noch immer. Thann packte ihn bei der Weste und schüttelte ihn. »Unerlaubtes Abhören des Polizeifunks und Behinderung der Ermittlungen!« Er bellte Schneider und Dalla an: »Stellt seine Personalien fest und überprüft sein Autoradio!«

Fast gleichzeitig ertönten die Rufe zweier Beamter. Nicht weit voneinander entfernt hatten sie die letzten noch fehlenden Teile der Leiche entdeckt. Der Polizeifotograf stieß weitere Schilder in den weichen Grund, die anderen Beamten beendeten ihre Grabungen. Kollegen in schwarzer Lederjacke oder grünem Parka näherten sich Thann. Sie stapften durch den weichen Morast, vermummt mit Mullbinden und Anorakkapuzen und mit Harken und Schaufeln bewaffnet.

Dalla kam vom Presseauto zurück. »Das Radio ist in Ordnung!«

»Ich glaube, wir müssen ihn laufen lassen, Chef«, sagte Schneider.

Thann ignorierte ihn und besah sich den Presseausweis. Udo Korfmacher, 30 Jahre alt. Der Fotograf ließ erneut seine Zahnlücke sehen, als Thann den Ausweis zurückgab.

Thann war machtlos. »Verschwinden Sie jetzt! Aber schnell!«

Er wandte sich an den Zugführer und die anderen umstehenden Beamten. »Die Suche wird fortgesetzt.« Murren und Flüche. »Achten Sie auf blutige Kleidungsstücke und mögliche Tatwerkzeuge sowie persönliche Gegenstände aus dem Besitz des Opfers, die der Täter möglicherweise auch hierher gebracht hat.« Thann nickte Schneider und Dalla zu. »Wir setzen die Befragung der Deponiearbeiter fort.«

Eine Windbö fegte über das Gelände, als sich die Beamten in Bewegung setzten. Der Regen war stärker geworden.

2.

Es war eine Besprechung unter vier Augen. Thann wischte sich an der Hose die Handflächen trocken, bevor er das Büro des Kripochefs betrat. Kriminaloberrat Bollmann, der nächste Vorgesetzte des Kommissariatsleiters, hatte Thann zu sich gerufen.

»Hallo Junior.« Bollmann streckte ihm seine Pranke entgegen.

Thann ließ sich von der väterlichen Art des Vorgesetzten nicht täuschen. Bollmann galt als der härteste Bulle des Präsidiums und als eiskalter Karrierist. Der Berater des Innenministers mit besten Aussichten, nächster Polizeipräsident zu werden, so hieß es.

Bollmann, groß und massig, aber nicht dick, ließ sich hinter dem Schreibtisch nieder. Seine kalten, graublauen Augen blitzten Thann an. »Mordfall Deponie – erzählen Sie mir alles!«

Thann schluckte. Er hatte nicht viel. »Der Tote ist ein männlicher Erwachsener. Er wurde erschlagen, die Leiche in sechs Teile zerlegt. Ein Deponiearbeiter fand den Kopf gegen acht Uhr heute morgen, als er mit seiner Raupe drüberfuhr. Die anderen Leichenteile konnten inzwischen aus dem Müll geborgen und vollständig sichergestellt werden.«

Das war bis jetzt alles. Eine vollständige Leiche. Bollmann nickte anerkennend, doch Thann wußte, daß er rasche Erfolge liefern mußte.

»Im Bereich des Fundortes konnten bislang keine Kleidungsstücke oder andere persönliche Gegenstände gefunden werden, die mit dem Toten in Zusammenhang stehen. Nach erster Leichenschau muß der Tod zwischen Mitternacht und höchstens fünf Uhr morgens erfolgt sein. Zu dieser Zeit arbeitete nur der Pförtner auf der Deponie. Er bewachte den Einfahrtsbereich und konnte nichts Ungewöhnliches beobachten.«

»Und was war das Gewöhnliche, was er beobachten konnte?«

»Sein Romanheft. Äh – ich meine nichts. Das erste Fahrzeug, das aufs Gelände fuhr, kam Viertel vor sechs. Auch die anderen Deponieangestellten haben nichts Ungewöhnliches festgestellt. Bis acht Uhr haben sieben Fahrzeuge Müll auf die Deponie gekippt. Die ersten vier davon zweimal. Alle brachten ihre Ladung in den Bereich des Fundortes, wo der Mann mit der Raupe arbeitete. Sein Dienstbeginn war um sieben Uhr. Auch in der Stadt hat keiner der Müllarbeiter etwas Verdächtiges bemerkt. Keine Blutspuren in irgendeinem Keller oder an einem Müllbehälter. Bis jetzt.« Thann dachte an die Augen der Leiche.

»Ich danke Ihnen.« Bollmann strich mit Daumen und Zeigefinger über seinen blonden, kurzgeschnittenen Schnauzbart. »Wie groß ist die Kommission zur Zeit?«

»Heute morgen waren wir nur zu dritt. Aber das reicht nicht aus.«

»In einer Stunde will ich Ihre Berichte auf meinem Schreibtisch sehen. Hauptkommissar Fendrich wird die Leitung übernehmen.

Thann schluckte. »Das ist mein erster Fall! Warum wollen Sie ihn mir wegnehmen? Ich ...«

Bollmann winkte ab. »Sie sind noch zu unerfahren, um einen Fall zu leiten, der so ungewöhnlich ist und auf so große Aufmerksamkeit in der Öffentlichkeit stoßen wird. Sie sind erst sechsundzwanzig. Sie werden noch genügend Gelegenheit bekommen, sich zu beweisen. Fendrich ist älter und hat die nötige Erfahrung.«

Thann spürte sein Herz klopfen und seine Gedanken rasen. Fendrich, der Schleimer. Ein hohler Sprücheklopfer mit braungebrannter, durchtrainierter Fassade. Wie konnte sich der Kripoleiter von dessen aalglattem Getue blenden lassen? Thann geriet in Fahrt.

»Herr Bollmann, ich mag noch jung sein, aber ich bin jetzt seit vier Jahren bei der Kripo. Ich habe Erfahrung, und in welcher Dienstvorschrift steht, daß Jugend ein Fehler ist? Sie waren auch erst sechsundzwanzig, als Sie Ihren ersten Mordfall aufklärten.«

Bollmann lachte. »Mein erster Fall war einfach, die Fakten waren nach drei Tagen klar. Hier haben wir nur eine Leiche, die keiner kennt und die nur durch einen dummen Zufall überhaupt entdeckt wurde. Junior, das ist eine Nummer zu groß für Sie.«

»Geben Sie mir wenigstens drei Tage, so lange wie Sie damals brauchten.«

Bollmann beugte sich vor und musterte Thann. »Sie sind ehrgeizig, das mag ich. Aus Ihnen wird noch was. Es gibt nicht viele, die mit Ihrem Eifer Polizeidienst tun. Der K1-Leiter mag Sie auch, stimmt's?«

Kalte, stahlblaue Blitze. Thann wußte nicht, was er sagen sollte.

»Also gut. Drei Tage.«

Thann atmete auf. Seine Hände waren längst wieder feucht geworden.

»Aber passen Sie auf. Verrennen Sie sich nicht in vage Ideen. Bewahren Sie kühlen Verstand. Kein Wort zur Presse. Sie berichten mir täglich. In drei Tagen können Sie etwas vorweisen. Wenn nicht, dann treten Sie wieder ins zweite Glied zurück. Oder Sie nehmen Ihren Weihnachtsurlaub. Verstanden?«

»Ja, Herr Bollmann.«

»Was haben Sie als nächstes vor?«

»Schneider und Dalla überprüfen die Vermißtenliste. Ich spreche mit dem Gerichtsmediziner.«

»Wer macht die Obduktion?«

»Rosenbaum.«

»Gut, der Alte hat Erfahrung. Und weiter?«

»Ich brauche zwanzig Beamte, die die Routen der Müllabfuhr abklappern, Anwohner befragen und die Müllbehälter nach Spuren absuchen, besser dreißig.«

Die blauen Blitze stachen hart. »Schwachsinn! Den Aufwand können wir uns nicht leisten. Das würde viel zu lange dauern. So viele Beamte haben wir gar nicht. Konzentrieren Sie sich lieber auf die Vermißten. Befragen Sie noch einmal den Pförtner und die anderen auf dem Gelände. Vielleicht geschah der Mord vor Ort. Überprüfen Sie die Umzäunung. Befragen Sie Nachbarn der Deponie und den Geschäftsführer der Betreiberfirma. Und noch einmal: Vorsicht im Umgang mit der Presse. Hätten Sie den Fundort ordnungsgemäß absperren lassen, wäre Ihnen nicht diese dämliche Panne mit dem Fotografen passiert. Bis auf weiteres kann ich Ihnen neben Schneider und Dalla fünf weitere Beamte geben. Das muß genügen.«

Thann fühlte sich wie ein Schuljunge, als der Vorgesetzte ihm beim Abschied mit seiner schweren Pranke auf die Schulter klopfte. Die Panne mit dem Fotografen. Der Kripochef mußte einen Geheimdienst haben.

Thanns Magen schmerzte schon wieder.

3.

Im fensterlosen Obduktionssaal des rechtsmedizinischen Instituts war fast alles weiß. Bodenfliesen, Wände, Einrichtungsgegenstände, der Kittel des Gerichtsmediziners und auch dessen Haare. Die sterblichen Überreste des jüngsten Falls hoben sich blutigrot ab. Sie benötigten gleich zwei der blankgeputzten Stahltische. Sechs grob vom Deponieschmutz gereinigte Leichenteile, die nur entfernt an einen gesunden menschlichen Körper erinnerten, den das Opfer zu Lebzeiten besessen haben mochte.

Der Mediziner, rundlich, klein und dem Pensionsalter nahe, musterte Thann über seine runden Brillengläser hinweg. »Sie führen die Ermittlung?«

»Ja, wieso?«

»Viel Erfolg. Ein so bestialischer Fall ist mir noch nie begegnet.«

Stumm drehte der Arzt eine Runde um beide Tische, dann baute er sich neben dem einen auf, Thann den Rükken zuwendend.

Medizinerfloskeln zur Einleitung: »Natürlich stehe ich erst am Anfang der Untersuchung. Der Abschlußbericht wird Ihnen nicht vor morgen mittag vorliegen.«

Thann versuchte, seine Ungeduld zu zügeln. In diesem Fall war er völlig auf die Hilfe des Mediziners angewiesen. Alles was er hatte, war diese Leiche.

»Was ich Ihnen jetzt schon sagen kann, ist nicht viel.« Rosenbaum drehte sich um. Er verschränkte die Hände hinter seinem Kreuz, der Bauch spannte den weißen Kittel noch mehr als zuvor.

Ein Gockel, der sich aufplustert, dachte Thann.

»Kopf, Gliedmaßen und Rumpf gehören zu derselben Person. Das Opfer ist männlich, von schlankem Körperbau, etwa 1,75 groß, blond, bartlos und rund 50 Jahre alt, plus/minus fünf. Wir können dreierlei Verletzungen unterscheiden. Die, die dem Opfer vor dem Tod zugefügt wurden, die, welche zum Tode führten, und die, die dem Opfer nach dem Exitus zugefügt wurden.« Vorlesungston.

Rosenbaum wippte auf und ab. »Todesursache scheint eine Schädel-Hirnverletzung zu sein, bewirkt durch einen Schlag mit einem stumpfen Gegenstand auf die linke Kopfseite. An dieser Stelle finden sich keine Hämatome im Wundbereich. Um ein abschließendes Urteil abzugeben, bedarf es noch weiterer Untersuchungen. Inwieweit Drogen oder Gifte eine Rolle spielen, konnte ich bis zum jetzigen Zeitpunkt noch nicht überprüfen.«

Der Gerichtsmediziner setzte seine Wanderung um die Tische fort. Weit ausholende Gesten unterstützten seinen Vortrag. Thann lief hinterher, machte Notizen in seinen Ringblock.

»Der Tod ist zwischen Mitternacht und drei Uhr morgens eingetreten. An den Gliedmaßen beginnt sich jetzt allmählich die Totenstarre auszubilden. Post mortem wurde das Opfer zerstückelt. Nach erster Ansicht der Schnittstellen vermutlich durch eine Art Hacke. Das Gewebe ist zerrissen. Es finden sich zahlreiche Knochensplitter darin. Eine Säge beispielsweise hätte präzisere Kanten geformt.«

Rosenbaum bewegte ein Leichenteil. Thann konzentrierte sich auf den Ringblock.

»Ebenfalls post mortem wurden dem Opfer zahlreiche schwerste Quetschungen und Knochenbrüche zugefügt. Besser gesagt, den einzelnen Teilen. Stimmt es, daß eine Planierraupe über die Leiche gefahren ist?«

»Ja.« *Mach schon weiter, Doktor!*

Rosenbaum räusperte sich und verschränkte die Hände erneut im Kreuz. Ein Gockel in Weiß.

»Dem ersten Anschein nach«, er räusperte sich noch einmal und wippte weiter auf den Zehenspitzen, »scheinen die Leichenteile mit Gewalt in einen oder mehrere Behälter gezwängt worden zu sein. Arme und Beine wurden in unnatürlicher Weise angewinkelt. Zudem sind Oberschenkelknochen und Rippen zum Teil mehrfach gebrochen. Dies kann beim Transport der Leichenteile geschehen sein wie auch später durch die Behandlung mit der Planierraupe im Bereich des Fundortes. Die Wunden sind zum Teil stark verunreinigt gewesen. Diesen Konservendeckel habe ich zu Demonstrationszwecken im Oberschenkel belassen.«

Ein Sadist.

Thann schrieb in seinen Block und sah nicht hin.

»Kommen wir zu den Verletzungen, die dem Opfer vor dem Tod zugefügt wurden.«

Rosenbaum setzte seinen Rundgang um die beiden weißen Tische fort. Diesmal sah Thann hin. *Diese Augen.*

»Wie Sie sehen, erlitt das Opfer multiple Quetschungen und Prellungen im Gesichtsbereich. Einige der Hämatome sind fast vollständig ausgebildet. Zum größten Teil handelt es sich wahrscheinlich um Faustschläge und andere Schläge mit einem dumpfen Gegenstand. Ungewöhnlich sind diese Verletzungen: Parallele Risse oder Schnitte auf beiden Gesichtshälften. Ausgeführt mit einem Gegenstand mit zwei Klingen im Abstand von etwa einem Zentimeter.«

Als Thann den Kopf zum ersten Mal gesehen hatte, waren ihm diese Verletzungen unter all dem Blut und Dreck nicht aufgefallen. Jetzt sah er es deutlich: Sechs Schnitte auf der linken Seite, zwei zogen sich über die rechte Wange, etwa acht bis zehn Zentimeter lang.

»Die Tiefe dieser Schnitte beträgt etwa einen Zentimeter. Haut und Muskel wurden mehrfach durchtrennt.«

Rosenbaum zog die Wunde mit Daumen und Zeigefinger auseinander. Langsam, aber sicher wurde Thann übel.

»Ein Schlagring, vielleicht«, murmelte er.

»Ein ganz spezieller, vielleicht«, erwiderte der Mediziner. »Wie Sie weiterhin sehen, erlitt das Opfer beträchtliche Quetschungen im Genitalbereich. Vermutlich durch Schläge oder Tritte.«

Erneut fixierte er Thann über die Gläser seiner Brille hinweg. »Das Opfer wurde offenbar gefoltert, bevor es starb.«

»Wie lange?«

»Nach dem Blutaustritt ins Gewebe und den Schwellungen zu urteilen, wahrscheinlich mehr als eine Stunde.«

»Verdammt«, entfuhr es Thann. Die Spitze seines Bleistifts war abgebrochen. »Hat sich das Opfer gewehrt? Spuren unter den Fingernägeln?«

»Kaum. Nur einige Textilfasern. Befinden sich im Labor. Die Handgelenke weisen Scheuerspuren auf. Das Opfer scheint gefesselt worden zu sein.«

»Magen- und Darminhalt? Irgend etwas Auffälliges?«

»Der Magen enthielt Blut. Das Opfer aspirierte vor seinem Tod. Alles weitere wird gerade im Labor untersucht.«

Thann nahm sich vor, bei Gelegenheit einige medizinische Fachbegriffe nachzuschlagen. »Noch einmal zu den Schnittwunden, die Sie mir zeigten, Doktor. Haben Sie jemals eine Art Schlagring gesehen, die dafür in Frage kommt?«

Rosenbaum begann erneut zu wippen und zog eine seiner Augenbrauen in die Höhe. Er zögerte. »Nein, aber diese Art von Wunden habe ich schon einmal gesehen. Allerdings läßt es der gesunde Menschenverstand als unwahrscheinlich erscheinen, daß die beiden Fälle etwas miteinander zu tun haben.«

Ein Schauer lief über Thanns Rücken. »Welcher Fall war das?«

»Das muß jetzt etwa fünfundzwanzig Jahre her sein. Eine Frau, die von ihrem Liebhaber erschossen wurde. Kein Müll, keine Zerstückelung, schöne Leiche, klarer Fall. Man nannte den Fall nach seinem Tatort Friedrichstraßenmord. Die Leiche hatte ganz ähnliche Verletzungen. Aber, wie gesagt, lange her.«

Der Friedrichstraßenmord. Thann konnte mit dem Begriff etwas anfangen. Er nahm sich vor, die Akte zu besorgen Als er den weißen, nur durch wenige häßliche Fleischtöne verschmutzten Raum verließ, wünschte der Gerichtsmediziner ihm ein zweites Mal viel Glück.

Noch nie war ihm sein Büro so eng erschienen. Gut zehn Quadratmeter, vollgestellt mit alten Möbeln: Schreibtisch, Beistelltisch für die *Olympia*, Regal, ein schmaler Spind und zwei Stühle, einer auf Rollen, einer aus Holz.

Thann versuchte, seine Gedanken zu ordnen. Er öffnete die Rolladenfront seiner rechten Schreibtischhälfte, zog einen leeren Aktenordner heraus und griff nach dem Glas und der Weinbrandflasche, die er dahinter verbarg. Er goß sich ein, einen Finger hoch. Gegen den Ekel. Der erste Schluck des Tages. Noch während das heiße Gold die Kehle hinunterrann, spürte er den Großteil seiner Anspannung weichen. Für einen Moment schloß Thann die Augen, dann versteckte er die Flasche und das Glas. Er verwischte die Spuren.

Drei Tage hatte ihm Bollmann gegeben. Drei Tage, um zu zeigen, was er konnte. Zum ersten Mal in seiner Laufbahn witterte er eine Chance zu beweisen, daß er ein Kriminalbeamter mit Intelligenz und Spürsinn war. Andere machten ihre Karriere durch Sitzfleisch. Langsam, aber unaufhaltsam, alle fünf bis zehn Jahre einen Dienstgrad nach oben. Er wollte es durch Leistung schaffen. Und schneller.

Freunde hatte er im Polizeipräsidium keine. Die Jüngeren neideten ihm, daß er einer der letzten war, die ohne den Dienst bei der Bereitschaftspolizei direkt nach der Verwaltungshochschule in die gehobene Laufbahn eingestuft wurden. Die Älteren nahmen ihn nicht für voll. Einmal hatte Bollmann von ihm wissen wollen, warum er den Polizeidienst gewählt habe. Thann hatte etwas von »Verteidigung der demokratischen und freiheitlichen Werte« gesagt und sich gefragt, ob Bollmann diese Frage jedem stellte oder nur ihm, dem Außenseiter.

Tatsächlich war er zur Polizei gegangen, weil er nach dem Abitur nicht wußte, was er studieren sollte. Die Fächer, die ihn interessiert hatten, verbot der Numerus Clausus oder sie schienen als einzige Berufsperspektive den Job des Taxifahrers zu bieten. Als die Beamten vom Werb- und Auswahldienst in der Abiturklasse auftraten, entsann sich

Thann der Helden seiner Lieblingslektüre, der Cops im sonnigen Kalifornien, und wählte die Kombination aus kriminalistischer Spannung und sicherem Staatsdienst. Den Ausschlag für seine Entscheidung gab die Tatsache, daß er als Polizeianwärter keinen Militärdienst zu leisten brauchte. Nach vier Jahren im Kripo-Dienst war Thann klargeworden, wie weit sein Beruf von der Sonne Kaliforniens und dem Glanz der Helden seiner Jugend entfernt war. Krimis las er schon lange nicht mehr.

Der Weinbrand hatte seinen Magen mit Wärme gefüllt. Thann war sicher, daß er nicht vom Alkohol abhängig war. Immer, wenn er fürchtete, die Kollegen könnten von seinem regelmäßigen Konsum erfahren, setzte er ihn ab, für Tage, ja manchmal sogar für Wochen. Entzugserscheinungen hatte er dabei noch nie erlebt. Seit er dieses Büro für sich alleine hatte, stand die Flasche im Schreibtisch, mal als tatkräftige Helferin, mal nur als platonische Freundin.

Er griff ein zweites Mal zur Flasche. Ausnahmsweise. Einen Finger hoch, um den letzten Rest von Aufgeregtheit zu vertreiben. Er wollte cool sein, wenn er mit Schneider und Dalla, den beiden alten Hasen, zusammenarbeitete. Er wollte gelassen bleiben, nicht in Hektik geraten, auf keinen Fall unerfahren und lächerlich wirken. Er ärgerte sich über seinen Zusammenstoß mit dem Mann vom *BLITZ*, als er versucht hatte, den starken Mann zu spielen, und mit einer sinnlosen Überprüfung auf die Nase gefallen war.

Bollmanns Warnung: *Bewahren Sie kühlen Verstand.*

Bevor er sein Büro verließ, nahm er einen frischen Kaugummi, um seinen Schnapsatem zu verdecken. Die Sorte mit dem doppelten Pfefferminz-Effekt.

4.

»Ich habe Sie zu dieser Vorbesprechung eingeladen, da es wichtig ist, daß wir auf der anschließend stattfindenden Pressekonferenz die gleiche strategische Linie verfolgen, sozusagen mit einer Stimme sprechen. Der Polizeipräsident läßt sich entschuldigen. Er ist noch nicht so weit genesen, daß er den vollen Arbeitstag im Präsidium verbringen kann. Er hat mich gebeten, ihn zu vertreten.«

Bollmanns Stahlaugen blitzten in die Runde, sein Lächeln wirkte auf Thann künstlich. Es war eine kleine Versammlung. Thann erkannte neben dem Kripochef den Pressesprecher des Präsidiums und dessen Stellvertreter. Der Leiter des K1 fehlte. Urlaubsvorbereitungen, gerade jetzt. Stattdessen saß Hauptkommissar Fendrich in der Runde. Mit seiner Fönfrisur und der Solariumsbräune sah er aus wie ein Gigolo, nicht wie ein Bulle. Warum Fendrich? Eine kurze Verunsicherung, Thann wischte sie weg. *Er* hielt die Maschinerie am Laufen, setzte seit dem Morgen seine Leute ein, hatte die Fäden in der Hand. Zusätzlich zum Weinbrand brachte das regelmäßige Kauen des Pfefferminzgummis Beruhigung in seine Nerven.

»Am besten, der leitende Ermittler, Oberkommissar Thann, beginnt mit einem Bericht über den aktuellen Stand im Mordfall Deponie.«

Thann faßte zusammen, was Rosenbaum ihm am Mittag erklärt hatte. Er ließ Fotos der Leichenteile herumreichen. *Das Opfer wurde offenbar gefoltert, bevor es starb.* Lediglich die Schnittwunden im Gesicht und die Parallele zum Friedrichstraßenmord von 1968 erwähnte er nicht. Dann breitete er einen Plan der Deponie und ihrer Umgebung auf dem Tisch aus und schilderte, wie zur Stunde sieben Beamte beschäftigt waren, systematisch die Umzäunung der Deponie nach Spuren abzusuchen und Nachbarn zu befragen. Eine Reihenhaussiedlung reichte bis etwa dreihundert Meter an die Deponie. Etwa vierzig Familien wohnten hier. Bis zum Abend erwartete Thann die Rückmeldung der Beamten.

Die Überprüfung der Vermißtenmeldungen hatte noch nichts gebracht. Vier verschwundene Personen hatten Ähnlichkeit mit dem Toten, alle vier Meldungen stammten jedoch aus anderen Bundesländern und waren bis zu fünf Jahren alt. Thann hatte die Kollegen in den betreffenden Städten eingeschaltet. Wenig Hoffnung.

Er zog eine Zeichnung hervor. »So muß der Tote ausgesehen haben. Wenn man sich all die Verletzungen wegdenkt, meine ich. Anfang bis Mitte fünfzig, blond, etwa 1,75 Meter groß, schlank. Ich schlage vor, daß wir die Zeichnung an die Presse geben mit der Bitte um Mitarbeit. Wenn irgend jemand den Toten erkennt, sind wir ein entscheidendes Stück weiter.«

Thanns Vorschlag fand Zustimmung. Er war stolz auf seine Idee, den Polizeizeichner, beraten von Rosenbaum, die Gesichtszüge des Toten rekonstruieren zu lassen. Zwar hatte der Zeichner nur einzelne Merkmale zu einem Gesicht zusammengefügt, wie er es immer tat. Dennoch vermittelte das Bild den Eindruck, als hätte eine lebendige Person dem Zeichner Modell gesessen. Es war ein waches Gesicht, die Züge ein wenig bitter. Das Gesicht eines Menschen, der Ziele hatte, aber nur wenige davon erreichte. *Ein so bestialischer Fall ist mir noch nie begegnet.*

Der letzte im Kreis gab die Zeichnung zurück.

Thann startete einen zweiten Versuch, seinen Vorschlag vom Vormittag durchzubringen. »Ich neige zu der Ansicht, daß Fundort und Tatort nicht identisch sind. Möglicherweise haben der oder die Täter die Leichenteile, so makaber es klingt, einfach in die Mülltonne gesteckt. Es ist schade, daß das Präsidium nicht mehr Beamte aufbieten kann. Man sollte meiner Meinung nach alle Wohngebiete durchsuchen, deren Mülltonnen heute morgen geleert wurden. Das kann uns zum Tatort führen. Wir sollten in den betreffenden Straßen die Bevölkerung fragen.«

»Meine Herren, davon kann ich nur abraten«, meldete sich Bollmann zu Wort. »Wir müssen alles vermeiden, was die Öffentlichkeit in Unruhe versetzen könnte. Also: Keine Fotos von Leichenteilen an die Presse, kein Herumschnüffeln in Nachbars Müllbehälter.«

»Ich würde sogar sagen, wir bestätigen nur, was die Presse ohnehin weiß«, ergänzte der Pressesprecher. »Die Details, besonders die grausigen Details, behalten wir besser für uns. Das einzige, wovon wir uns einen Nutzen durch eine Presseveröffentlichung erhoffen können, sind Bild und Beschreibung des Toten.«

»Und wehe, Thann, du wiederholst vor all den Pressefritzen dein Bedauern über unsere Personalnot. Das heißt dann in der Zeitung: Die Polizei hat es nicht im Griff, Banden und Verbrecher regieren die Stadt. Der Innenminister kastriert uns höchstpersönlich, wenn wir unser Image beschmutzen. Uns alle, wie wir hier sitzen.« Fendrich. Die Übrigen lachten, die Runde begann sich aufzulösen.

Thann haßte Fendrich für seine Art, sich auf Kosten seiner Kollegen bei den Chefs beliebt zu machen. Die Männer schoben sich durch die Tür aus dem kleinen Besprechungsraum ins Konferenzzimmer.

Die Pressevertreter verstummten, als die Polizisten eintraten und Platz nahmen. Rund ein Dutzend Mikrofone in der Mitte des Tisches, der die Barriere bildete zwischen den Hütern der Ordnung und den Vertretern der öffentlichen Sensationslust. Der Stellvertreter des Polizeisprechers verteilte Kopien der Zeichnung. Eine junge Frau in engem Rollkragenpullover und mit großer Oberweite postierte ihr Aufnahmegerät auf den Tisch und trat zurück in den Hintergrund. Für einen Moment war es so still, daß Thann glaubte, den Motor des kleinen Rekorders hören zu können. Dann eröffnete der Pressesprecher die Sitzung.

Die Kompetenzen waren klar verteilt. Der Sprecher des Präsidiums schilderte kurz den Mordfall, Kripochef Bollmann sprach einige Worte zur Organisation der Ermittlungen, und Thann als Leiter der Kommission erklärte die gegenwärtigen Ermittlungsschritte und wies auf die Zeichnung hin. Nervenkribbeln, Kloß im Hals.

Die Neugier der Presse äußerte sich ebenfalls arbeitsteilig. Die leichten Fragen stellten die Schreiber der lokalen

Medien. Sie waren in der Mehrzahl. Die heiklen Fragen stellte der Reporter einer überregionalen Zeitung. Thann bewunderte die Routine des Polizeisprechers, der es schaffte, bei jeder Antwort das Eingeständnis zu vermeiden, daß sie nichts wußten und kaum etwas tun konnten.

Nur selten machte einer der Pressemenschen ein Foto. Die Zahnlücke Udo Korfmachers war nicht im Raum. Einer seiner *BLITZ*-Kollegen schien fürs freche Nachfragen zuständig. Er meldete sich als letzter Frager. »Stimmt es, daß das Opfer mißhandelt und zerstückelt aufgefunden wurde?«

Schwer gefoltert, bevor es starb.

Der Präsidiumssprecher antwortete ausweichend.

»Der etwa Fünfzigjährige, dessen Porträtzeichnung Ihnen vorliegt, wurde Opfer einer schweren Gewalttat, wie es Mord nun einmal leider ist. Die Spuren der Gewaltanwendung haben wir in der Zeichnung nicht berücksichtigt, denn es kommt uns in erster Linie darauf an, daß sich Leser Ihrer Zeitungen bei uns melden, die uns Hinweise auf die Tat geben können. Für die Veröffentlichung der Zeichnung möchte ich Ihnen jetzt schon danken.«

Der Bursche vom *BLITZ* ließ nicht locker.

»In wieviele Teile wurde das Opfer zerstückelt?«

»Kein Kommentar. Und jetzt bitte ich Sie um Verständnis, daß wir die Pressekonferenz für heute beenden. Wir haben noch viel zu tun. Ich danke Ihnen.«

Mit seiner Bewunderung über die souveräne Reaktion des Pressesprechers schien Thann allein dazustehen. Bollmann versprühte schlechteste Laune, als sie auseinandergingen.

»Die Schlagzeile seh' ich schon vor mir. 'Leiche zerstückelt, Polizei ratlos'. In großen Lettern über die ganze Titelseite!«

Auch der Sprecher schien unzufrieden. Mürrisch sagte er: »Ich tu', was ich kann. Jetzt tun Sie bitte das Ihre.«

Bollmann bohrte seinen Zeigefinger in Thanns Brust. »Morgen um halb eins erstatten Sie mir Bericht, Junior.«

Diesmal klang es gar nicht väterlich.

5.

»Was wollen Sie eigentlich noch? Ich habe Ihnen doch heute vormittag schon alles gesagt!«

Zweiunddreißig Deponieangestellte hatten Thann und seine Kollegen bereits befragt. So viele hatten an diesem Morgen auf der Deponie gearbeitet.

Es war die letzte Vernehmung an diesem Tag. Seit Stunden war es dunkel. Eine blanke Neonröhre und eine Schreibtischlampe Marke Ikea tauchten Thanns Büro in trostloses Licht. Er hatte Hunger und Magenschmerzen zugleich.

Thann erklärte seinem Gegenüber die Bedeutung des Falls. Er log, die Polizei würde diesen Fall mit höchster Priorität und noch nie dagewesenem Einsatz verfolgen.

»Aber ich habe doch schon alles erzählt!«

Keiner der Arbeiter hatte sich bisher darüber beschwert, daß er sie ins Präsidium bestellt hatte. Thann spannte ein frisches Blatt in die Maschine und sah in seine Notizen.

»Sie heißen Herbert Kaminski, sind 46 Jahre alt und arbeiten seit sieben Jahren bei A & F Entsorgungsdienst als Pförtner auf der Deponie.«

»Ich weiß.« Kaminski rutschte auf dem Holzstuhl hin und her. Er trug wie am Vormittag einen himmelblauen Overall mit der Aufschrift »A & F«. Thann fragte sich, ob der Mann auch private Kleidung besaß. Wenigstens schien dieser Blaumann frisch zu sein. Thann roch nur den üblichen Polizeimief seines Zimmers. Und die Nervosität seines Gegenübers.

»Was sind Ihre Dienstzeiten?«

»Die Pförtner arbeiten in Schichten. Drei Tage von 22 bis 10 Uhr, dann vier Tage frei, dann drei Tage von 10 bis 22 Uhr.«

Thann hackte in die Mechanik seiner *Olympia.* »Ich kann mir vorstellen, daß man während einer Nachtschicht schon mal etwas die Konzentration verliert oder einnickt, stimmt's?«

»Und wenn schon. Wir haben ein zwei Meter hohes Tor und einen Zaun mit Stacheldraht rundherum. Da müßte schon ein Panzer kommen und durchbrechen. Und spätestens dann wär' ich wach.«

»Also keine Chance, etwas auf die Deponie zu bringen?«

Kaminski wich Thanns Blick aus. *Da war was.*

»Nur mit regulär angelieferten Reststoffen.«

»Und das geht nur über Sie?«

»Ja.«

»Ich habe heute morgen bemerkt, wie zwei Männer eines Transports zu Ihnen in Ihr Häuschen kamen. Ich nehme an, da plaudert man ein bißchen, und im Lauf eines Tages kommt eine Menge an Klatsch und Neuigkeiten zusammen, stimmt's?«

»Eigentlich nein. Nur hallo, wie geht's. Immer der gleiche Scheiß.«

»Bitte versuchen Sie sich zu erinnern. War heute irgend etwas anders als sonst?«

Der Müllpförtner schüttelte den Kopf.

»Irgendwelche Bemerkungen über eine Tonne, die schwerer war als sonst?«

Kopfschütteln.

»Blutflecken, seltsamer Geruch? Hat einer der Arbeiter oder Fahrer sich heute irgendwie anders benommen als sonst?«

»Nein. Und riechen tut's bei uns immer gleich.«

»Was ist mit dem Müll, den die Leute direkt zur Deponie bringen?«

»Sie meinen den Gewerbemüll? Der wird gewogen und inspiziert. Da müssen Papiere ausgefüllt werden. Und ich kuck' auch noch nach. Zumindest stichprobenweise, damit uns keiner Sonderabfall unterjubelt, denn der darf gar nicht bei uns drauf. Von denen kann übrigens keiner in

Frage kommen. Die kommen gar nicht so früh. Heute zum Beispiel kam der erste Gewerbekunde so gegen halb neun. Bauschutt.«

»Wann fangen Ihre Kollegen an?«

»Die Transportbesatzungen um fünf, dann fahren sie raus. Die anderen, die auf der Deponie arbeiten, erst später. So gegen sieben.«

Himmelblau-Kaminski spielte mit den Knöpfen seiner Hosenträger. Thann hörte auf, in die Maschine zu tippen. Er bereitete seinen Angriff vor.

»Von zehn Uhr abends bis fünf Uhr morgens sind Sie also ganz allein. Sieben Stunden. Kommt es da nicht mal vor, daß einer bei Ihnen klingelt und schwarz etwas abladen will? Ohne Kontrolle und ohne Gebühren zu bezahlen?«

Kaminski blickte auf seine Hände, verneinte, schluckte, sah auf Thann und fuhr sich durch die Haare.

Thann verlor die Geduld. Er wurde lauter. »Ich will jetzt eine ehrliche Antwort von Ihnen! Es geht um Mord! Ihre Scheiß-Nebengeschäfte sind mir völlig egal. Mir geht es darum, einen Mord aufzuklären, den Sie nicht begangen haben, zu dessen Aufklärung Sie aber beitragen können. Ich frage Sie noch einmal. Wer hat heute nacht oder heute morgen schwarz seinen Müll zu Ihnen gebracht?«

Der Pförtner schwieg.

Thann ballte die Fäuste und schrie: »ANTWORTEN SIE!«

»So etwas ist bei uns grundsätzlich verboten. Für so etwas gibt es bei uns eine Anzeige und die Kündigung.«

»WEN HABEN SIE DURCHGELASSEN?«

»Niemand!«

Thann sprang auf, packte Kaminski am Kragen seines Overalls, riß ihn hoch und knallte seinen Kopf gegen die Wand. Ein kleiner Blutfleck zeichnete sich auf der Rauhfasertapete ab. Kaminski wimmerte.

Thann schrie: »WER WAR'S? RAUS MIT DEM NAMEN!«

Er stieß Kaminski noch einmal gegen die Wand. Der Müllwärter wehrte sich nicht und heulte. Der rote Fleck war größer geworden. Thann ließ Kaminski zurück in den Stuhl fallen.

Die Gangart gewechselt. Jetzt ruhig, fast freundschaftlich: »Herr Kaminski, wenn Sie mir den Namen sagen, will ich weiter nichts mehr von Ihnen. Keine Anzeige, keine Kündigung, ich werde nichts verraten.«

Herbert Kaminski heulte weiter vor sich hin. Erst als Thann kurz vor einem neuen Gewaltausbruch stand, begann er zu reden.

»Kaminski. Ralf Kaminski. Mein Bruder. Er hat einen Betrieb. Teppichböden, Fußbodenbeläge und so. Er kommt fast jede Nacht, wenn ich Dienst hab'. Sie wissen gar nicht, wie hoch die Müllgebühren sind. Und der Wettbewerb in der Branche von meinem Bruder ist hart. Wenn ich ihn nicht schwarz durchlassen würde, hätte er längst Pleite gemacht, sagt er immer. Aber ich schwöre: kein Sonderabfall, nur Reste und alte Teppichböden.«

Der Mann im blauen Overall redete noch eine Weile weiter, unterbrochen von seinem eigenen Schniefen und Schneuzen. Immer wieder beteuerte er, daß er niemals Sonderabfall auf die Deponie ließe. Thann überlegte, ob zu dieser Kategorie auch Leichen zählten.

Als sich Kaminski beruhigt hatte, bugsierte ihn Thann aus dem Raum. Dann hängte er die Zeichnung des Opfers über den roten Fleck an der Wand und genehmigte sich einen letzten Schluck Weinbrand.

6.

Thann fror, als er in seinem alten Golf durch Nacht und Regen nach Hause fuhr, und er fror, als er seine kalte Wohnung betrat. Während er sich aus den Resten, die der Kühlschrank hergab, ein Abendessen bereitete, rechnete er die

Stunden zusammen, die er heute gearbeitet hatte, und kam auf vierzehn.

Er zog sich eine Strickjacke an und öffnete ein Bier. Auf der Suche nach Ablenkung schaltete er durch alle Fernsehprogramme, doch er fand nichts, was ihn interessierte. Er legte eine Platte auf. Jazz. Tony Williams. Es war seine Lieblingsmusik, doch an diesem Abend wirkte sie nicht. Sein Fall ging ihm nicht aus dem Kopf. *Die Augen*. Und Bollmann. *Junior, das ist eine Nummer zu groß für Sie.*

Das Telefon riß ihn aus der Grübelei. Es war Corinna. Corinna-Maus, der er kurz, aber heftig hinterhergetrauert hatte. Sie meldete sich zum ersten Mal seit ihrer Trennung vor einem halben Jahr.

»Wie geht's meinem Kater Carlo?«

»Ich bin nicht mehr dein Kater. Was gibt es?«

»Ich wollte nur hören, wie es dir geht.«

»Gut, wieso?«

»Ich mußte neulich an unseren Urlaub denken. Sag mal, du hast doch noch die Fotos. Eigentlich stehen sie mir genauso zu, oder?«

»Ich werde Abzüge machen lassen und dir zuschicken. Du wohnst noch bei Holger?«

»Ja.« Bedrücktheit in ihrer Stimme.

»Wie geht's dir, Corinna?«

»Geht so. Muß.«

»Nicht mehr glücklich mit Holger?«

»Holger ist ein Arsch.«

»Selber schuld. Du hattest die Wahl.«

»Du bist auch ein Arsch.«

»Danke.« Im Vergleich zweier Ärsche war Holger der attraktivere. Er war Arzt und Sohn reicher Eltern.

»Ich bin schwanger.«

»Gratuliere.«

Der Arzt begann Thann leid zu tun.

»Meine Brüste sind schon richtig angeschwollen. Ich habe jetzt ein viel intensiveres Verhältnis zu meinem Körper.«

»Ach was.«

Noch intensiver. Thann konnte sich Corinna als Mutter nicht vorstellen.

»Wirst du Holger heiraten?«

»Ich weiß nicht. Vielleicht ziehe ich mein Kind alleine auf.«

»Wie ich dich kenne, weißt du nicht einmal, wer der Vater ist.«

Es kam wie immer. Das Gespräch endete im Streit. Thann war froh, daß es vorbei war. Nun hatte ein anderer die Probleme mit ihr. Seit es mit ihnen zu Ende war, hatte Thann sich gehütet, einer Frau Liebesgeständnisse zu machen. Die Einsamkeit, unterbrochen von wenigen kurzen Affären, zog er der Wiederholung eines Beziehungsdramas vor.

Allmählich spürte er die Wirkung des Alkohols. Er war müde und konnte dennoch lange nicht einschlafen. Seine Gedanken pendelten zwischen dem Kopf der Deponieleiche und Corinnas Brüsten. Er lauschte dem Verkehr draußen vor dem Fenster. Ein endloses Rauschen, das auch nachts nicht abbrach.

Er hörte das Prasseln des Regens und das Peitschen des Winds und ab und zu das Schlagen einer Kirchenglocke.

Gegen Morgen hatte Thann einen seltsamen Traum. Sein Büro war eine große Mülltonne. Schneider und Dalla saßen auf dem Deckel und ließen ihn nicht heraus. Dann kam er irgendwie raus, doch da er nackt war und nach Müll stank, wollten Schneider und Dalla ihn verprügeln. Er floh und gelangte in einen Raum voller Leichenteile. Gliedmaßen, Köpfe, Leiber, männlich und weiblich und alle voller Blut. Dazwischen überall blutunterlaufene Augen. Plötzlich tauchte hinter all den Leichenteilen Bollmann auf. Er zeigte auf Thann und lachte ihn aus. Zwei der Leichen entpuppten sich als Schneider und Dalla. Sie sprangen hoch, und die Verfolgungsjagd begann von neuem. Sie rannten durch ein Gebäude, das eine Mischung aus Präsidium und Mülldeponie war.

Es wurde immer schwieriger für Thann. Er mußte nicht nur fliehen, sondern auch vermeiden, anderen Menschen zu begegnen, weil er nackt war und stank. Er verlor die Orientierung. Zudem benötigte er immer dringender eine Toilette.

Thann wachte auf und ging pinkeln. Es war halb sechs, eine halbe Stunde, bevor der Wecker klingeln würde. Thann duschte und zog sich an. Sein Magen schmerzte, als wäre er voller Kieselsteine. Thann verzichtete wieder einmal aufs Frühstück.

Es war noch schwarze Nacht, als er zum Präsidium fuhr. Der Regen hatte aufgehört. Das Autoradio spielte Musik, die Thann schon vor zehn Jahren nicht hatte leiden können. Er spürte, wie eine nervöse Unruhe von ihm Besitz ergriff. Als er einen Zeitungskiosk sah, hielt er an.

7.

TOT IM MÜLL!
WAHNSINNIGER MÖRDER ZERSTÜCKELT LEICHE!
POLIZEI RATLOS – STADT IN ANGST

Die Schlagzeile nahm die halbe Titelseite ein. Darunter hatte der *BLITZ* zwei Fotos abgedruckt. Auf dem einen hielt ein Polizeibeamter einen Plastikbeutel, der deutlich erkennbar einen blutigen Kopf enthielt. Auf dem anderen erkannte Thann sich selbst. Der Fotograf hatte ihn mit einem besonders dämlichen Gesichtsausdruck erwischt. Das dunkle Haar vom Wind zerzaust, die Augen weit aufgerissen, den Mund offen. Mit wachsendem Zorn las Thann weiter.

Sechsmal machte der Wahnsinnige hack-hack. Dann warf er sein Opfer auf den Müll. – Keine Spuren, keine Zeugen. Die Polizei: vor einem Rätsel. Wer schützt uns vor dem Wahnsinnigen?
Mehr auf Seite 4.

Dort brachten sie die Zeichnung. Daneben ein Dreispalter:

TOT IM MÜLL – WER KENNT DAS OPFER?

Großspurig verkündete die Zeitung, sie werde ihre Reporter aussenden, den Fall zu klären. Ein Universitätspsychologe wurde mit der Aussage zitiert, die Kriminalgeschichte zeige, daß es meist geistesgestörte Täter seien, die ihre Opfer zerstückelten. Und dann:

Nicht selten tun es Wahnsinnige wieder und wieder. Die Stadt ist in Angst. Und was tut die Polizei? Einzige Auskunft: »Kein Kommentar.« Lesen Sie ab morgen: Die schlimmsten Killer des Jahrhunderts. Die neue Serie im BLITZ! Exklusiv für Sie am Kiosk.

Thann erreichte das Präsidium. Der wuchtige Bau aus den späten zwanziger Jahren wirkte auf ihn wie eine Festung. In der Nazizeit war hinter den abweisenden Mauern auch die Gestapo untergebracht gewesen. Im Innenhof soll es Erschießungen gegeben haben. Heute war hier der Parkplatz.

Unter den Autos der Kollegen, die anscheinend bereits arbeiteten, stand der rote Porsche des Kripochefs. Thann parkte am anderen Ende und beschwor sein Ziel: Er wollte noch schneller als Bollmann Karriere machen, mindestens so reich heiraten und sich auch ein solches Auto leisten können.

In seinem Büro hängte er die Titelseite der Zeitung neben die Fotos der Leiche, die Zeichnung des Opfers und den Plan der Deponie. Er betrachtete die Wand und gewann die Gewißheit, daß er den Fall lösen würde. Nicht einmal zwei Prozent aller Polizeibeamten gehörten wie Bollmann dem höheren Dienst an. Er würde es eines Tages schaffen.

8.

»Alle Nachbarn zu befragen, das ist doch gequirlte Kacke. Keiner von denen hat etwas gesehen.«

Sicherlich drückte Dalla nur aus, was auch die anderen dachten. Doch den aufsässigen Ton konnte Thann nicht durchgehen lassen.

»Für konstruktive Kritik bin ich offen. Aber zügelt euer Mundwerk. Solange uns nichts Besseres einfällt, bleiben wir bei unserer Vorgehensweise. Außerdem war das Klinkenputzen die Idee von Bollmann.«

»Okay, Chef.« Schneider.

Die acht Polizeibeamten der Mordkommission hatten sich im Büro des Kommissariatsleiters zur Morgenbesprechung versammelt. Der Alte selbst fehlte. Ohne sich noch einmal nach dem Fall erkundigt zu haben, war er in Urlaub gefahren. Thann war jetzt auf sich allein gestellt.

Auf dem Tisch lag ein Plan der Deponie und ihrer Umgebung. Die Häuser, deren Bewohner bereits befragt worden waren, hatte Thann mit einem Kreuz markiert. Mehr als die Hälfte der Häuser hatte noch kein Kreuz. Vier Beamte sollten die Befragung fortsetzen, aufgeteilt in Zweierteams. Die Untersuchung der Deponieumzäunung hatte nichts ergeben. An keiner Stelle war der Zaun beschädigt, nirgendwo gab es Spuren.

Thann teilte die Teams ein.

»Miller, du bleibst hier. Du bekommst die Telefonnummer zugeschaltet, die wir gestern an die Presse gegeben haben. Ich rechne mit einem ganzen Haufen von Anrufen. Das meiste werden Spinner und Wichtigtuer sein, aber vielleicht kommen wir weiter. Schneider und Dalla, ihr fahrt mit mir zum Bruder dieses Pförtners. Wir werden seine Teppichfirma auf den Kopf stellen.«

»Ohne Durchsuchungsbefehl, Chef?«

»Ohne!« Thann hielt Schneiders Blick stand. »Der hat sich strafbar gemacht. Mehrfach. Der wird kuschen. Noch Fragen? Um zwölf Uhr sehen wir uns wieder, gleicher Ort. Auf geht's, Männer.« Thann fühlte sich großartig. Die Nervosität war verflogen und die Magenschmerzen auch.

Sonnenaufgang. Das Schwarz der Nacht wurde zum Grau des Tages. Die Sonne blieb hinter einem dichten Wolkenschleier verborgen. Nieselwetter. Die meisten Autos fuhren mit Licht.

Dalla lenkte den Zivilwagen durch die Stadt. Der gleiche Kadett wie gestern. Aus irgendeinem Grund schaffte es Dalla, von der Verwaltung jedesmal den gleichen Wagen zugewiesen zu bekommen und so den Ärger mit ausgelutschten Schrottautos zu umgehen.

Im Berufsverkehr ging es nur zäh voran. Ralf Kaminskis Firma für Bodenbeläge lag im Altbauviertel südlich des Bahnhofs. Das Viertel der Rentner, Studenten und Türken. Hier gab es noch die alten Mietskasernen und Hinterhöfe. Dalla parkte direkt unter dem Firmenschild auf dem Bürgersteig. Die drei Polizisten betraten den Beratungs- und Verkaufsraum und fragten nach dem Chef.

Ralf Kaminski sah seinem Bruder sehr ähnlich. Die gleiche Stirnglatze, der gleiche gebeugte Gang, nur der Bauch des Teppichbodenhändlers war wesentlich umfangreicher.

»Was kann ich für Sie tun?« fragte er, als habe er normale Kundschaft vor sich.

»Während sich meine Kollegen bei Ihnen ein wenig umsehen, möchte ich Ihnen einige Fragen stellen. Ihr Lager ist im Hinterhaus, wie ich gesehen habe. Haben Sie noch weitere Geschäftsräume?«

»Nein, aber was wollen Sie?«

Schneider und Dalla verließen den Raum.

»Es geht um den Mord auf der Deponie. Wo waren Sie gestern nacht zwischen zwölf und vier?«

»Zu Hause.«

Fabelhaftes Bruderpaar. Thann wurde ungeduldig. »Ende der Märchenstunde! Wo waren Sie?«

»Ich habe geschlafen wie jeder anständige Mensch. Sie können meine Frau fragen.«

Blitzschnell holte Thann aus und gab Kaminski eine schallende Ohrfeige. »Dreckiger Lügner!«

Ralf Kaminski hielt sich die Backe und sagte nichts. Wenigstens flennt er nicht, dachte Thann.

»Wie lange geht das schon mit Ihnen und Ihrem Bruder? Die billigste Müllabfuhr der Stadt, nicht wahr? Und gestern auch noch der billigste Friedhof!«

Keine Antwort. Thann schlug ihm auf die andere Seite. Kaminski faßte sich auch dorthin und schwieg noch immer. Thann hielt ihm die Zeichnung des Opfers vors Gesicht.

»Wer ist das?«

»Ich weiß nicht.«

»Warum haben Sie diesen Mann umgebracht?«

»Umgebracht? Ich weiß gar nicht, wer das ist! Ich war's nicht, und wenn Sie mich zehnmal schlagen!«

»Was haben Sie gestern nacht auf der Deponie abgeladen?«

»Nur Teppichbodenreste. Alte Böden und Verschnitt von neuem. Das ist so umweltfreundlich, das können Sie sich sogar in die Wohnung legen. Ich habe nie jemandem etwas zuleide getan.« Teppich-Kaminskis Gesicht glühte tiefrot.

»Wie sieht das aus, wenn Sie Ihren Müll schwarz auf die Deponie fahren?«

»Wie meinen Sie das?«

»Fährt Ihr Bruder das Zeug weg, und Sie bleiben am Eingang?«

»Nein, ich fahre es allein weg. Ich kenne mich aus auf der Deponie. Herbert bleibt am Eingang. Er geht dort nie weg. Er nimmt seine Arbeit sehr genau.«

»Mit kleinen Ausnahmen, wie man sieht. War außer Ihnen beiden noch jemand auf dem Gelände?«

»Ich habe niemanden sonst gesehen.«

»Hat Ihr Bruder irgend etwas bemerkt oder hat er sich anders als sonst verhalten?«

»Nein, alles war wie immer.«

Thann sah keinen Grund, ihm nicht zu glauben. Schneider und Dalla kamen zurück, ohne etwas gefunden zu haben. Damit hatte Thann gerechnet. Dalla starrte auf Kaminskis Gesicht, als wollte er die Finger zählen, die sich auf dessen Wangen abzeichneten.

»Gönnen Sie sich heute nacht einmal etwas Schlaf!« riet Thann dem noch immer verschreckten Teppichhändler. »Es ist ungesund, jede Nacht unterwegs zu sein. Erledigen Sie Ihre Geschäfte ab jetzt tagsüber, auch Ihre Abfälle.«

Er bohrte seinen Zeigefinger in Kaminskis Brust, wie es Bollmann bei ihm gemacht hatte. »Es ist, wie Sie sagten: Anständige Menschen schlafen nachts. Auf Wiedersehen.«

Thann ließ sich vor dem Hochhaus absetzen, in dem die Verwaltung des A & F Entsorgungsdienstes lag. Zu diesem Termin ging er allein. Vor dem Eingang sah er sich um. Friedrichstraße 17 hieß die Adresse. Das dreißigstöckige Bürogebäude mußte jetzt etwa 23 Jahre alt sein. Bei seiner Einweihung war es das höchste der Stadt gewesen. Inzwischen war das gesamte Stadtzentrum voll von solchen Türmen. Früher hatten hier stattliche Altbauten gestanden, Stadthäuser reicher Bürger, gebaut noch vor der Jahrhundertwende. Kaum einer erinnerte sich heute noch an die Auseinandersetzungen, die sich hier abgespielt hatten, im alten Haus Nummer 17, bevor es abgerissen wurde und zusammen mit anderen dem Hochhaus wich. Hausbesetzer, Kommunarden und Demonstranten hatten die Stadt damals in Atem gehalten, mehr als ein Jahr lang.

Irgendwann vor dem Abriß war es geschehen – der Friedrichstraßenmord. Und Bollmanns erstes Glanzstück, die Aufklärung in nur drei Tagen. *Diese Art von Wunden habe ich schon einmal gesehen. Lange her.*

Im Foyer hing ein großes Kunstwerk, sehr bunt, genauso wie das überdimensionale Pult, hinter dem die Empfangsdame saß. Ihr Job schien darin zu bestehen, fremde Besucher zu ignorieren. Neben den Aufzügen zählte eine Tafel mindestens ein Dutzend Firmen auf. Thann fuhr in den achten Stock.

Der Geschäftsführer von A & F war ein voluminöser Mann und trug einen zweireihigen Anzug. Thann wunderte sich, wie gelassen dieser auf den Leichenfund auf seinem Betriebsgelände reagierte. Thann ließ sich aufklären, daß das Image der Deponie keine Rolle spielte. A & F Entsorgungsdienst hatte in der Stadt keine Konkurrenz, und die bald volle Deponie werde in naher Zukunft ohnehin durch eine weit modernere Verbrennungsanlage ersetzt, die A & F zu bauen gedenke. Das Gespräch brachte Thann nichts außer der Gewißheit, daß mit Dreck viel Geld zu verdienen war. Und die starke Vermutung, daß die Leiche wie normaler Hausmüll auf die Deponie gekommen war, ohne daß die Müllarbeiter beim Leeren der Tonnen die makabre Fracht entdeckt hatten. Als er sich von dem Geschäftsführer verabschiedete, hatte er das Gefühl, zuviel Zeit verschwendet zu haben.

Im Foyer fiel Thanns Blick noch einmal auf das Bild, das an der Längsseite hing und die Hälfte der Wand einnahm. Es war mit wildem, grobem Pinselstrich gemalt. Im Vordergrund leuchtete eine gelbe Fläche wie ein blühendes Rapsfeld. Daneben stand ein Haus, mit nur wenigen schiefen Strichen angedeutet.

Drei Kinder spielten vor dem Haus. Eins lief auf das Rapsfeld zu, ein anderes krabbelte hinterher. Das dritte blickte geradewegs aus dem Bild den Betrachter an. Über allem schwebten Vögel wie die Möwen über der Deponie, schwarz und unheimlich.

Wieder fielen Thann die toten Augen der Leiche ein und die zerschnittenen Wangen. Als er auf die Straße trat, spürte er ein nervöses Kribbeln von der Magengegend her aufsteigen. Er nahm die Straßenbahn zurück zum Präsidium.

Ein erster Erfolg – Miller hatte gute Nachrichten. Viele Anrufer wollten den Toten erkannt haben. Fast jede Zeitung hatte die Zeichnung gebracht. Der Mordfall Deponie war zum Gesprächsthema geworden. Miller war ganz Feuer und Flamme. Im K1 nannte man ihn Benjamin, da er mit vierundzwanzig der Jüngste war, erst seit wenigen Wochen im Kommissariat.

Einige Anrufer waren in der Tat ernst zu nehmen. Einer von ihnen war ein Sozialarbeiter, der in der Zeichnung einen kürzlich entlassenen Strafgefangenen zu erkennen glaubte. Ein Bewährungshelfer. Wenn er recht hatte, war seine Hilfe nicht länger nötig. Den Tod gab es nicht auf Bewährung.

Für seinen ersten Mordfall hätte sich Thann lieber ein prominenteres Opfer gewünscht als einen unbekannten Haftentlassenen. Je spektakulärer der Fall, desto größer die Verdienste des erfolgreichen Ermittlers. Andererseits konnte er froh sein, wenn der Hinweis stimmte und er wenigstens schon mal den Namen des Opfers hatte. Drei Tage – die Zeit drängte. Da Schneider und Dalla zur Deponie gefahren waren, um die Befragung der Nachbarn fortzusetzen, ließ sich Thann von der Verwaltung eins der klapprigen Zivilfahrzeuge zuteilen. Er orgelte eine ganze Minute, bis die Karre ansprang. Dann raste er los.

9.

Der Bewährungshelfer war sicher, den Toten identifizieren zu können.

»Ich war überzeugt, er würde es schaffen. Ich habe noch keinen erlebt, der nach einem Vierteljahrhundert Strafvollzug so einen guten Eindruck gemacht hat. Herr Eich war hochintelligent, er wußte, was er wollte, und er hatte Freunde, die ihm halfen. Am Montag hätte er seine neue Arbeit antreten sollen. Und jetzt ist er tot. Ich kann es noch gar nicht glauben.«

»Wissen Sie, ob er Feinde hatte?«

»Nein. Herr Eich war eher ein verschlossener Typ. Über private Dinge haben wir wenig gesprochen. Vielleicht kann Ihnen Herr Beckmann mehr sagen.«

»Beckmann?«

»Ja, sein Freund, der ihm auch die Arbeit an der Universität verschafft hat. Soviel ich weiß, hatte Herr Beckmann den besten Kontakt zu Herrn Eich.«

»Ich hatte noch keine Zeit, mir die Unterlagen zu besorgen. Weshalb saß Eich hinter Gittern?«

»Wegen Mordes.« Der Sozialarbeiter blätterte in seinen Papieren. »1969 wurde er zu lebenslangem Freiheitsentzug verurteilt wegen Mordes an seiner damaligen Freundin. Sie werden sich nicht erinnern, aber der Fall schlug damals hohe Wellen. Das war die Zeit der ersten Hausbesetzungen, und ein Mord in diesem Milieu war ein gefundenes Fressen für die Presse und für die Hardliner in der Politik.«

Und ob er sich erinnerte. Der Friedrichstraßenmord schien ihn zu verfolgen. Das Hochhaus, die Schnitte im Gesicht beider Opfer und Bollmann: *Schöne Leiche, klarer Fall.*

Der Mörder von damals, nun selbst ermordet. In Thanns Hirn spielten die Gedanken Karussell. Beide Opfer trugen die gleichen Verletzungen. Eich konnte sie sich wohl kaum selbst beigebracht haben. Vielleicht war er es auch damals nicht gewesen. Thann sah sich bereits als gefeierter Held. Als Aufklärer *zweier* Fälle, des Leichenfundes auf der Deponie und des neuaufgerollten Mordfalls von 1968. Bollmann würde sich wundern. Nicht nur er – das ganze Präsidium.

Der Typ im selbstgestrickten Pullover sah Thann an, als warte er auf eine Antwort.

»Äh – wie bitte?«

»Ich fragte, ob Sie einen Kaffee wollen.«

»Ja, gerne. Danke.«

Der Bewährungshelfer schenkte ein. »Es tut mir leid, daß ich Ihnen nicht weiterhelfen kann. Ich habe zu viele Menschen zu betreuen. Das alte Lied. Es gibt zu wenig Sozialarbeiter. Der Staat gibt zu wenig Geld für Soziales aus, Haftentlassene haben eben keine mächtige Lobby.«

Gleich macht er den Bundeskanzler für den Mord verantwortlich, dachte Thann. Das Telefon klingelte. Der Alt-68er nahm den Hörer ab und meldete sich.

»Ja, der ist hier.« Er reichte den Hörer weiter.

»Thann.«

»Miller. Gut, daß ich dich erreiche. Zwei weitere Anrufer haben die Identität des Toten bestätigt.«

Telefonnummern und Anschriften: Eine Anwaltskanzlei und dieser Beckmann, den der Bewährungshelfer erwähnt hatte. Miller klang ganz aufgedreht. Thann legte auf. Der Idealismus des Kollegen rührte ihn für einen Moment, dann konzentrierte er sich auf sein Gegenüber.

Der Bewährungshelfer war noch nicht zum Ende gekommen. »Und zugleich sitzen jede Menge ausgebildete Sozialpädagogen auf der Straße. Wenn man es genau überlegt, ist es ein Skandal.«

Das alte Lied, das Thann nicht interessierte.

Weiter.

Professor Beckmann führte Thann in ein kleines, überheiztes Büro. Es war mit Möbeln eingerichtet, die mindestens schon zwanzig Jahre alt waren, abgeschabt, altmodisch und ohne Geschmack zusammengewürfelt. Wie im Präsidium, dachte Thann. Die Univerwaltung hatte anscheinend auch kein Geld.

»Das hier hätte sein Büro werden sollen. Günther hatte sich so auf den Job gefreut. Dabei ist es nur eine halbe Stelle, befristet auf ein Jahr.«

»Wie kann jemand nach einem Vierteljahrhundert Knast politische Wissenschaft betreiben?«

»Günther hatte immerhin promoviert. Und in all den Jahren hielt er sich auf dem laufenden. Mehr noch, er nahm teil an der wissenschaftlichen Diskussion. Er veröffentlichte in Fachzeitschriften und erwarb sich einen gewissen Ruf auf seinem Gebiet. Sonst hätte ich ihm nicht diese Assistenzstelle verschaffen können. Sie wissen gar nicht, wie groß der Andrang auf jede noch so schlecht bezahlte Stelle an der Universität ist.«

Und du weißt nicht, wie schlecht Polizisten bezahlt werden, dachte Thann. Beckmann trug ein Designersakko über einem Seidenhemd. Klamotten, wie sie im Präsidium höchstens Bollmann oder der Polizeipräsident trugen.

»Ich nehme an, Sie kannten Günther Eich am besten.«

»Ich glaube, ja. Ich bin der einzige aus dem alten Freundeskreis, der den Kontakt mit ihm nicht abgebrochen hatte. Ich besuchte ihn regelmäßig. Und als er draußen war, sahen wir uns fast jeden Tag. Eigentlich wollte er heute morgen ins Institut kommen, ich wollte ihn seinen künftigen Kollegen vorstellen. Als er nicht kam, versuchte ich ihn anzurufen. Dann sah ich seine Zeichnung in der Zeitung.«

»Hatte er Feinde?«

»Das habe ich mich auch gefragt. Nein. Nicht daß ich wüßte.«

»Ist Ihnen an seinem Verhalten etwas aufgefallen?«

»Jede Menge sogar. Er hatte sich im Lauf der Zeit sehr verändert. Er ist ein wenig eigenartig geworden. Verschlossen, mißtrauisch. Früher war er der Sonnyboy. So ein Typ, der unbeschwert durchs Leben ging, der bei Frauen sehr beliebt war und auch sonst. Es ist eine Schande, was das Gefängnis aus einem Menschen macht. Und es ist ein Skandal, daß man ihn nicht viel früher entlassen hat. Normalerweise kommen wegen Mordes Verurteilte doch schon nach 15 Jahren raus, oder?«

Damit sie gleich den nächsten Mord begehen können, dachte Thann. Wieder so ein Sozialromantiker, diesmal als Yuppie verkleidet.

»Normalerweise ist relativ. Manche Länder kennen die Todesstrafe. Bei uns gibt es lebenslänglich. Nur bei guter Führung und entsprechenden Resozialisierungschancen gibt es die Möglichkeit der vorzeitigen Begnadigung. Die Möglichkeit, nicht mehr als das.«

»Wenn einer das verdient hätte, dann Günther.« Der Professor sah auf die Uhr. »Sie müssen mich jetzt entschuldigen. Ich habe ein Hauptseminar. Wenn Sie wollen, stehe ich Ihnen ab 16 Uhr zur Verfügung. Falls Sie noch Fragen haben.«

Thann verabschiedete sich.

10.

Die Anwaltskanzlei hatte ihren Sitz in einem der wenigen prächtigen Gründerzeithäuser, die die Sanierungswellen der Nachkriegszeit in diesem Teil der Innenstadt überlebt hatten. Dahinter überragte das Hochhaus an der Friedrichstraße die Häuserfront.

Drei Stufen führten zum säulengeschmückten Eingangsportal, ein zwischen Messingschienen gespannter roter Teppich zum Aufzug. Der Metallkäfig war so alt wie das Haus. Ächzend und bedächtig langsam brachte er Thann zur Kanzlei in den zweiten Stock.

Die Anwaltsgehilfin öffnete ihm. Für einen Moment hielt Thann den Atem an. Braune Augen, braunes Haar, volle Lippen. Ein unbekümmertes Lächeln. Unwillkürlich verglich er sie mit Corinna. Seine Ex verlor.

Ihre Stimme, weich wie Samt: »Sie sind der Kommissar von der Polizei? Herr Meier hat leider noch Besuch. Es kann nicht mehr lange dauern. Wenn Sie bitte hier solange Platz nehmen würden?«

Sie wies auf ein altes Ledersofa und verschwand in einem Nebenraum.

Thann sah sich in der Diele der Kanzlei um. Alles hier war alt und edel. An einer Wand standen Schränke bis zur

Decke, an einer anderen eine Kommode, darauf ein Kerzenleuchter, wie in Großmutters Wohnzimmer. An den freien Wandflächen hingen Stiche mit Stadtansichten aus verschiedenen Jahrhunderten. Die Rheinfront der Stadt, das Schloß, das Rathaus mit dem Reiterstandbild.

Die Anwaltsgehilfin kam zurück und holte etwas aus einem der hohen Aktenschränke. Ihr Kostüm sah unauffällig aus und teuer. Der kurze Rock zeigte Bein, als sie sich nach oben streckte. Thann brachte seinen Blick nicht weg von dieser Frau. Ihr Gang verriet Selbstbewußtsein. Bevor sie verschwand, warf sie ihm noch ein Lächeln zu. Die Tür ihres Büros blieb offen, doch von seinem Platz aus konnte Thann sie nicht sehen.

Nach etwa drei Minuten vernahm Thann die Stimmen zweier Männer, die sich verabschiedeten. Dann traten sie aus der Tür, blieben in der Diele stehen und schüttelten Hände. Der Anwalt hielt seinem Besucher die Eingangstür auf, schloß sie und wandte sich schließlich dem Polizeibeamten zu.

»Tut mir leid, daß Sie warten mußten. Meier ist mein Name. Der Tote war mein Mandant.«

Sie betraten das Vorzimmer.

»Eva, hast du unserem Gast bereits Kaffee angeboten? Nein? Blond und süß, Herr Kommissar?«

Schon der dritte Alt-68er an diesem Tag. Diesmal von der Sorte lässig-leger. Sie betraten das Büro des Juristen. Auch hier schien jedes Möbelstück eine Antiquität zu sein. Der Anwalt trug Jeans und eine knittrige Leinenjacke. Seine Aufmachung paßte in diese Räume wie die Faust aufs Auge.

Auch Meier hatte keine Ahnung, wer seinen Mandanten umgebracht haben könnte und warum. Seit etwa zehn Jahren vertrat er Günther Eich. Einmal jährlich hatte er sich um dessen Begnadigung bemüht, erst jetzt mit Erfolg. Zuletzt hatte er Eich vorgestern gesehen, am Tag vor dem

Mord. Am Nachmittag sei Eich ohne Voranmeldung ins Büro gekommen, um zu fragen, was er tun könnte, wenn es ihm gelänge, seine Unschuld zu beweisen.

»Der Friedrichstraßenmord hat ihn also noch sehr beschäftigt?« fragte Thann.

»Ja, sehr. Er machte Andeutungen, er habe etwas in der Hand. Er wollte den Mann zur Rede stellen, von dem er annahm, er sei der wahre Mörder seiner Freundin. Wer das sei und was er an Beweismitteln oder Verdachtsmomenten in der Hand habe, das wollte mir Herr Eich jedoch nicht verraten. Leider, wie ich heute sagen muß.«

»Glauben Sie an Eichs Unschuld?«

»Mein Vater hat ihn im damaligen Prozeß verteidigt. Ich stand damals kurz vor dem Examen und half meinem Vater in den Semesterferien. Ich habe erst vorgestern nach Eichs Besuch in den Unterlagen nachgesehen, soweit sie hier noch vorhanden sind. Es war ein reiner Indizienprozeß. Ah, da kommt der Kaffee.«

Wieder lenkte die reizvolle Gehilfin Thanns Gedanken ab. Eva. Er fand, daß der Name zu ihr paßte. Sie stellte die Tassen ab. Keine Ringe an ihren Fingern.

Meier gab Thann Kopien von Akten und Zeitungsausschnitten. »Vielleicht hilft Ihnen das weiter. Wie gesagt, es waren nur Indizien, aber in ihrer Gesamtheit erdrückende Indizien. Aus den Unterlagen konnte ich keinerlei Hinweise auf einen anderen Täter erkennen.«

Im Schriftwechsel der Juristen hieß die Friedrichstraßensache *Mordfall Korfmacher.* Thann fiel nicht ein, woher er den Namen kannte. Der Kaffee war stark. Ein leichtes Brennen im Magen machte Thann unruhig. Der Anwalt bekundete noch einmal sein Bedauern, daß er nicht besser zur Aufklärung beitragen konnte.

Dann stand Thann wieder vor der Tür der Kanzlei. Für den Weg nach unten wählte er die Treppe.

Der Hausmeister öffnete die Tür zu Eichs Wohnung. Beckmann, der Professor, hatte sie ihm besorgt. Die Hilfe des

Sozialarbeiters hätte ihn eher in ein Obdachlosenheim gebracht als in diese gute Gegend. Thann betrat die Wohnung. Neugierig folgte der Hausmeister.

Vor einer Woche war der frisch Entlassene hier eingezogen. Offenkundig eine zu kurze Zeit, um es sich gemütlich zu machen, dachte Thann. Dann erst wurde ihm klar, daß die Unordnung einen anderen Grund hatte. Schubladen und Schranktüren standen offen, der Inhalt eines Umzugkartons war auf den Boden gekippt. Die Matratze war aus dem Bett gezogen und aufgeschlitzt, Bücher aus dem Regal geräumt, die wenigen größeren Möbelstücke von der Wand gerückt. Ein Einbruch.

Mit Hilfe eines Taschentuchs faßte Thann das Telefon an und verständigte die Spurensicherung. Als die Kollegen nach zehn Minuten eintrafen, wußte er, daß er von dem Hausmeister nichts Nützliches erfahren konnte. Trotz seiner Neugier hatte er nichts gesehen oder gehört, was Aufschluß darüber geben konnte, wer zu welchem Zeitpunkt die Wohnung des Toten durchsucht hatte. Der einzige Unbekannte, den er im Lauf der letzten Woche gesehen hatte, war Beckmann, der Freund des Toten.

Eich war ein ruhiger, unauffälliger und sehr angenehmer Mieter, soweit man das nach einer Woche schon beurteilen könne, meinte der Hausmeister. Thann verkniff sich die Bemerkung, Eich sei jetzt offensichtlich noch ruhiger geworden. Der Satz des Anwalts schoß ihm durch den Kopf: *Er wollte den Mann zur Rede stellen, von dem er annahm, er sei der wahre Mörder seiner Freundin.*

11.

Als Thann das Auto endlich zum Laufen gebracht hatte, begannen im Radio die Zwölf-Uhr-Nachrichten. Thann wurde klar, daß er zu spät zur Einsatzbesprechung kommen würde, und drückte aufs Gas. Der Drehzahlmesser zeigte in den roten Bereich, die Federung krachte. In jeder Kurve ließ die Lenkung ein Knacken hören.

Es regnete stärker als am Vortag. Das Wasser lief über die Straße. Thann ließ es weit aufspritzen. Die Nachrichten kündigten Überschwemmungen längs zahlreicher Flüsse an. Den Deponiemord erwähnten sie nicht.

Thann entschuldigte sich für die Verspätung, als er den Konferenzraum betrat. Alle waren da, Schneider, Dalla, Miller und die anderen. Sie sahen ihn erwartungsvoll an. Das Telefon klingelte.

»Wahrscheinlich der Kripochef«, sagte Miller. »Vor zehn Minuten hat er schon einmal versucht, dich zu erreichen.«

Es war Bollmann. Wegen einer wichtigen Besprechung sei er gerade im Innenministerium und wolle Thanns Bericht deshalb jetzt telefonisch bekommen.

Bollmann klang ruppig und kurz angebunden.

Thann verkündete stolz: »Wir kennen die Identität des Opfers.« Er blickte mit siegessicherer Miene in die Runde. Miller nickte ihm zu und hob den Daumen.

»Sie wissen, was Sie zu tun haben?« fragte der Kripochef am anderen Ende.

»Die Befragung der engsten Bekannten hat bereits begonnen.«

Bollmann schien unbeeindruckt. »Hinweise auf den Täter?«

»Noch keine.«

»Gut, weitermachen. Angehörige, Hausbewohner und so weiter. Was sagen die Leute von der Deponie und die Nachbarn der Deponie?«

Thann gab die Frage weiter und erntete Kopfschütteln.

»Keine Hinweise von dieser Seite, Herr Bollmann.«

»Strengen Sie sich an. Aber eins sage ich Ihnen: keine Gewalttätigkeiten mehr gegenüber potentiellen Zeugen! Sie wissen, daß das nicht unser Stil ist!«

Dalla oder Schneider oder beide, fuhr es durch Thanns Kopf. Er allein genügte dem Kripochef anscheinend nicht als Berichterstatter. Spitzel, Verräter in der eigenen Mannschaft. Thann vermied es, Schneider und Dalla anzusehen. Es kribbelte in seinen Händen.

»Der Innenminister verfolgt unsere Arbeit in diesem Fall mit großem Interesse. Wir brauchen rasche Ergebnisse. Verstanden? Und um 18 Uhr bekomme ich einen ausführlichen Bericht von Ihnen«, fuhr Bollmann fort. »Mündlich *und* schriftlich. Und seien Sie diesmal pünktlich.«

»Ja, Chef«, sagte Thann, doch Bollmann hatte bereits aufgelegt. Thann atmete einmal tief durch. Die anderen sahen ihn an.

Fakten.

»Der Tote heißt Günther Eich, 54 Jahre alt, Politologe und wohnhaft Goethestraße 32. Vor einer Woche, also am Freitag, dem siebten Dezember, wurde er aus der Haft entlassen, zu der er vor 25 Jahren als Schuldiger am Friedrichstraßenmord verurteilt worden war.« Thann spürte die Spannung seiner Kollegen. Er genoß die Wirkung seiner Worte.

»Sein Anwalt sagt aus, Günther Eich habe ihn am Vortag des Mordes aufgesucht und ihm gesagt, er kenne den wahren Täter des Friedrichstraßenmordes und wollte sich mit diesem treffen.« *Was er an Beweismitteln in Händen hielt, wollte er nicht verraten.*

»Hört, hört!« Schneider. Thanns Magen brannte wie die Hölle.

»Konkreteres weiß der Anwalt nicht. Die Wohnung Günther Eichs wurde aufgebrochen und von Unbekannten durchwühlt. Wenn es stimmt, daß Eich unschuldig am Friedrichstraßenmord und im Besitz von Beweismitteln für die Täterschaft eines anderen war, so kann dieser in Eichs Wohnung nach diesen Beweismitteln gesucht haben und kommt auch als Täter für den Mord an Eich in Frage.«

»Wenn es stimmt«, warf Dalla ein. Thann ignorierte ihn.

»Wie der tote Eich oder besser seine Einzelteile auf die Deponie gelangt sind, wissen wir bislang nicht. Bis auf sieben Nachbarn haben wir inzwischen alle befragt. Ich schlage vor, wir verzichten auf die weitere Befragung dieser sieben.«

Thann vernahm das Aufatmen seiner Kollegen. »Stattdessen konzentrieren wir uns auf folgendes.«

Thann entfaltete einen Stadtplan, auf dem die Routen der Mülltransporter eingezeichnet waren, die am Vortag bis acht Uhr, dem Zeitpunkt des Leichenfunds, ihre Ladung zur Deponie gebracht hatten. Es waren elf farbige Linien, die sich mäandernd durch verschiedene Viertel der Stadt zogen. Eine Linie verlief unter anderem durch die Goethestraße, die in den letzten Tagen seines Lebens Günther Eichs Adresse war. Auf diese Linie wies Thann.

»Wir werden uns jedes Haus an dieser Route vornehmen. Wir werden jeden befragen, den wir treffen. Wir werden in jede einzelne Mülltonne hineinschauen. Die Leichenteile waren blutig. Wo gibt es Blutspuren? Welcher Nachbar hat bemerkt, daß jemand seine Tonnen auswusch? Wer hat gesehen, wie sich jemand zwischen Mitternacht und dem frühen Morgen an den Mülltonnen zu schaffen machte? Günther Eich wurde gefoltert, bevor man ihn erschlug. Hat jemand Schreie gehört? Hat jemand Eich gesehen? Oder gesehen, wie ein Mann verschleppt wurde?«

Die Unruhe der Kollegen nahm immer mehr zu.

»Diese Route ist ganz schön lang.«

»Haben wir die Unterstützung der Schutzpolizei?«

»Nein«, antwortete Thann.

»Wie sollen wir das zu acht schaffen?«

»Zu viert. Schneider und Dalla nehmen sich das Haus vor. Goethestraße 32. Ich habe dort außer Eich sechs Mietparteien gezählt. Der Hausmeister hat keine Ahnung. Aber vielleicht ist aus den Bewohnern etwas herauszubekommen. Denkt daran: der Einbrecher in Eichs Wohnung ist vielleicht auch sein Mörder.« Thann war in Schwung gekommen.

»Vielleicht«, sagte Dalla.

»Verdammt noch mal, mehr Einsatzfreude! Es geht um den spektakulärsten Mordfall der letzten Jahre. Die Bevölkerung erwartet, daß wir mit vollstem Eifer an die Sache gehen. Wenn wir von vornherein pessimistisch sind, wird nie was daraus. Ich hoffe, ihr habt mich verstanden. Miller, du bleibst hier und nimmst weiterhin alle eingehenden Anrufe entgegen. Sobald einer von uns etwas Sachdienliches erfährt, gibt er es an Miller durch. Was mich betrifft, ich kümmere mich weiter um Freunde und Angehörige des Opfers. Seine Mutter lebt noch. Ich werde sie verständigen. Wir sehen uns wieder um 17 Uhr, gleicher Ort. Ich wünsche uns allen gutes Gelingen.«

Das Mülltonnensuchspiel. Bollmann hatte es verboten. *Verrennen Sie sich nicht in vage Ideen. Wir müssen alles vermeiden, was die Öffentlichkeit in Unruhe versetzen könnte.* Thann wischte sich Schweißperlen von der Stirn.

Gemeinsam mit Miller stand Thann eine halbe Stunde später vor der Essensausgabe der Polizeikantine. Sein knurrender Magen hatte ihn erinnert, daß er bis auf zwei, drei Schlucke aus der Flasche noch nichts gefrühstückt hatte. Miller bekannte, daß er im Unterschied zu den anderen Thanns Vorgehensweise gut fände. Thann fragte sich, ob er sich über Miller freuen oder über die sechs anderen ärgern sollte.

Es gab drei Gerichte zur Auswahl. Keines davon sagte ihm zu. Miller verriet, daß er ab und zu außer Haus essen gehe, wenn die Zeit es erlaube. Ein kleines italienisches Restaurant eine Straße weiter biete einen preiswerten Mittagstisch. Thann sah demonstrativ auf die Uhr. Keine Zeit.

Er fragte sich, ob Miller sich bei ihm einschmeicheln wollte. Der jüngste Kollege schien intelligent zu sein und fleißig. Er war schmächtig, sein Verhalten zurückhaltend. Von den sieben Kollegen, die mit Thann am Deponiemord arbeiteten, war der Benjamin ihm am sympathischsten.

Sie wählten das Fischfilet mit Remouladensoße und setzten sich an einen Tisch mit Kollegen aus dem K2 – Sitte, Rauschgift und vermißte Personen.

Plötzlich hörten sie ein dumpfes Bohren, laut und durchdringend.

»Müssen die ihren Lärm machen, wenn wir essen?«

»Bauarbeiter machen eben früher Mittagspause.«

»Was wird da gebaut?« fragte Miller.

»Das weißt du nicht? Der Zellentrakt wird umgebaut. Millionenprojekt. Dauert sicher Monate.«

»Sie haben herausgefunden, daß in jeder Zelle ein Kubikmeter fehlt. Zuwenig Luft zum Atmen für die Personen, die sich in Polizeigewahrsam befinden. Da hat so ein Sesselfurzer aus der Verwaltung einmal ein Metermaß in die Hand genommen, verstehst du?«

»Dabei riechen die Besoffenen nicht besser, wenn sie mehr Luft haben!«

»Hat schon mal jemand unsere Büros ausgemessen?«

Ein Sittenkollege winkte ab. »Die dürfen natürlich kleiner sein als die Gemächer der Herren und Damen Festgenommenen. Andere Bestimmungen.«

»Zur Zeit findest du keinen Gefangenen wieder. Die Zellen sind während des Umbaus auf sämtliche Stockwerke verteilt worden. Die Kollegen vom K4 mußten schon dreimal umziehen.«

»Für das Geld sollten sie uns lieber endlich mal Computer kaufen.«

Der Fisch erwies sich als trocken, die Sauce als ölig. Weitere Kollegen kamen an den Tisch. Fotos gingen herum. Die Kollegen feixten. Neues Thema. Sie hatten am Vormittag ein Bordell durchsucht und geschlossen, das von Polen oder Russen geleitet worden war. Obwohl sie keine Drogen gefunden hatten, waren sie sicher, den Zugriff der gefürchteten Russenmafia auf die Unterwelt der Stadt abgewendet zu haben.

Aus seiner Zeit in der Sitte wußte Thann, daß es seit Jahren gängige Praxis war, die einheimische Zuhälterszene ungeschoren zu lassen, solange es keine Beschwerden wegen Nepps oder Beischlafdiebstahls gab. Wenn eine verprügelte Nutte aus Brasilien oder Thailand Anzeige erstattete, wurde sie kurzerhand in ihr Heimatland abgeschoben. Stattdessen wehrte die Polizei jeden Versuch auswärtiger Banden ab, in der Stadt Fuß zu fassen. Die einheimischen Ganoven galten als Informanten. Auf diese Art konnten Kämpfe rivalisierender Banden erst gar nicht entstehen.

Beide Seiten, Ganoven und Polizei lebten gut damit. Die Unterwelt blieb das, was sie zu sein hatte, nämlich unsichtbar für den Normalbürger. Die Beruhigungsstrategie. Als ihr Erfinder galt Bollmann.

»Eigentlich war der Puff völlig sauber«, erklärte Thanns Tischnachbar, ein kleingewachsener Mittdreißiger mit dunklen Locken. »Doch dann fanden wir dies: Der Russenpuff war die Zentrale eines Pornorings. Kuck mal, widerlich, nicht wahr? Wir haben dann gleich kurzen Prozeß gemacht: Laden dicht und die Mädels zurück in die Taiga.«

Ein Blick auf die Fotos. Schund. Frauen beim Geschlechtsverkehr mit Tieren. Thann war der Appetit endgültig vergangen.

»Wenn ich meine Frau mit meinem Schäferhund erwischen würde, ich glaub', ich wüßte nicht, wen ich zuerst erschießen würde, meine Frau oder den Hund«, bemerkte ein anderer Sittenkollege mit vollem Mund.

»Ich finde, die Fotos haben was. Irgendwie scharf.«

»Ich kann dir ja mal meinen Hund ausleihen!«

Gelächter.

»Nee, lieber deine Frau.«

Größeres Gelächter.

Thann schob sein Essen von sich.

»Such dir welche davon aus. Gratis. Wir haben Hunderte davon. Und Videos noch dazu«, bot ihm ein Tischnachbar an.

Asservatenmißbrauch. Thann lehnte ab und trug seinen halbvollen Teller zum Geschirrwagen.

12.

Eichs Mutter wohnte außerhalb der Stadt in einem kleinen Ort auf dem Land, etwa eine halbe Autostunde entfernt. Sie war Witwe, Günther Eich war ihr einziger Sohn gewesen. Als Thann vor dem kleinen, alten Einfamilienhaus hielt, hatte der Regen nachgelassen. Er öffnete die verwitterte, niedrige Gartentür.

Der Vorgarten war verwildert, in den Büschen und Obstbäumen hüpften Meisen und suchten Schutz vor den Regentropfen. Rissige, quadratische Platten aus rötlichem Stein markierten einen Pfad, der an der Haustür endete. Daneben stand eine Regentonne, in die ein Strahl aus einer Regenrinne plätscherte. Immer wieder zerriß ein Windstoß den Strahl in tausend Tropfen.

Thann klingelte. Licht ging hinter dem Fensterchen an, das in die Tür eingelassen war. Eine kleine, runzelige Frau öffnete. Der Kripobeamte schätzte sie auf mindestens achtzig Jahre. Bläuliches, verwaschenes Schürzenkleid, weißes, ungekämmtes Haar, braune, mit Lammfell gefütterte Pantoffeln.

Sie führte ihn ins Haus. Die Decke war niedrig. Es roch nach Essen, und es war warm. Die Alte führte ihn in ein Zimmer, in dem der Fernsehapparat lief. Sie schaltete den Ton ab. Das Bild lief weiter. Eine dieser Quizsendungen für alte Leute.

Thann zeigte ihr die Zeichnung, und sie erkannte ihren Sohn. *Ein so bestialischer Fall ist mir noch nie begegnet.*

»Günther«, sagte sie leise.

Thann erklärte, ihr Sohn sei ermordet worden, und er habe den Auftrag, den Mörder zu suchen. Ob sie wisse, wer seinen Tod gewünscht haben könnte. Die alte Frau begann zu weinen. Thann wußte nicht, wie er sie trösten sollte. Scheißjob. Am liebsten wäre er sofort wieder gegangen.

Dann machte sie Tee und erzählte von der Kindheit ihres Sohnes. Zunächst sei er ihr ganzes Lebensglück gewesen. Doch dann sei er ein recht aufsässiger Junge geworden, der oft widersprochen habe. Schließlich habe er sich gar nichts mehr von ihr sagen lassen. Als er sich mit Anarchisten und Hausbesetzern eingelassen habe, sei ihr klargeworden, daß es mit Günther ein schlimmes Ende nehmen müsse. Wie oft habe sie ihm abgeraten von dieser Freundin. Eine Frau mit drei Kindern, und er selbst war nur ein Student. Er hätte ganz andere haben können, Töchter aus reichem Hause. Sie wolle gar nicht daran denken, was dann aus ihm hätte werden können.

Wieder brach Eichs Mutter in Tränen aus. Minutenlang schluchzte die alte Frau vor sich hin, am ganzen Körper bebend. Sie schneuzte sich lautstark in ein Taschentuch. Dann starrte sie lange auf einen Punkt, irgendwo zwischen Thann und dem Adventskranz, der auf dem Tisch stand. Ihre Hände bearbeiteten das Taschentuch.

Thann fragte sich, ob sie es bemerken würde, wenn er einfach das Haus verließe. Doch dann beruhigte sie sich und fuhr fort in ihrem Drang, sich dem völlig Fremden mitzuteilen. Daß ihr Günther ein Mörder sei, habe sie nie geglaubt. Dieses Flittchen sei selbst an ihrem Tod schuld gewesen.

»Sie meinen Frau Korfmacher?« fragte Thann. *Mordfall Korfmacher.*

»Diese Anna, ja. Die hat's doch mit jedem getrieben, dieses Flittchen. Freie Liebe, Kommunismus und so. Die hat sich nicht wundern brauchen, daß einer sie totmacht. Ich will nicht sagen, daß sie's verdient hat. Aber ein Wunder war's nicht, oder?«

Schöne Leiche, klarer Fall.

»Haben Sie sie gekannt?«

»Nein, aber der Günther hat mir viel erzählt, damals. Immer wenn er Kummer hatte, ist er zu mir gekommen. Dafür war die alte Mutter gut. Betrogen hat sie ihn, über Monate ist das gegangen. Und ich hab' dem Günther immer wieder gesagt: Vergiß das Flittchen. Andere Mütter haben auch schöne Töchter, hab' ich gesagt. Und saubere. Aber der Günther hat halt nicht auf mich gehört.«

Mehr und mehr kam die Alte jetzt in Fahrt, froh, einen Zuhörer zu haben. Sie fragte Thann, ob er einen Likör wolle. Er nahm an, obwohl Süßes sonst nicht nach seinem Geschmack war. Im Handumdrehen standen zwei kleine Gläser und eine Flasche auf dem Tisch. Braunes Kräuterzeug.

Flittchen. Thann dachte an Corinna.

»Freude hat mir der Günther keine bereitet, als er älter war. Aber ein Mörder war er nicht. Das müssen Sie mir glauben. Ein anderer hat das Flittchen totgemacht, der auch eifersüchtig war. Und dann haben sie es meinem Sohn in die Schuhe geschoben. Mein Günther hat oft ausbaden müssen, was andere eingebrockt haben, schon auf der Schule.«

Sie kippte ihren Likör mit einer Bewegung, die Übung verriet. Thann tat es nach. Das Zeug klebte zwischen Zunge und Gaumen. Mutter Eich goß nach. Erst sich, dann ihm.

»Haben Sie eine Idee, wer der wirkliche Mörder gewesen sein könnte?«

»Nein. Ich hab' die Burschen von dem Flittchen ja nicht gekannt. Und der Günther hat nur so sozialistisches Zeug erzählt. Die freie Liebe sei die menschlichste Form der Liebe, nur sei der Mensch von sich selbst entfremdet und noch nicht reif für die freie Liebe und für den Kommunismus. Das hab' ich mir bis heute gemerkt, aber verstanden hab' ich das nie. So einen Kram haben sie ihm auf der Universität beigebracht. Politolie, Politologie, bah! Diese Kommunisten und Anarchisten sind schuld, daß er jetzt tot ist.« Sie kippte das zweite Gläschen.

Thann blieb noch eine halbe Stunde. Er glaubte, daß diese Frau jemanden brauchte, um auszusprechen, was Jahrzehnte in ihr eingeschlossen war. Einen Zuhörer, der ihr half, über den Verlust ihres Sohnes hinwegzukommen, den sie bereits vor 25 Jahren verloren hatte.

Und jetzt für immer.

13.

Thann traf sich ein zweites Mal mit Klaus Beckmann, diesmal vor dem Haus in der Goethestraße. Schweigend stiegen sie die Treppe in den zweiten Stock hoch zur Wohnung des Toten. Von Dalla und Schneider konnte Thann nichts bemerken. Er vermutete, daß die beiden Kollegen gerade einen der Hausbewohner befragten.

Schweigend begutachtete der Professor die Einrichtung, wie der oder die Einbrecher sie hinterlassen hatten.

»Die Stereoanlage fehlt. Verstärker, Radio und CD-Spieler«, stellte Beckmann fest.

»Und sonst?«

Beckmann sah sich weiter um und schüttelte den Kopf. »Nichts.«

»Vielleicht doch nur ein normaler Einbruch.«

»Aber wer einbricht, um die Stereoanlage zu klauen, richtet doch keine solche Verwüstung an, oder? Ich meine, die haben doch nach etwas gesucht!«

»Es gibt die Möglichkeit, daß ein Junkie hier war, nach Drogen suchte und die Anlage mitgehen ließ, um sich den nächsten Schuß zu finanzieren.«

»Glauben Sie das?«

»Nein«, bekannte Thann. »Das kommt zwar vor und sieht dann auch so aus, aber meist in anderen Gegenden. Und dann war es der Junkie aus der Wohnung nebenan, und ich glaube nicht, daß es das in diesem Haus gibt.«

»Was jetzt?«

»Hat Günther Eich Ihnen gegenüber Bemerkungen gemacht, er hätte Hinweise, wer der wahre Friedrichstraßenmörder war? Und daß er ihn stellen werde?«

»So konkret nicht. Aber das würde einiges erklären, oder? Er hat immer beteuert, er sei es nicht gewesen. All die Jahre. Als ich ihn am letzten Freitag vom Gefängnis abholte, war eins seiner ersten Worte, er werde alles daran setzen, um seine Rehabilitierung zu betreiben. Er wollte sich mit Leuten treffen, die er von früher kannte. Leute, die auch mit Anna zu tun hatten.«

»Anna Korfmacher?«

»Ja.«

»Wie lange waren die beiden zusammen?«

»Etwa ein halbes Jahr. Kennengelernt hatten sie sich übrigens auf einer Party bei mir. Es war Liebe auf den ersten Blick. Die beiden hingen den ganzen Abend zusammen und knutschten. Günther war gar nicht ansprechbar.«

»Erzählen Sie mir mehr über Anna Korfmacher.«

»Sie war eine wunderbare Frau. Sie sah sehr gut aus, und es war toll, wie sie es fertigbrachte, zu studieren und zugleich ihre Kinder zu versorgen. Der Älteste ging bereits in den Kindergarten. Aber die Kleinen nahm sie oft mit ins Seminar. Der Kleinste war erst ein paar Monate alt, als Günther sie kennenlernte.«

Sie setzten sich an Eichs Küchentisch, mitten ins Chaos.

Beckmann fuhr fort. »Anna hatte zu der Zeit bereits eine Ehe hinter sich. Von dem monatlichen Scheck ihres Ex-Mannes konnten sie und die Kinder gerade so leben. Sie hatte eine tolle Wohnung, die wenig Miete kostete. Es gab kaum ein Wochenende ohne eine Party bei Anna. Dann kam die Kündigung, und die Wohnungsgesellschaft bot ihr eine Menge Geld dafür, daß sie rasch auszog. Doch sie lehnte das Geld ab und blieb drin. Ihr Ex-Mann hatte schon vorher in der Wohnung gewohnt oder so. Jedenfalls betrug die Kündigungsfrist mehrere Jahre.

Wir haben dann auch Geld gesammelt für einen Prozeß. Während dieser Zeit sind die anderen Wohnungen besetzt worden, die leerstanden, weil sie die Mieter hinausgeekelt hatten. Es war eine sehr politische Zeit, und Anna stand immer im Mittelpunkt. Nicht politisch, aber irgendwie war sie die Mutter der Bewegung.

Günther gefiel das schließlich nicht mehr. Er wollte sie ganz für sich haben. Er kämpfte zwar mit an vorderster Front für die Erhaltung des Hauses und gegen das Spekulantentum, aber insgeheim, glaube ich, wäre es ihm lieber gewesen, Anna hätte das Geld angenommen und wäre mit ihm und den Kindern in eine andere Wohnung gezogen. Vielleicht tue ich ihm auch Unrecht. Aber er hat mir damals mehrfach gesagt, er käme sich bei Anna vor wie das fünfte Rad am Wagen. Dabei hat es Anna sicher nie so gemeint. Sie hatte einfach, wie soll ich es sagen, mehr Liebe als nur für einen ausschließlich.«

Ein anderer hat das Flittchen totgemacht, der auch eifersüchtig war.

Beckmann hielt inne und sah Thann forschend in die Augen. »Heute herrscht ein anderer Zeitgeist, und Sie sind zu jung, um das damals erlebt zu haben. Es war eine Zeit des Umbruchs, in gewissem Sinn eine revolutionäre Zeit. Auf kulturellem Gebiet, meine ich. Anna lebte das, was viele von uns als Ideal hatten, aber nicht leben konnten.«

Ende des Lieds von der Mutter Courage der Hausbesetzer, dachte Thann. Er wollte mehr wissen, Fakten statt Ideologie.

»Wer war der Mann oder Ex-Mann von Anna Korfmacher?«

»Weiß ich nicht. Ich glaube, es war ein Beamter oder so. Mehr weiß ich nicht.«

»War sein Name Korfmacher oder war das ihr alter Mädchenname?«

»Ich glaube letzteres. Ja, nach der Scheidung hatte sie ihren alten Familiennamen wieder angenommen.«

»Wer gehörte damals zum Freundeskreis von Frau Korfmacher?«

»Oje! Ihr Freundeskreis war so groß wie ihr Herz, und das war unendlich.«

Gleich spricht er sie heilig, dachte Thann. Die Mutter Gottes der Anarchisten.

»Im weiteren Sinn waren es die Hausbesetzer, die in zwei großen Wohnungen unter der von Anna lebten, die Kommilitonen in den Seminaren, die Anna besuchte, der 'Kapital'-Lesekreis, den wir damals hatten, und die sozialistische Basisgruppe, zu der sie regelmäßig ging. Wer sie kannte, mußte sie einfach mögen, und ihre Wohnung stand allen offen.«

»Und in engerem Sinn?«

»Unser engerer Freundeskreis zählte vielleicht zwanzig, fünfundzwanzig Personen.«

Soviel Freundschaft und Liebe erschien Thann verdächtig. »Haben Sie auch mit ihr geschlafen?«

Beckmann runzelte die Stirn und zupfte an seinem Hemdkragen herum. »Natürlich war ich auch ein wenig in sie verliebt. Die Aufmerksamkeit einer so fabelhaften Frau schmeichelt jedem, nehme ich an. Bei einer dieser Parties schlief ich dann auch mit ihr. Irgend jemand rief, laßt uns morgen mit einem 'Love-in' gegen die Universitätshierarchien demonstrieren. Ein anderer sagte, laßt uns das 'Love-in' doch gleich hier proben. Tja, und so geschah es auch zwischen Anna und mir. Es setzte sich noch ein paar Tage fort, doch dann wurde mir klar, wie sehr ich Günther verletzte. Außerdem begann meine damalige Freundin ebenfalls eifersüchtig zu werden.«

»Lockere Zeiten! Wer war denn noch so eifersüchtig, daß er Anna Korfmacher den Tod wünschte?«

»Das habe ich nicht gesagt, daß Günther oder meine damalige Freundin ihr den Tod wünschten!«

»Habe ich auch nicht so gemeint. Aber können Sie sich erinnern, wer mit Frau Korfmacher Streit hatte?«

»Die Wohnungsbaugesellschaft natürlich. Denen hatte sie erstmal das Geschäft vermasselt. Aber sonst, also aus Eifersucht zu streiten, das war unter uns damals tabu. Wer eifersüchtig war, hatte selbst Schuld und mußte an sich selbst arbeiten, um die Eifersucht zu überwinden. So dachten wir damals eben. Nur einige Männer aus dem, ich will mal sagen, mehr proletarischen Milieu hatten Schwierigkeiten mit dieser Regel. Leider hatte Anna manchmal gerade für solche Burschen eine Schwäche. Da flogen schon mal die Fetzen. Erinnern kann ich mich an einen Streit mit einem Freund, den Anna vielleicht so zwei Wochen vor ihrem Tod hatte. Aber mehr kann ich beim besten Willen nicht aus meinen grauen Zellen leiern. Es ist eben schon lange her.«

»Wer war dieser Freund?« Vielleicht eine Spur.

»Heinz Pfaff, ein etwas einfach strukturierter Geist. Aber sicher kein Mörder.«

»Und Günther Eich hat keinen Namen aus früheren Zeiten erwähnt?«

»Nein. Wie ich schon sagte, er hatte sich verändert, ist viel verschlossener geworden. Er hat vieles angedeutet, er wollte Leute treffen, er wollte sich Klarheit verschaffen. Nichts Konkretes. Ich zweifelte, ehrlich gesagt, ob er wirklich jemandem auf der Spur war. Ich glaubte, er wollte seinen Anwalt dransetzen, für seine Haftzeit als Unschuldiger eine Entschädigung zu bekommen. Sie haben mir Anna und einen Teil meines Lebens genommen, und dafür sollen sie bezahlen, das hat er einmal gesagt.«

»Wann haben Sie ihn eigentlich zuletzt gesehen?«

»Zuerst traf ich ihn täglich, dann zuletzt am Montag.«

In der Nacht zum Donnerstag war er ermordet worden.

»Keine Ahnung, wen er sonst sah?«

»Naja, am Sonntag besuchte er seine Mutter. Und zu seinem Anwalt wollte er auch. Dann traf er einmal diesen Bewährungshelfer. Ach ja, Fritz Engels wollte er auch treffen, den alten Kommunarden. Doch ein Name aus früheren Zeiten, jetzt fällt's mir ein. Ich wußte übrigens gar nicht, daß der noch in der Stadt wohnt.«

Thann notierte die Namen: Engels und Pfaff. Er bedankte sich bei dem Professor. Trotz Designerklamotten und Revolutionsgefasel erschien ihm der Mann sympathisch. Mit seinen mehr als fünfzig Jahren strahlte er eine gewisse jugendliche Frische aus. Beckmann beteuerte, es sei ihm ein Herzensanliegen, daß dieser Fall aufgeklärt werde. Er sei jederzeit bereit zu helfen, wenn er könne.

Thann gab ihm die Bürotelefonnummer sowie seine private, für den Fall, er könne doch noch mehr aus seinen »grauen Zellen leiern«.

14.

Im Präsidium gab Miller Thann eine Liste mit weiteren Anrufern, die Eich identifiziert hatten. Vier Namen: drei Justizvollzugsbeamte aus dem Gefängnis, in dem Eich gesessen hatte, und ein Taxifahrer, der ihn zwei Tage vor seiner Ermordung gefahren hatte. Das war alles. Schneider und Dalla hatten die Befragung der Hausbewohner bereits am frühen Nachmittag abgeschlossen. Keiner im Haus Goethestraße 32 hatte etwas bemerkt, was mit dem Tod Eichs oder dem Einbruch in seiner Wohnung zu tun hatte, meldete Schneider.

»In nur einer Stunde habt ihr alle sechs Nachbarwohnungen besucht?« fragte Thann.

»Ja, Chef«, antwortete Schneider.

Immer wieder der Versuch zu provozieren. *Ruhig bleiben.*

»Und was habt ihr danach gemacht?«

»Schreibarbeit. Wir haben keine Lust, jeden Tag zwölf Stunden auf Achse zu sein und womöglich nachts noch über den Berichten zu sitzen.«

Die letzten beiden Kollegen trafen ein. Entlang der Müllroute hatten sie etwa ein Sechstel der Häuser durchsucht und nichts erreicht, außer jeder Menge Aufruhr und Ärger.

»Scheißarbeit. Der Tiefpunkt meiner bisherigen Karriere«, maulte ein Kollege, es vermeidend, Thann in die Augen zu sehen.

Verrennen Sie sich nicht in vage Ideen.

»Ich hab' versucht, es mit Humor zu nehmen«, berichtete ein anderer. »Wenn ich Papier oder Glas in der Tonne fand, hab' ich den Nächstbesten erst mal zusammengeschissen. Verstoß gegen das Abfallgesetz. Wertstoffe gehören in den Recyclingcontainer und nicht in den Müll, haha. Ein Riesenspaß, aber gebracht hat's nichts.« Seitenblick zu Thann. »Kein Blut, keine Schreie, keine verdächtige Tonne, kein Folterkeller.«

Schneider und Dalla grinsten beide von Ohr zu Ohr. Thann wurde nervös.

»In dem Tempo brauchen wir einen Monat, bis wir alle Müllrouten abgeklappert haben«, beschwerte sich Dalla.

»Was wollen wir morgen anstellen?« fragte Schneider.

»Das besprechen wir morgen früh, halb acht, gleicher Ort«, antwortete Thann, ratlos, müde und durstig. Wochenendarbeit stand an.

»Gleiche Welle, gleiche Stelle!« versuchte Miller, die Stimmung aufzubessern. Die Männer erhoben sich und verließen den Besprechungsraum. Im Hinausgehen drückte Dalla Thann eine Videokassette in die Hand.

»Das ist von den Jungs von der Sitte. Das wird dich heute abend auf angenehmere Gedanken bringen.«

Mit einem ganzen Stapel von Berichten betrat Thann um 18 Uhr das Büro des Kripochefs. Hier gab es Teppichboden, moderne Möbel und Bilder an den Wänden. Bollmann reichte ihm seine Pranke.

»Setzen Sie sich.« Kein Junior.

Der Kriminaloberrat warf einen raschen Blick in Thanns Bericht. »Soso. Der Eich. Kaum entlassen, schon tot. Hätte sich damals gleich erhängen sollen. Ein toter Mörder liegt dem Staat nicht auf der Tasche. Und nun zu Ihnen.«

Bollmanns Augen sandten stahlblaue Blitze auf Thann herab. Plötzlich ahnte der, was kommen würde.

»Der Innenminister war heute sehr erstaunt, als er erfuhr, wer im Deponiemord die Ermittlungen leitet. Hat der Mann denn überhaupt die nötige Erfahrung für so einen herausragenden Fall? Und wenn ich sehe, wie Sie es angegangen haben, muß ich ihm recht geben. Herr Thann, ich entziehe Ihnen hiermit diesen Fall. Hauptkommissar Fendrich übernimmt ab sofort die Leitung der Kommission. Fendrich ist der erfahrenste Mann im K1, er weiß, wie man solche Fälle richtig angeht. Er wird sich heute noch mit Ihren Kollegen in Verbindung setzen.«

Thann rang nach Luft. Es pochte in seinem Körper. Ausgerechnet Fendrich, dieser hohle Typ. Er machte die Vorarbeit, und dieser Schleimer sahnte ab.

Doch bevor Thann etwas erwidern konnte, fuhr Bollmann fort, an Schärfe nachlegend. Seine fleischige Rechte mit dem schweren Siegelring krachte auf die Tischplatte. »Was fällt Ihnen eigentlich ein, Ihre Leute in den Mülltonnen unserer Stadt wühlen zu lassen? Sie bringen die Bevölkerung sinnlos in Aufregung und uns in Mißkredit! Ich muß Sie vor sich selbst retten, denn Sie sind im Begriff, das Ansehen der Polizeibehörde zu verspielen. Warum haben Sie nicht im Gefängnis nachgefragt? Wo Günther Eich die letzten 25 Jahre lebte, wird doch noch am ehesten eine Spur zu finden sein, die zu seinem Mörder führt.«

Der blonde Bulle war um seinen Tisch gegangen und hatte sich gesetzt. Jetzt beugte er sich nach vorne und stieß mit seinem Zeigefinger in Richtung Thann. »Mensch, Sie haben noch eine Menge zu lernen, wenn Sie es bei uns zu etwas bringen wollen! Wir können froh sein, daß es nur ein Mord an einem Haftentlassenen ist. Da sieht uns die Presse nicht so genau auf die Finger.«

Thann kochte vor Wut. Er war überzeugt, kein anderer Ermittler wäre in zwei Tagen weiter gekommen als er, auch Bollmann nicht. Er wußte nicht, was er dem Vorgesetzten antworten sollte. Er fühlte sich hilflos, und das steigerte seine Wut noch weiter.

»Spannen Sie am Wochenende richtig aus. Gehen Sie an der frischen Luft spazieren, am besten mit einem Mädel am Arm. Sie haben Erholung verdient. Am Montag melden Sie sich bei der Sitte. Die haben im Moment eine Menge zu tun und können Sie gut gebrauchen.«

Sitte. Abgesetzt und ausgesperrt von seinem Fall. Thann stellte sich den Spott von Schneider und Dalla vor. Er versuchte zu protestieren. »Sie können mich nicht ins K2 versetzen. Das ist mitbestimmungspflichtig. Der Personalrat ...«

»Vorübergehend. Wir gründen eine übergreifende Arbeitsgruppe. Sie vertreten das K1. Von Versetzung kann keine Rede sein. Verstanden?«

»Herr Bollmann, ich ...«

»Und noch etwas, Thann.« Aus den Blitzen wurden Laserstrahlen. »Sie trinken und Sie neigen zu Gewalttätigkeiten. Beides ist nicht gut. Überhaupt nicht gut. Ich habe schon gute Männer zugrunde gehen sehen, weil sie gesoffen haben. Reißen Sie sich also zusammen.«

Bollmann kniff die Augen mit ihren fast farblosen Wimpern zusammen und nickte seinem Gegenüber aufmunternd zu. Er breitete die Arme aus. Der Siegelring funkelte im Licht der Schreibtischlampe.

»Sie sind noch jung, und ich mag Sie. Aus Ihnen kann noch mal was werden, Junior.«

Der väterliche Ton konnte Thann nicht beruhigen. Wortlos stand er auf, grußlos verließ er den Raum.

In seinem Büro griff er als erstes nach der Flasche. *Reißen Sie sich zusammen.* Thann nahm einen Schluck. Bollmann hatte ihn durchschaut und konnte wie mit einer Marionette mit ihm spielen. Ein zweiter, größerer Schluck. Für Bollmann war er ein kleines Würstchen, und dafür haßte er ihn. Er trank die Flasche aus und mit einem Wutschrei, der ihm fast die Lunge zerriß, schmetterte er sie gegen die Wand.

Ausgelaugt stand er da und wartete auf ein Echo seines Schreis. Als es ausblieb, begann er die Scherben einzusammeln. Er nahm alle Fotos und Zeichnungen von der Wand und packte sämtliche Unterlagen in seine Tasche, schloß sein Büro ab und verließ das Präsidium.

Es war längst finstere Nacht, und der Regen hatte wieder eingesetzt, noch heftiger als zuvor. Thann fuhr zum Bahnhof. Vor dem Gebäude lungerten Fixer und Dealer. Innen hetzten die letzten Pendler zur S-Bahn, die sie aus der Stadt bringen sollte, nach Hause in ein friedliches Wochenende mit Freunden und Familie. Thann ging in den Laden, der bis in den späten Abend geöffnet hatte, und kaufte eine Flasche Weinbrand und zwei Flaschen Cola. *Spannen Sie am Wochenende richtig aus.*

15.

Er hatte keine Lust, nach Hause zu fahren. Ziellos steuerte er seinen Wagen stadtauswärts. Weg von Wohnung und Präsidiumsfestung, weg von all den Menschen. Er fuhr, bis er die letzten Häuser hinter sich gelassen hatte, fuhr weiter, bis ihn der Wald verschlang, immer weiter, bergauf, bis sich eine weite Lichtung auftat. Er bog auf den Parkplatz, auf dem sich die Autos an sonnigen Wochenenden Blech an Blech drängten, der in dieser Nacht jedoch verlassen dalag. Er rollte bis an den Rand des asphaltierten Platzes. Von hier erstreckte sich die Sicht über die Baumkronen unter ihm und weiter über Felder und über die gesamte Stadt. Ein riesiges Lichtermeer, das im Dunst zu flimmern schien. Und zwischen den Millionen Lichtern lag die Bedrohung. Verzweiflung und pochende Gier.

Thann konnte die Türme der Innenstadt erkennen, auf denen sich die bunten Neontafeln drehten; von hier aus waren es nur kleine, grüne oder blaue Punkte. Er sah die Lichter der landenden und startenden Flugzeuge über dem Flughafen weit draußen, am anderen Ende der Stadt. Und er sah das Band der Autobahn, eine Kette weißer und roter Lichter, die sich am Horizont verloren. Daneben war es völlig dunkel. Die Deponie.

In diesem Moment hörte es mit einem Mal auf zu regnen, und die Wolkendecke riß auf am Horizont. Thann sah Sterne blinken. Er kurbelte das Fenster herunter und sog gierig die kalte Luft ein, die hier oben viel frischer war als in der Stadt. Würzig und rein. Er fühlte sich wohl an diesem Ort, aber dennoch war ein Kribbeln in seinem Körper, Unruhe und Haß. Er öffnete eine der Colaflaschen und goß ein Drittel des Inhalts aus dem Fenster. Dann schraubte er die Weinbrandflasche auf, billiger Fusel, und füllte mit dem braunen Zeug die Colaflasche bis zum Rand. Er ignorierte die Tropfen, die danebengingen, entlang seiner Hand liefen und auf der Hose landeten. *Ich muß Sie vor sich selbst retten*. Zum Teufel mit Bollmann!

Thann setzte den Flaschenhals an und trank. In der Lükke zwischen den Wolken war der Mond aufgegangen und schien durch die Windschutzscheibe auf die Flasche. Sein Spiegelbild tanzte auf der Flüssigkeit, die in Thanns Kehle floß.

Endlich kam er zur Ruhe. Wie lange er auf diesem Parkplatz saß und auf die Stadt hinuntersah, wußte er später nicht mehr zu sagen. Er ignorierte die Kälte, die durch das offene Fenster drang, und nahm ab und zu einen Schluck seiner Mischung. Irgendwann hörte er ein Auto näherkommen. Es parkte unweit von ihm, ebenfalls am Rand des Platzes mit Blick auf die Stadt. Noch ein Gast in der ersten Reihe.

Es waren zwei. Im Mondlicht konnte Thann beobachten, wie sie sich küßten, als gelte es, einen Wettbewerb im Dauerknutschen zu gewinnen. Dann senkten sie ihre Lehnen nach unten und versanken unter dem Horizont der Seitentür. Kurz darauf kletterte die Frau nach hinten, beugte sich über die Kofferraumabdeckung und streckte ihren blanken Hintern dem Mondlicht entgegen. Der Mann folgte ihr, drang in sie ein und fummelte mit seinen Händen unter ihrem Pullover. Sie waren beide noch sehr jung.

Thann sah wieder nach vorn auf die Stadt. Er stellte sich vor, jedes Licht sei eine Wohnung, in der ein glückliches Paar sich gerade liebte. Neid und Kälte begannen durch seinen Körper zu kriechen. Er schloß das Fenster und die Flasche und fuhr los.

Zu Hause öffnete Thann seine Tasche und entnahm Stapel von Unterlagen. Es waren die Kopien der Berichte, die er und seine Kollegen geschrieben hatten, das Untersuchungsergebnis des Gerichtsmediziners und ein Protokoll der Spurensicherung, die er zu Eichs geplünderter Wohnung gerufen hatte. Daneben alte Akten über den Friedrichstraßenmord, vergilbte Papiere, und das Dossier, das Eichs Anwalt ihm gegeben hatte. Thann legte alles auf seinem Wohnzimmertisch zurecht, bis dieser vollständig bedeckt war. Das Glas, aus dem er trank, mußte er auf den Boden stellen.

Die Fotos der Leichenteile hängte er an die Wand, dazu die Zeichnung des Opfers und den Lageplan der Deponie. Zuletzt befestigte er die Zeitung mit ihren übergroßen Schlagzeilen und den Fotos, die ihn am Morgen so geärgert hatten. Er war fest entschlossen, die Ermittlungen fortzuführen, und wenn es ihn jede freie Minute kosten würde. Dies war der einzige Weg zu beweisen, daß Bollmann sich in ihm geirrt hatte. Er schenkte sich nach.

Die Videokassette hatte er sich bis zum Schluß aufgehoben. Dalla hatte ihn aufmuntern wollen oder vielmehr verspotten. Nach den Fotos, die er in der Kantine gesehen hatte, ahnte er, was ihn nun erwartete.

Der Vorspann nannte als Hersteller eine Firma namens *Fun Production* und die Namen der Darsteller, allesamt englisch und ebenso phantasievoll wie falsch. Dann sah Thann eine Hausfrau, die dem Klempner die Tür öffnete und schon nach wenigen Sekunden vor den Augen des Handwerkers einen Striptease hinlegte. Sie trieben es in verschiedenen Stellungen, dann kam ihr Mann nach Hause, und sie machten zu dritt weiter. Thann ging über Minuten des monotonen Gerammels im Schnellauf hinweg.

Szenenwechsel. Ein Mann las in einem Pornoheft und wichste. Dann betrat eine Frau den Raum. Thann stoppte das Bild. Die Anwaltsgehilfin!

Sein Herz schlug schneller. Der Puls zersprengte fast sein Hirn. Thann ließ das Bild weiterlaufen. Er hielt den Atem an. Seine Finger umkrallten die Fernbedienung, als wollte er sie zerdrücken.

Es war Eva und es war doch nicht Eva. Sie hatte eine andere Stimme und eine andere Frisur, eine lange blonde Lockenmähne. Sie trug Kleider wie aus dem Secondhandshop und wirkte etwas jünger als die Anwaltsgehilfin. Aber es war ihr Gesicht und ihre Figur.

Sie zog sich aus und legte die Hand auf die Augen des Mannes, als wolle sie ihn raten lassen, wer sie sei. Es folgte das übliche Spiel solcher Filme. Der Streifen war schlecht gedreht. Man sah die Mühe der Darstellerin, sich bei jeder Aktion so zu verrenken, daß die Kamera zwischen ihre Beine sehen konnte. Schlechte Schnitte, die Großaufnahmen und Totalen paßten nicht zueinander. Dennoch sah Thann aufgeregt zu, wie zwei weitere Männer, in denen er den Klempner und den Ehemann aus dem ersten Teil des Films erkannte, in die Szene traten und sich am Spiel beteiligten.

Laßt uns das Love-in doch gleich hier proben.

Evas Zwillingsschwester tat es mit allen zugleich. Turnübungen, komplizierte Körperkombinationen. Thann zweifelte, ob das im wirklichen Leben überhaupt Spaß machen konnte. Dennoch nahm seine Erregung weiter zu. Zuletzt ergossen sich die Männer über ihrem Körper.

Erneuter Szenenwechsel. Jetzt fand das statt, was das Band so illegal und so wertvoll für seine Liebhaber machte. Das Vorspiel: Zwei Frauen Mitte Dreißig machten auf einem Sofa aneinander herum. Alles, was sie trugen, waren kleine, schwarze Masken.

Dann führten Männer, deren Gesichter außerhalb des Bildrands blieben, Tiere in die Szene; Schäferhund, Ziegenbock, Pony. Thann bekam eine neue Vorstellung des Wortes *Schoßtiere.* Es ekelte ihn an, und dennoch sah er gebannt hin.

Der Abspann. Thann spulte zurück zur Mitte des Bandes. Eva?

Er sah sich die Szene noch einmal an, wieder und wieder. Gebannt. Elektrisiert. Das Trinken hatte er ganz vergessen.

Irgendwann schaltete er den Fernseher aus und lauschte in die Nacht. Er hoffte, daß die Nachbarn das Stöhnen der Schauspieler nicht gehört hatten. Er fühlte eine Leere in seinem Körper, doch der Kühlschrank bot nichts Festes, womit sie zu füllen war. Thann hielt sich wieder an den Alkohol. Schnaps pur, bis die Flasche leer war.

Irgendwann fiel er ins Bett.

Sein Traum war diesmal noch weit beunruhigender als der der letzten Nacht. Immer wieder begegnete ihm Eva, mal blond, mal braun, das Gesicht durchfurcht von parallel geführten Schnitten. An mehr konnte er sich nicht erinnern, als er schweißgebadet erwachte. Dann schlief er wieder ein, doch es war kein Schlaf, der Erholung brachte.

16.

Als er zum zweiten Mal erwachte, blendete ihn das Grau des Tages. Sein Magen war wie mit Beton ausgegossen. Sein Kopf enthielt ein Hirn aus Blei, das bei jeder kleinen Bewegung gegen den Schädel schlug. Der Schmerz war unerträglich, sobald sich Thann bewegte.

Der Wecker zeigte zwölf Uhr. Thann fand ein Röhrchen Schmerztabletten und nahm gleich zwei Pillen. Als er duschte, versuchte er, an den dünnen Strahlen seinen Durst zu löschen, doch nach jedem Schluck war seine Zunge so trocken wie zuvor.

Er machte Kaffee und fand einen Apfel, doch sein Magen dankte das Frühstück nur mit weiteren Schmerzen. Sein Wohnzimmer sah aus wie ein Museum für ungeklärte Fälle. Die Zeitung vom Vortag klebte schief an der Wand, und beim Aufhängen mußte Thann seinen Gummibaum umgerissen haben. Er stellte ihn wieder auf und tat die herausgefallene Erde zurück in den Topf. Seine Hände zitterten.

Thann räumte Gläser und Flaschen auf. Dann legte er sich wieder auf sein Bett und wartete auf ein Ende der Schmerzen in Kopf und Magen. Er war fast wieder eingeschlafen, als das Telefon klingelte. Ganz schrill mitten in seinem Hirn.

Seine Mutter. Sie wollte wissen, ob er am Sonntag zu Besuch käme. Auch das noch! Keine Lust. Er verneinte und legte auf, bevor sie weitersprechen konnte.

Draußen war es so trüb wie in seinem Kopf. An den vorbeifahrenden Autos liefen die Scheibenwischer, und Fußgänger trugen Schirme vor sich her. In den Eingang des Zeitungsladens drückten sich drei Penner und wärmten sich an Zigaretten und Schnaps.

Thann griff nach seinem Portemonnaie.

ZERSTÜCKELTE LEICHE IDENTIFIZIERT!
WANN SCHLÄGT DER WAHNSINNIGE HACKER WIEDER ZU?

Unter der Überschrift zwei Fotos: Von dem einen grinste Thann das feiste Bullengesicht Bollmanns entgegen. Am liebsten hätte er es sofort zerrissen. Das andere zeigte Eich in seinen jungen Jahren. Er trug lange Haare und eine breite, großgemusterte Krawatte. Späte Sechziger. Thann vermutete, daß nach ihm der *BLITZ* Eichs Mutter aufgesucht und ihr Geld für das Foto gezahlt hatte. Hoffentlich viel Geld.

Thann las weiter.

Sechs Tage in Freiheit, dann erschlagen und hack-hack. Kriminaloberrat Bollmann (Bumm-Bumm Bollmann) ermittelt. Wie will er den wahnsinnigen Hacker zur Strecke bringen? Lesen Sie auf Seite 4.

Keiner ist vor ihnen sicher. Sie stechen, sägen, hacken.
DIE GRAUSAMSTEN SERIENKILLER DES JAHRHUNDERTS – EXKLUSIV!
Die neue Serie. Teil eins auf Seite 6.

Gestern hatten sie ihn noch auf der Titelseite abgebildet, heute hatte Bollmann ihn abgelöst. Auch im Innenteil wurde Thann nicht erwähnt. Über Fendrich ebenfalls kein Wort – ein schwacher Trost.

Fortsetzung von Seite 1: BLITZ sprach mit Kripochef Boll-

mann. Er selbst hatte vor 25 Jahren das Mordopfer hinter Gitter gebracht. Günther Eich, 54, jetzt zerstückelt, war selbst ein Mörder! Bollmann versichert: Die Polizei arbeitet mit Hochdruck, hat alle Kräfte mobilisiert. Mehr verrät er nicht. Bollmann: Es gibt Hinweise, aber um die Ermittlungen nicht zu gefährden, muß ich schweigen. BLITZ fragt: Wer hat Günther Eich so gehaßt? Oder wurde er zufälliges Opfer eines Wahnsinnigen, der uns alle haßt? WER IST ALS NÄCHSTER DRAN?

In Thanns Kopf schwirrten noch mehr Fragen und unverdaute Erlebnisse. Die letzten vierundzwanzig Stunden. Eva und das Video. Er öffnete eine neue Flasche Weinbrand und goß einen Schuß in die Tasse mit kaltem Kaffee, um den Kater zu besänftigen. Wer hatte Günther Eich so gehaßt?

Egal, ob er der Mörder an seiner Freundin war oder nicht, die Kinder Anna Korfmachers mußten glauben, daß Eich der Täter war. *Sie* hatten Grund zu hassen. Genug, um zu morden? Drei Kinder, die heute 30, 27 und 26 Jahre alt sein mußten.

Die Vornamen fand Thann nicht in den Unterlagen, stattdessen stieß er auf ein Foto der Mutter.

Wieder glaubte er Eva zu sehen. Anna Korfmacher sah der Anwaltsgehilfin verblüffend ähnlich. Die gleichen Augen, die gleiche Nase, der gleiche Mund. Sie lächelte fröhlich in die Kamera und hielt ein Baby auf dem Arm. Ein zweites Foto zeigte sie mit Günther Eich und anderen. Sie hatten sich untergehakt und marschierten. Ein Transparent wehte über ihren Köpfen: »Keine Macht den Spekulanten«.

Das dritte Foto – *sein Alptraum.* Die tote Anna. Sie hatte ein Loch in der Stirn und auf den Wangen tiefe Schrammen. Zwei auf jeder Seite, parallel, mit einem Abstand von etwa einem Zentimeter. *Schöne Leiche, klarer Fall.*

Thann war froh, daß jemand die Augen der Toten verschlossen hatte, bevor die Aufnahme gemacht worden war. Ein Zittern ging durch seinen Körper. Er trank noch einen letzten Schluck kalten Kaffee mit Schuß.

17.

»Als ich gestern das Bild gesehen habe, da, in der Zeitung, hab' ich mir gleich gedacht: den kennste doch. Beziehungsweise kannteste, denn da war er ja schon tot. So schnell kann das gehen, nicht wahr? Heute noch putzmunter, beziehungsweise Dienstag, am Dienstag war das, ja, und jetzt isser tot. Ermordet, hamse geschrieben, zerstückelt in sechs Teile, hack-hack. Das muß doch ein Wahnsinniger gewesen sein, der was einen zerstückeln tut, nicht wahr, Herr Inspektor?«

»Kriminaloberkommissar«, verbesserte Thann.

»Also, wenn ich da so an der Halte steh', und stehn tu' ich den halben Tag, die Geschäfte gehen immer schlechter heutzutage, dann les' ich immer in der Zeitung, denn lesen, das tut bilden, nicht wahr? Und als ich da gestern das Bild gesehen habe, da wußt' ich gleich, Dienstag vormittag, Stadtfahrt, Goethestraße soundso nach Dresdner, Ecke Danziger. Für mein Gedächtnis da bin ich berühmt. 37 Jahre auf'm Bock, immer kreuz und quer durch die Stadt, das hält jung. Ich merk' mir jeden Fahrgast, besonders natürlich, wenn er viel Trinkgeld gibt oder keins.«

»Hat Herr Eich viel gegeben oder keines?«

»Nee. Mittel, ganz normal. An den erinner' ich mich, weil wir uns interessant unterhalten haben. Der wußte noch, wie die Stadt früher ausgesehen hat. Und welche Häuser jetzt neu sind, das hat der gleich gemerkt. Ich hab' ihn einen Umweg gefahren, durch die Kaiser-Wilhelm über Bismarckplatz und Friedrichstraße. Das wollte der so. Der hat gestaunt, als hätt' er noch keine Hochhäuser gesehen. Und Sachen wollt' der wissen, wer das gebaut hat und wem dieses gehört. Ich hab' dann immer als Besitzer das gesagt, wo die Reklame am größten war, die wo da auf'm Haus draufstehn tut. Das wird dann schon stimmen, nicht wahr? Also, eine richtige Stadtrundfahrt war das.«

»Hat er Ihnen gesagt, wo er hin wollte?«

»Sie sind lustig, Herr Chefinspektor. Wenn er das nicht gesagt hätte, wo er hin wollte, hätte ich ihn nicht fahren können, nicht wahr?«

»Ich meine, zu wem und was er vorhatte.«

»Das weiß ich nicht. Geht mich auch gar nix an. Er sagte Dresdner Straße 70, Ecke Danziger muß das sein. Ich sag', kenn' ich, und los geht die Stadtrundfahrt.«

»Fiel Ihnen an ihm sonst noch etwas auf?«

»Also sonst, meinen Sie? Nein. Ich mein', er sah eigentlich ganz normal aus. Wissense, gar nicht wie ein Mörder. Und dann les' ich heute in der Zeitung, daß das ein Mörder sein soll, beziehungsweise gewesen war. Erst Mörder und dann Mordopfer oder so. Stimmt das, Herr Chefinspektor?«

»Ich weiß nicht«, sagte Thann wahrheitsgemäß.

Die Dresdner Straße lag im Osten der Stadt. Thann fuhr seinen alten Golf, der weit besser in Schuß war als jedes halb so alte Dienstfahrzeug des Präsidiums. Im Radio spielten sie amerikanische Weihnachtslieder. Die Straßen waren voller Autos mit auswärtigen Kennzeichen. Von weither strömten die Leute zum Einkauf in die Stadt. Thann war froh, als er das Zentrum hinter sich ließ und schneller voran kam. Der Taxifahrer hatte sich korrekt erinnert. Dresdner Straße 70 war das Eckhaus zur Danziger Straße, ein gesichtsloser, vierstöckiger Bau aus den sechziger Jahren, Teil eines Blocks aus gleich hohen Häusern, älteren und neueren.

Thann besah sich die Klingelschilder, und eins stach ihm gleich ins Auge. *Udo Korfmacher.*

Jetzt fiel der Groschen. Der *BLITZ*-Fotograf, das Zahnlückengrinsen. Daher war ihm der Name bekannt vorgekommen. Anna Korfmacher – Udo Korfmacher. Dem Alter nach könnte der Fotograf ihr Sohn sein. Der Sohn der ermordeten Schutzpatronin der Hausbesetzer und Anarchisten. Thann klingelte, doch die Tür blieb verschlossen.

Er ging durch den offenen, dunklen Hofeingang. Das Rückgebäude aus schmutziggrauen Ziegeln war weit älter als das Vorderhaus. Vor sechzig Jahren mochte es einmal eine Fabrik gewesen sein. Heute waren hier ein Fahrradladen, ein Karateclub und ein Fotostudio.

Thanns Schritte hallten über das nasse Pflaster, sonst war es vollkommen still. In keiner der Etagen brannte Licht. Die Eingangstür war angelehnt, Thann stieg die Steintreppe hoch in den zweiten Stock. Ein Schild: *Fotostudio Udo Korfmacher.* Die Tür war aus grauem Stahl, schwer und unbeweglich. Auch hier blieb Thanns Klingeln ohne Antwort.

Im Hof standen acht große Mülltonnen aus schwarzem Kunststoff. Jede trug einen blauen Aufkleber: *A & F, sicher und sauber.* Eine vage Vorstellung schoß durch seinen Kopf. Sein Puls beschleunigte sich. Thann hob einen Deckel nach dem anderen – Fehlanzeige von eins bis acht. An keiner Tonne hafteten Blutspuren, weder außen, noch innen. Nachdem er den letzten Deckel geschlossen hatte, sah er sich um. Niemand hatte ihn beobachtet. Keine Silhouette an den Fenstern des Vorderhauses, die auf ihn herabsah. Keiner, der wegen des Fremden, der im Abfall schnüffelte, womöglich auf die Idee kam, die Polizei zu rufen. Allmählich beruhigte sich Thann wieder.

Der Regen prasselte, und eine Sturmbö riß die letzten braunen Blätter von den Ästen der Alleebäume. Als er an einer roten Ampel hielt, beobachtete Thann eine alte Frau, die mit den Elementen um die Herrschaft über ihren Schirm kämpfte. Die Radionachrichten sprachen von einer Jahrhundertflut an Rhein, Main und Mosel, schlimmer noch als im Jahr zuvor.

Die Gehsteige unter der Adventsbeleuchtung der Innenstadt waren inzwischen verwaist. Die Läden waren geschlossen, und hinter den Schaufenstern voller Glitzerkram und Weihnachtskitsch zählten die Besitzer ihre Rekordeinnahmen. Die Rezession schien vorbei zu sein.

Plötzlich brachten sie im Radio eine Nachricht, die Thann aufhorchen ließ. Er stellte es lauter. Am Montag werde Polizeipräsident Kurz voraussichtlich aus gesundheitlichen Gründen seinen Rücktritt vom Amt erklären, hieß es. Der Innenminister bedauere diese Entscheidung, hieß es weiter. Wer Nachfolger von Kurz werde, der das Amt acht Jahre lang innehatte, dazu wolle sich der Minister nicht äußern. Doch in gutunterrichteten Kreisen, so der Nachrichtensprecher, gelte als aussichtsreichster Kandidat Kriminaloberrat Bollmann, der bisherige Leiter der Kriminalpolizei.

Mit einem Fausthieb schaltete Thann den Apparat aus und stieg aufs Gaspedal. Die Reifen drehten auf dem nassen Asphalt durch.

18.

Bevor Thann das Haus betrat, atmete er mehrmals tief durch. Er hatte Durst. *Ruhig, du schaffst es* – sein Mantra. Doch der Gedanke an Bollmann ließ ihn nicht los.

Es war ein Haus am Stadtpark, allerbeste Wohnlage. Thann drückte auf die Klingel. Fritz Engels, vierter Stock.

Als er in Engels' Wohnzimmer stand, sah er aus dem Fenster. Der Park, dahinter die Hochhäuser. Draußen war es dunkel geworden. An einem der Bürotürme bildeten die erleuchteten Fenster die Form eines Weihnachtsbaums. Die frohe Botschaft eines Versicherungskonzerns, überdimensional und von überall aus zu sehen. Ein brauner Hund mit eingedrückter Schnauze schnupperte an Thanns Bein. Eine Bulldogge. Ihr Herrchen rief sie zu sich.

Thann kannte Engels vom Hörensagen. Er war in den längst vergangenen Zeiten der berühmteste der Kommunarden gewesen, der Clown der Studentenbewegung. Es hieß, Engels habe einst im Gerichtssaal auf die Aufforderung, beim Eintreten der Richter gefälligst aufzustehen, geantwortet: »Ja, wenn's der Wahrheitsfindung dient!«

Thann bewunderte die geschmackvolle, moderne Einrichtung des Apartments und fragte sich, wie ein ehemaliger Bürgerschreck an das Geld gekommen war, das ein solcher Wohnstil verlangte.

An den Wänden hingen Bilder, bunt und wild und zugleich realistisch. Thann war kein Kunstkenner, aber ihm gefiel der Stil. Ein Bild zeigte ein tanzendes Pärchen, die Glieder weit von sich werfend, ein anderes Taxis in einer nächtlichen Straßenschlucht, die roten Lichter an Autos und Ampeln groß und grell. Das dritte Gemälde bestand weitgehend aus einer leuchtend gelben Fläche, einem Rapsfeld unter einem Himmel aus tiefem Blau. Am Horizont zeichneten sich die vagen Umrisse der Stadt ab.

Engels bemerkte das Interesse des Kripomanns an seinen Bildern. »Der dies malte, wohnte auch in unserer Kommune, ein paar Monate lang. Damals teilten wir das Brot, den Wein und die Bettgefährtinnen, heute muß ich für seine Bilder viel Geld bezahlen. Auch so ein etablierter Arsch, der mich erst wieder kennt, seit ich viel Geld verdiene und mir seine Bilder leisten kann.«

Engels schenkte Thann einen Grappa ein und erzählte seine Geschichte. Er erzählte von der Zeit, die 25 Jahre zurücklag, voller Ironie. Doch Thann spürte die Sentimentalität, die Engels dahinter verbarg. Die berühmt-berüchtigte Kommune schien für Engels ein Lebensabschnitt zu sein, dem er hinterhertrauerte, ohne dies eingestehen zu wollen.

Im alten Haus an der Friedrichstraße habe es drei verschiedene Etagen gegeben, die verschiedene Szenen beherbergten, lernte Thann. Unten die Spontis und Anarchos, die mit ihren Demonstrationen, auf denen erst Steine, dann Molotow-Cocktails flogen, die Stadt in Atem hielten. Im ersten Stock die Kommune, für die eine Hausbesetzung mehr eine Art Kunstform gewesen sei.

Ihre Waffe gegen das *Establishment* sei nicht die Gewalt, sondern der Witz gewesen, erklärte Engels. Es sei ihnen darum gegangen, Rituale der bürgerlichen Gesellschaft zu entlarven. Dafür waren sie von den anderen Hausbewohnern rasch als unpolitisch gescholten, von den linksliberalen Medien jedoch geliebt und oft besucht worden. Auch Anna Korfmacher hätte zu denen gehört, die ihn und seine Kommunarden als »im Kern bourgeois« bezeichneten. »Dabei bin ich ein Sproß der Arbeiterbewegung, nicht umsonst nannte mich mein Vater Friedrich!« sagte Engels mit verschmitztem Lächeln.

An Anna konnte er sich gut erinnern. Sie habe im zweiten Stock gewohnt als einzige reguläre Mieterin im Haus. Ungeachtet aller ideologischen Differenzen seien die Beziehungen gutnachbarschaftlich gewesen. Anna habe mit Lebensmitteln ausgeholfen, wenn keiner der Kommunarden an den Einkauf gedacht hatte, und oft sei man zum Fernsehen nach oben gegangen, denn in der Kommune sei die Glotze verpönt gewesen, erklärte Engels mit spöttischem Zwinkern. Ein Idyll, das jedoch nicht lange hielt.

»Vier Monate, nachdem wir das Haus besetzt hatten, war Anna tot. Dann zerfiel alles, der kurze Sommer der Anarchie verblühte. Die aus dem Erdgeschoß begannen, Bomben zu basteln, wir kamen auf den Drogentrip und die ganze Guruscheiße, und die Soziologen im zweiten Stock zerstritten sich in Trotzkisten und Maoisten, in Stalinisten und Antirevisionisten. Die ganze Scheiße. Diese Studenten, die die Revo organisieren wollten, waren im Grunde die wahren Spießer. Nach einem Jahr war das Haus geräumt und abgerissen, und ich saß auf Formentera, nähte indische Gewänder und kiffte, was das Zeug hielt. Jede Stunde ein Joint, und der Tag ist dein Freund.«

Er sah, daß Thann der Grappa schmeckte, und schenkte nach. Thann fragte ihn nach den Kindern Annas.

»Süße Blagen, zumindest die ganz Kleinen. Den Jüngsten hatte sie Karl genannt, nach unserem Gröphaz Karl Marx, dem größten Philosophen aller Zeiten. Wenn Sie den mal treffen, sagen Sie ihm einen schönen Gruß von Friedrich Engels, haha. Wie die anderen beiden hießen, weiß ich nicht mehr. Der Ältere war ein bißchen schwierig, vielleicht vermißte er den Vater oder hatte zu viele davon.«

»Erinnern Sie sich an Günther Eich?«

»Ja, der ging bei Anna ein und aus, meistens mit Büchern unter dem Arm. Er war ihr Haupt-Lover und zumindest für die zwei Kleinen sowas wie ein Familienvater. Er dozierte einmal über die bürgerliche Kleinfamilie als Keimzelle des Kapitalismus, dabei war nicht klar, ob er nun dafür oder dagegen war. So sehr sahen die manchmal aus wie die heilige Familie. Er soll sie dann umgebracht haben.«

»Glauben Sie, daß er es war?«

»Kann sein. Alle wollten sie damals ihre Partei der Arbeiterklasse gründen und waren doch schlimmere Spießer als ihre verehrten Arbeiter. Das Motiv soll Eifersucht gewesen sein. Und Grund für Eifersucht hatte er sicher genug. Andererseits sagten wir damals immer, die Ermordung Annas war ein Anschlag des kapitalistischen Staates, um unsere Bewegung im Kern zu treffen und zu spalten. Und jetzt wurde Günther Eich umgebracht, sagten Sie?«

»Ja. Ich hörte, er wollte Sie besuchen. War er bei Ihnen?«

»Ja. Am Montag. Es war eine peinliche Situation. Ich erkannte ihn nicht sofort. Er fragte mich nach etwas, von dem er meinte, ich hätte es all die Jahre über aufbewahrt, doch ich konnte es ihm nicht geben.«

»Was war das?«

»Eine Art Buch oder Album, an das er sich erinnerte. Es mußte ihm sehr am Herzen gelegen haben. Er sprach von Fotos und Zeichnungen aus der Zeit von Annas Ermordung. Sie müssen wissen, als er in den Knast ging, übernahm die Kommune alles, was Anna gehört hatte. Aber an so ein Buch konnte ich mich nicht erinnern. Die Räumung, die Reisen – da ging viel verloren. Ich war ganz verlegen, als ich ihm das gestehen mußte, und gab ihm den Rat, die

Nostalgie zu vergessen. Schau lieber in die Zukunft, sagte ich zu ihm. Doch er meinte, gerade dafür bräuchte er das Album. Das war alles, was er wollte.«

Thann überlegte. *Ein Album. Fotos und Zeichnungen.* Die Aussage des Anwalts: *Er machte Andeutungen, er habe etwas in der Hand.* Das war zwei Tage später gewesen.

Engels kraulte seine Bulldogge. Sie wackelte heftig mit ihrem Stummelschwanz.

»Wer war Annas Mann?«

»Der ist da nie aufgekreuzt, soviel ich weiß. Sie sagte mal was von einem Beamtenarsch. Tut mir leid, Herr Kommissar, stammt nicht von mir.«

»Wissen Sie, was aus den Kindern von Anna Korfmacher wurde?«

»Nein. Jetzt, wo Sie danach fragen, fällt mir auf, daß wir alle vorgaben, für eine bessere Gesellschaft einzutreten, jeder auf seine Weise. Aber was aus den kleinen Waisen im zweiten Stock wurde, darum kümmerte sich keiner.«

Engels war plötzlich ernst geworden. Er mußte jetzt rund fünfzig sein, schätzte Thann, sah jedoch aus wie sechzig oder mehr. Zerknittert und kraftlos. Das Leben als Kommunarde, Hippie und Apostel fernöstlicher Gurus war offensichtlich aufreibender, als Thann es sich vorgestellt hatte. Er überlegte, ob sein Gegenüber noch immer Drogen nahm. Wie in Gedanken schüttelte Engels kurz den Kopf. Seine Hängebacken vibrierten nach.

»Darf ich Sie fragen, womit Sie heute Ihr Geld verdienen?« fragte Thann und wies mit einem Kopfnicken auf die Ölgemälde im Raum.

Engels lachte. »Hübsche Hütte, was? Gegenfrage: Womit kommt man heutzutage am schnellsten durch die Stadt?«

»Weiß nicht. Mit dem Auto jedenfalls nicht.«

»Eben. So habe ich einen Fahrradkurierdienst gegründet. 'Friedrich Engels' Rote Radler'. Jetzt gibt es so etwas in jeder Stadt, aber ich war der erste. Vor fünf Jahren bin ich selbst noch geradelt, als Ein-Mann-Betrieb. Jetzt beute ich Lohnarbeiter aus, kassiere den Mehrwert von achtundvierzig Roten Radlern. Ich habe endlich meinen Karl Marx begriffen und vermehre mein Kapital mit wachsender Profitrate. – Übrigens«, fügte er hinzu und deutete auf die Bilder. »Leo Frentzel kann Ihnen vielleicht noch mehr über Anna Korfmacher und Günther Eich erzählen. Er wohnte zwar nur wenige Wochen im Haus, aber er war mehr oben bei ihr als bei uns in der Kommune. Sein Frauenkopf, der in der Kunsthalle hängt, stellt übrigens Anna dar.«

19.

Der Regen trommelte aufs Autodach und legte einen Schleier auf die Scheibe, obwohl die Wischer mit höchster Geschwindigkeit hin und her fegten. Der Alkohol machte Thann zu schaffen, seine Sinne arbeiteten mit Verzögerung. Fast wäre er auf einen Lieferwagen geprallt, zu spät sah er die Bremslichter aufflammen. Nur Millimeter waren zwischen den Stoßstangen, als er zum Stehen kam.

Die Welt erschien ihm wie ein Bild von Leo Frentzel: Eine dunkle Straßenschlucht, Umrisse von Autos und die roten Lichter der Ampeln und Autos, durch den Wasserfilm vor der Scheibe verzerrt auf eine unwirkliche Größe und Form.

Ein zweites Mal trieb es Thann in die Dresdner Straße, und wieder stand er vor verschlossenen Türen, sowohl am Vorderhaus als auch in der Fabriketage. Wieder keine Antwort auf sein Klingeln. Völlig durchnäßt stieg er ins Auto und fuhr zurück, diesmal mit mehr Vorsicht. Vielleicht würden sie sogar einem Kollegen den Führerschein abnehmen, wenn er angetrunken in eine Polizeikontrolle geriet. Thann hatte allerdings noch nie von einem solchen Fall gehört.

Er steuerte durch das Türkenviertel südlich des Bahnhofs. Gestern hatte er in dieser Gegend den Bruder des Deponiepförtners befragt, auf seine Weise, doch der Mann war harmlos gewesen. Es kam Thann vor, als sei es viel länger her. Inzwischen hatte Bollmann ihm den Fall entzogen. Doch Thann wollte sich nicht stoppen lassen. Mit jeder Stunde, so schien es ihm, kam er der Aufklärung des Falls näher, als gäbe es ein Schicksal, das ihn antrieb und zum Ziel führte. Diese Vorstellung ließ eine Welle der Euphorie durch seinen Körper strömen.

Er suchte Eva. Die Anwaltsgehilfin sah dem Foto der Toten verblüffend ähnlich. Thann war überzeugt, daß Eva Annas Tochter war und Udo ihr Sohn. Zwei von drei Geschwistern. Von ihnen erhoffte er sich weiteren Anschub, Beschleunigung auf seiner Suche nach der Wahrheit, die ihm den Triumph über alle spöttischen Kollegen bringen sollte.

Er hatte die Adresse aus dem Telefonbuch. Er hielt vor einem renovierten Altbau in zweiter Reihe, lief zum Eingang und begann zu zittern, als er den Namen neben der Klingel las: *Eva Korfmacher.*

Er dachte an das Lächeln der Anwaltsgehilfin und drückte sanft auf den Knopf. Nach wenigen Sekunden summte der Türöffner. Thann hielt den Atem an, als er die Treppe hochstieg.

In der offenen Wohnungstür stand eine korpulente Frau von Ende Dreißig in Schürze und Pantoffeln. Aus dem Hintergrund hörte Thann das Lärmen eines Fernsehgerätes und mehrerer Kinder. Die Frau fuhr sich mit den Fingern durchs Haar und blickte den Kripomann fragend an.

»Kann ich bitte Eva Korfmacher sprechen?« fragte er, bereits ahnend, was folgen würde.

»Ja, das bin ich, was gibt es?«

Weder kannte sie seine Eva, noch war sie mit Anna verwandt.

Es war die einzige Eva Korfmacher im Telefonbuch.

Die Adresse des Malers Leo Frentzel hatte ihm der Altkommunarde Engels gegeben. Doch auch hier traf Thann niemanden an. Wieder machte er sich auf den Weg. Wenigstens das Porträt Annas, das Frentzel gemalt hatte, wollte er sehen. Er fuhr in die Innenstadt, Richtung Kunsthalle, vorbei an Kaufhäusern und Kinos. Da wurde ihm klar, daß das Museum bereits seit Stunden geschlossen haben mußte. Er umrundete die Kunsthalle, verwarf den Gedanken, noch einmal bei Udo Korfmacher oder Leo Frentzel zu klingeln, und gab für heute auf. Der Rausch seines Ermittlungseifers war dem Kater der Ernüchterung gewichen. Thanns Nerven waren gespannt und vibrierten. Er war unzufrieden mit dem Ergebnis des Tages. Von wegen Schicksal. Sein Körper verlangte nach Alkohol.

20.

Zu Hause im Mordmuseum. Weinbrand und Video.

Er holte sich Befriedigung von der Eva, die er auf Band hatte. Er stellte sich vor, sie sei die echte und gehöre ihm. Was sie tat, geschah nur für ihn, wenn sie einen dieser schmierigen Typen küßte, dann küßte sie in Wahrheit Thann.

Anschließend widmete sich Thann seinen Unterlagen. Vieles mußte er zweimal lesen, denn er trank zügig und verlor rasch die Konzentration. Die Ähnlichkeit der Anwaltsgehilfin mit der Frau im Pornofilm hatte ihn nachhaltig verwirrt. Er starrte auf die Bilder an der Wand. Tote starrten zurück. Er trank weiter.

Dann malte er sich das alte Haus an der Friedrichstraße aus, das Kommunenleben und die freie Liebe, die dort angeblich geherrscht hatte. Seine Phantasien führten ihn zurück zum Video, zurück zu Eva. *Spannen Sie am Wochenende richtig aus. Am besten mit einem Mädel.* Er zwang sie zum Sex mit wildfremden Männern, saß im selben Raum und genoß es, der Beobachter zu sein, der erst ganz zuletzt an der Reihe wäre. Diese Vorstellung brachte ihn erneut in Fahrt.

Gegen vier Uhr morgens erwachte Thann. Sein Kopf war taub, sein Körper gehorchte ihm nur zögernd. Die Mattscheibe flimmerte leer. Er schaltete den Apparat ab, trank noch das Glas aus und torkelte zum Bett. Er schlief unruhig und träumte gegen Morgen einen vom Rausch diktierten Traum.

Er sah sich selbst, wie er als prügelnder Bulle durch die Stadt lief. Auf jeden, der ihm begegnete, schlug er ein. Kollegen, unbeteiligte Passanten, blaugekleidete Müllmänner. Eine unsichtbare Macht, die ihm selbst Angst einjagte, trieb ihn dazu. Er konnte nicht anders: Er hieb seine Faust in das Gesicht Udo Korfmachers, und plötzlich stand er vor Eva oder Anna oder der Frau aus dem Video. Auch ihr gab er eine Ohrfeige. Sie fiel hin, und wieder sah er diese furchtbaren Schnitte in ihrem Gesicht. Und von überall her starrten ihn blutunterlaufene Augen an. Dann wollte Anna ihm etwas sagen. Sie rief nach ihm, doch er schaffte es nicht, näher zu kommen.

Mehrfach wachte er auf und schlief wieder ein. Als er am frühen Nachmittag endgültig aufstand, war der Kater so schlimm wie noch nie. Sein bleiernes Hirn drohte die Schädeldecke zu sprengen. In seinem Magen waren die Kieselsteine in wilder Bewegung. Er mußte sich übergeben.

Thann sah auf seine Hände. Sie zitterten wieder. Er schwor, mit dem Trinken aufzuhören. Er machte sich eine Dosensuppe warm, dann holte er die Sonntagsausgabe der Zeitung, die er verachtete und dennoch immer wieder las.

16. Dezember. Dritter Advent.

Auf der Titelseite brachte der *BLITZ am Sonntag* fast ausschließlich die Überschwemmungskatastrophe. Auch innen fand Thann keine Nachricht, die seinen Fall betraf. Stattdessen widmete die Zeitung dem bevorstehenden Wechsel an der Polizeispitze einen kleineren Artikel auf Seite zehn. Von seinem Herzinfarkt vor einem Jahr habe sich Polizeipräsident Kurz nie so recht erholt. Noch im Lauf der Woche wolle der Innenminister seinen Nachfolger ernennen.

Minister Lemke zu BLITZ AM SONNTAG: »Die Stadt braucht Sicherheit und die Polizei braucht Führung. Es wird schwer, einen Mann wie Hans-Werner Kurz zu ersetzen.« Doch längst hat Lemke einen Freund und Helfer: Harald Bollmann, 51, Kriminaloberrat und seit Jahren Vertrauter und Berater des Ministers. An ihm führt jetzt kein Weg mehr vorbei.

Das Foto zu dem Text zeigte Lemke und Kurz beim Händeschütteln. Hinter den beiden stand blond und bullig Harald Bollmann. Dessen Augen waren in die Kamera gerichtet und trafen Thann bis in den Magen.

21.

»Natürlich kann ich mich an die Anna erinnern.« Heinz Pfaff öffnete ein Bier.

»Ich nehme an, Sie trinken nicht im Dienst, Herr Kommissar.«

Thann winkte ab, obwohl er Durst verspürte. *Ab heute nüchtern bleiben.*

Beckmanns Hinweis auf Pfaff: *Proletarisches Milieu. Einfach strukturierter Geist.*

»Wir waren rund ein halbes Jahr zusammen. Das war kurz nach ihrer Scheidung. In einer Diskothek hatten wir uns kennengelernt, und es hat gleich gefunkt zwischen uns. Sie müssen wissen: das war eine echte Klassefrau. An der war was dran, und die zierte sich nicht so wie andere Mädels. Ich hab' mir später oft vorgestellt, wie schön wär' es, wenn wir noch zusammen wären. Aber als sie anfing, auf die Uni zu gehen und zu studieren, da war es dann schnell aus. Bei den ständigen Diskussionen über die Befreiung der Arbeiterklasse und der Dritten Welt und so, da konnte ich eben nicht mithalten. Das andere, das hat allerdings gestimmt, und wir haben uns auch später noch oft gesehen.« Er zwinkerte Thann zu und trank von seinem Bier.

»Vielleicht hätte ich bei ihr einziehen sollen«, fuhr Pfaff fort. »Dann wär' sie vielleicht nicht so auf dumme Gedanken gekommen. Aber ich will Sie nicht langweilen. Was wollen Sie wissen?«

Pfaff zündete eine Zigarette an. Thann fragte nach den Kindern Annas.

»Ja, die Kinder! Als wir uns kennenlernten, war das Mädchen gerade erst zwei oder drei Monate alt. Seit damals bin ich übrigens ein richtiger Kindernarr. Ich habe selbst zwei. Die sind schon außer Haus, aber die Älteste hat mir vor kurzem einen Enkel gemacht, einfach goldig. Haben Sie Kinder?«

Thann verneinte.

»Na, Sie haben auch noch Zeit, Sie sind ja noch jung. Annas Ältesten hatte übrigens ihre Mutter aufgezogen«, fuhr Pfaff fort und blies den Zigarettenqualm zur Seite. *Der Ältere war ein bißchen schwierig.*

»Doch als das Mädchen da war, holte sie auch den Jungen zu sich. Da war der drei oder so. Als wir offiziell Schluß machten, war sie zum dritten Mal schwanger. Sie sagte, ich sollte mir keine Sorgen machen, sie käme schon zurecht. Zuerst war ich froh darüber. Später hab' ich mir Gedanken gemacht. Da hast du einen Sohn und kümmerst dich nicht, hast keinen Einfluß, ob aus dem was Anständiges wird oder so. Ich hab' die Anna oft besucht, als der Kleine da war. Ich hab ihn gewickelt und ihm Geschichten erzählt, auch wenn er noch nichts verstanden hat. Und wenn die Anna gewollt hätte, wär' wieder was geworden mit uns, und dann wär' ich auch eingezogen. Dann würd' die Anna heute noch leben. Aber nein, die Anna hat mich zwar noch manchmal ins Bett mitgenommen, aber mehr war nicht drin.«

»Erinnern Sie sich an Günther Eich?«

»Ja, klar. Mit dem war sie zum Schluß zusammen. Das war dieser Theoretiker, mit dem sie zu den komischen Parteiveranstaltungen ging. Basisgruppe zum Aufbau der Kommunistischen Partei, nannten die sich. Das muß man sich mal vorstellen! Mich wollten sie auch dazukriegen, als Mensch aus der Arbeiterklasse. Ich sagte, sie sollten froh sein, daß sie keinen Kontakt zur Arbeiterklasse hätten. Die hätte ihnen höchstens was auf die Fresse gegeben. Von dem Eich war sie fasziniert, aber mehr wie von einem Lehrer, nicht wie von einem Liebhaber oder so, wenn Sie wissen, was ich meine.« Heinz Pfaff zwinkerte. Er winkte mit der Bierflasche. »Wollen Sie nicht doch eins?«

Eisern bleiben. »Hatten Sie Streit?«

»Die Anna und ich? Ja, oft. Wir waren beide Dickschädel. Drum haben wir zuerst so gut zusammen gepaßt und später dann gar nicht mehr. Ich hab' sie einmal gefragt, ob sie nicht rauswollte aus dem Chaotenhaus und wieder mit mir zusammensein, aber da hat sie allergisch drauf reagiert. Da haben wir so heftig gestritten, daß ich hinterher gedacht hab': Ist vielleicht auch besser so. Danach hab' ich sie nicht mehr gesehen. Zumindest nicht lebendig.«

»Und mit Günther Eich?«

»Ob wir gestritten haben? Nein, wir sind uns einfach aus dem Weg gegangen. Er war nicht dumm oder so, aber ich habe ihn nicht leiden können. Als er sie dann aber umgebracht hat, da hätt' ich schon für die Todesstrafe gestimmt, wenn man mich gefragt hätte.«

»Wußten Sie, daß er entlassen wurde?«

»Nein, erst als sie in der Zeitung brachten, daß er tot ist. Aber umgebracht hab' ich ihn nicht, wenn Sie das meinen.«

»Sie sind überzeugt, daß er Anna ermordet hat?«

»Wer sonst? Auch wenn es in dem verrückten Haus damals keiner glaubte, aber er hatte doch diesen Prozeß, wo sie es ihm nachgewiesen haben. Von den Hausbesetzern wollte es natürlich keiner glauben, denn so hatten sie ja einen Mörder in ihren eigenen Reihen, und das gibt doch keiner gern zu. Aber wer soll es sonst gewesen sein?«

Thann wäre froh gewesen, darauf eine Antwort zu haben.

»Ihre Kollegen haben es ihm damals nachgewiesen, dem Eich. Und solange es keinen Gegenbeweis gibt, gilt das Urteil von dem Gericht. Das ist der Rechtsstaat, und ich bin froh, daß wir einen haben. Aber was langweile ich Sie. Vom Rechtsstaat verstehen Sie viel mehr als ich.« Pfaff drückte die Zigarette aus und nahm einen Schluck aus der Flasche.

»Wie hießen die Kinder eigentlich?« wollte Thann wissen.

»Die von der Anna? Also der Ältere, das war der Udo.«

Udo Korfmacher. Thann hatte es geahnt.

»Auf den Namen ist, glaube ich, ihr Mann gekommen. Aber die Namen der anderen beiden waren typisch Anna. Die Kleine nannte sie Eva.«

Treffer: Eva, die Anwaltsgehilfin.

»Eva, das war für Anna die Urmutter der Menschheit, so sagte sie mal. Und den jüngsten nannte sie Karl. Das war in der Zeit, wo sie an der Uni all diese Theoriekurse hatte. Zuerst verehrte sie die Eva aus der Bibel, dann den Karl Marx aus dem Kapital. Das war immer so bei ihr. Mal so, mal so, aber immer hundert Prozent.«

»Und was wurde aus den Kindern nach Annas Tod?«

»Ich wäre froh, wenn ich das wüßte. Der Kleinste ist immerhin mein Sohn, auch wenn man sich bei den Weibern nie so ganz sicher sein kann.« Wieder zwinkerte Pfaff Thann zu.

»Ich hab oft noch überlegt, was aus den dreien wohl geworden ist. Das letzte, was ich hörte, war, daß der Geschiedene von Anna die Kinder aufnahm, gleich nach dem Tod von Anna. Soviel ich weiß, war der Polizist oder so. Ich denk' mir, das war das Beste für die Kleinen. Das Hausbesetzermilieu wäre nichts für die Kinder gewesen.«

Pfaff öffnete eine zweite Flasche. An den Namen von Annas Ex-Mann konnte er sich leider nicht erinnern.

Plötzlich hörten sie Geräusche im Flur.

Heinz Pfaff beugte sich vor und sprach leise: »Das ist meine Frau. Die kommt grad' nach Hause. Ich bitt' Sie, Herr Kommissar, reden wir jetzt nicht mehr von Anna. Da ist sie nämlich ganz komisch, wenn es um alte Weibergeschichten von mir geht.«

Pfaffs Frau betrat den Raum, bepackt mit prallen Einkaufstüten. Weihnachtsgeschenke für die Kinder und den neuen Enkel, vermutete Thann.

»Eine letzte Frage habe ich noch, Herr Pfaff«, sagte Thann. »Die muß ich allen stellen, dafür haben Sie sicher Verständnis. Wo waren Sie in der Nacht von Mittwoch auf Donnerstag?«

»Da waren wir in Norddeutschland zu Besuch bei unserer Tochter«, erklärte Frau Pfaff anstelle ihres Mannes.

22.

Im zweiten Anlauf traf Thann den Maler in seiner Wohnung an.

Leo Frentzel war ein sechzigjähriger Schönling mit langem, weißem Haar. Er trug einen Hausmantel aus schwarzer Seide. Aus der Brusttasche hing ein weißes Tüchlein. Frentzel führte Thann in seine Wohnung.

»Sie haben Glück, daß Sie mich antreffen. Ich verlasse morgen die Stadt. Im Winter ist es mir unmöglich, hier zu arbeiten. Der Winter hat kein Licht, keine Farben. Seit fünf Jahren gehe ich jeden Winter nach Mexiko, mit all meinen Skizzen, und dort gehe ich ans Werk. Bevor ich Mexiko entdeckte, hatte ich jeden Winter eine Krise. Das ist jetzt vorbei.«

Frentzels Wohnung sah ganz anders aus, als Thann sich die Bude eines Malers vorgestellt hatte. Keine künstlerische Unordnung, keine Farbkleckse auf dem Fußboden, keine

Staffelei vor dem Fenster. An den Wänden hingen nur wenige Bilder, keines sah denen ähnlich, die Thann bei dem Altkommunarden Engels gesehen hatte. Kein Rapsfeld, keine nächtliche Großstadtszene, keine Tänzer.

»Sie vermissen Leinwand und Paletten, nehme ich an. Ich trenne zwischen Arbeit und Zuhause. In meinem Atelier sieht es natürlich ganz anders aus. Ich gehöre nicht zu denen, die ihre eigenen Werke zu Hause aufhängen. Wenn ich ein Bild fertig habe, muß es raus, sich sozusagen selbständig draußen in der Welt bewähren. Das ist so eine Maxime von mir. Das einzige Bild, das von mir stammt, ist dieses.«

Der Maler führte Thann in einen zweiten Raum. Über einem Sofa hing das Porträt einer jungen Frau. Thann staunte, wie so wenige, grobe Pinselstriche ein Gesicht formen konnten, das so natürlich wirkte und den Charakter der Frau besser preiszugeben schien als alle Fotos, die er von ihr gesehen hatte.

»Anna Korfmacher«, entfuhr es ihm.

»Sie kennen sicher das Porträt, das in der hiesigen Kunsthalle hängt. Ein zweites besitzt ein Sammler in London. Ich habe sie nur dreimal gemalt, aber daran, daß dieses Bild bei mir in der Wohnung ist, sehen Sie, wieviel mir Anna bedeutete. Ihr Tod hat mich damals sehr getroffen, gewissermaßen mein Leben verändert. Aber setzen wir uns doch. Etwas zu trinken?« Leo Frentzel ging an die Bar.

»Mineralwasser, wenn Sie haben.«

»Kein Alkohol im Dienst, natürlich. Ich trinke ebenfalls nie bei der Arbeit. Das ganze romantische Gerede, daß Kunst durch den Rausch beflügelt wird, ist völliger Quatsch. Man verliert die Konzentration, und das ist in meinem Beruf so hinderlich wie in Ihrem.«

Die Möbel erinnerten den Kripomann an die Anwaltskanzlei, in der er Eva gesehen hatte. Alles war alt und gediegen. Im Kamin prasselte ein Feuer und ließ das garstige Wetter in Vergessenheit geraten.

»Anna war meine erste große Liebe. Davor war nur Liebelei. Noch lange nach ihrem Tod suchte ich in anderen Frauen immer nur Anna. Meine zahlreichen Reisen waren nur ein Versuch, über den Verlust hinwegzukommen. Lange Zeit ein hilfloser Versuch.«

Frentzel reichte Thann ein Glas Wasser. Er selbst trank eine goldbraune Flüssigkeit aus einem großen Cognacschwenker. Anscheinend hatte er heute nicht vor zu arbeiten.

»Anna war meine Muse. Zur gleichen Zeit, als ich sie kennenlernte, fand ich meinen Stil. Das war vor 27 oder 28 Jahren. Ich hatte die Akademie beendet und bereits meine ersten Erfolge. Die meiste Zeit lebte ich damals in London. Anna hatte auch andere Beziehungen. Ich wußte das, wir hatten keine Geheimnisse voreinander. Doch wenn ich in der Stadt war, dann gab es nur sie und mich. Sie wissen vielleicht, daß sie drei Kinder hatte. Das dritte war der Sproß unserer Liebe.«

Der Maler nippte von seinem Glas. Noch ein Möchtegern-Vater wie Pfaff. *Der Kleine ist immerhin mein Sohn.*

»Ich war bei der Geburt dabei. Wir nannten es Karl. Leider nahm es dieser Polizist mir weg. Ich konnte es nicht verhindern. Ich hatte meine erste Ausstellung in den USA. Als ich zurück kam, ließ man mich meinen Sohn nicht besuchen. Ein Anwalt belehrte mich, daß ich keine Aussichten hätte, die Vaterschaft auf dem Rechtsweg zu erlangen. Ich geriet damals in meine depressivste Phase und konnte wochenlang nicht arbeiten. Schließlich verließ ich das Land und ging in die USA.«

»Kannten Sie Günther Eich?«

»Ich sah ihn einmal. Ein intellektueller Typ. Einer von Annas Freunden. Wie gesagt, mich interessierte nicht, was Anna tat, wenn ich nicht da war. Das berührte unsere Liebe nicht.«

»Wissen Sie, was aus den Kindern wurde?«

»Ich habe nie mehr danach geforscht. Ich verdrängte den Gedanken daran aus Angst, wieder in Depressionen zu verfallen.«

»Wer war der Polizist, der Annas Sohn Karl zu sich nahm?«

»Es war ihr geschiedener Mann. Er holte alle drei Kinder, als seien es alle drei die seinen. Sie müßten ihn eigentlich kennen. Er hat später Karriere gemacht, habe ich gehört. Kurz heißt er. Den Vornamen kenne ich nicht.«

»Hans-Werner Kurz, der Polizeipräsident?«

»Genau der.«

23.

Thann rekapitulierte: Seit Bollmann ihn abgesetzt hatte, war er bei vier Personen gewesen, die Eich gekannt hatten. Frentzel, Pfaff, der verrückte Engels und der Taxifahrer.

Fakt: Drei Kinder. Erstens Udo Korfmacher, der Fotograf. Zweitens Eva, die Anwaltsgehilfin. Nachname möglicherweise Kurz, nach dem Polizeipräsidenten, der die Kinder nach dem Tod ihrer Mutter aufgenommen hatte. Drittens Karl, noch unbekannt.

Fakt: Eich hatte nach einem Album gesucht.

Fakt: Eich war zwei Tage vor seiner Ermordung mit dem Taxi zu Udo Korfmacher gefahren.

Thann beunruhigte der Gedanke an seine Kollegen und an den Kripochef. Wenn Bollmann bemerkte, daß er auf eigene Faust weiterforschte, war Thanns Karriere wahrscheinlich beendet.

Ein Wettlauf.

Thann versuchte, seine Chance einzuschätzen. Bollmann würde vermutlich den Schwerpunkt seiner Ermittlungen auf Eichs Gefängniskontakte legen und nur mit halber Kraft arbeiten. *Wir können froh sein, daß es nur ein Mord an einem Haftentlassenen ist.* Thann hatte den Vorteil, daß er nicht den Dienstvorschriften folgen mußte und nur in die

Richtungen zu forschen brauchte, die ihm am erfolgversprechendsten erschienen. Sein Nachteil lag darin, daß er allein war. Irgendwann würde Bollmann ihm auf die Schliche kommen. Seine einzige Chance bestand darin, den Mörder vorher zu finden.

Aus dem Regen war Schnee geworden, in dieser Gegend der erste des Jahres, der liegenblieb. Erst jetzt wurde Thann bewußt, wie nahe Weihnachten bevorstand. Die weiße Decke, die sich über alles legte, erhellte den Abend und ließ alle häßlichen Geräusche leiser erscheinen. Bedächtig rollten die Autos in den Straßen.

Wieder fuhr Thann die Dresdner Straße entlang, nachdem er in einer Gaststätte zum ersten Mal seit Tagen eine vollständige Mahlzeit zu sich genommen hatte. Es hatte ihm geschmeckt, und die Magenschmerzen, die sich nun einstellten, waren weniger heftig, als er befürchtet hatte.

Zum dritten Mal an diesem Wochenende klingelte er an der Tür von Udo Korfmacher, und wieder war es vergeblich. Doch diesmal war alles ganz anders.

Im Hinterhof fielen ihm zunächst die zahlreichen Autos auf, die hier parkten. Es waren acht, mehr hätten gar nicht hierher gepaßt, ohne sich gegenseitig zu behindern. Die Fenster im zweiten Stock waren beleuchtet. Thann lief die Treppe hoch.

Er klingelte und klopfte an der Stahltür zum Fotostudio, doch niemand öffnete. Wie aus großer Ferne hörte er Musik und einzelne Rufe, die wie Kommandos klangen. Thann hörte die Klingel selbst nicht, vielleicht war sie defekt oder abgestellt. Er klopfte ein zweites Mal an die Tür, er hämmerte mit aller Kraft, bis seine Faust schmerzte, doch das dumpfe Dröhnen rief keinen herbei. Er legte ein Ohr an die Tür.

Frankie Goes to Hollywood – Relax! Die Bässe ließen den kalten Stahl vibrieren. Stimmen, die er nicht kannte. Rufe, die er nicht verstand. Ein letztes Hämmern gegen die Tür. Nichts. Thann ging zurück in den Hof.

Er notierte die Nummern der parkenden Autos und verwarf den Gedanken, sich mit Steinwürfen gegen die Fenster Aufmerksamkeit und Einlaß zu verschaffen.

Senkrechte, weiße Stofflamellen verhinderten den Blick ins Innere. Das letzte Fenster war mit einer Folie verklebt, an deren Außenseite die Worte *Foto, Film, Video* standen. In diesem Moment wurde es geöffnet, etwas nach innen gekippt. *Welcome to the Pleasure Dome.* Der treibende Rhythmus schallte über den Hof.

Thann sah nichts als die weiße Decke. Er trat zurück, soweit es die Mauern zuließen. Das einzige, was er erspähen konnte, war eine Deckenlampe mit nackten Birnen, die an Metallzapfen hingen. Der Charme der siebziger Jahre. Er wartete zehn Minuten, bis er zu frieren begann, doch es tat sich nichts weiter.

Trotzig klingelte Thann noch einmal am Vorderhaus. Nichts. Er versprach dem Klingelknopf wiederzukommen.

Zu Hause zwischen all den Mordbildern und Unterlagen setzte er sich ans Telefon und wählte die Privatnummer dessen, der zumindest an diesem Abend noch Chef des Polizeipräsidiums war.

»Kurz.« Es war eine Frauenstimme.

»Kriminaloberkommissar Thann. Kann ich bitte Herrn Hans-Werner Kurz sprechen?«

»Mein Mann ist nicht da.«

»Und morgen?«

»Worum geht es?«

»Ich ermittle im Mordfall Günther Eich. Das ist der Tote, den man auf der Deponie gefunden hat. Der war wiederum der Mörder von Anna Korfmacher. Wir haben Anhaltspunkte, daß beide Morde zusammenhängen und der Schlüssel dazu möglicherweise bei den Kindern der Frau Korfmacher liegt. Wir sind im jetzigen Stand der Ermittlungen froh um jeden Hinweis und würden auch gern Ihren Mann dazu befragen.«

»Das wird nicht gehen. Wie Sie vielleicht gehört haben, hat er einen neuen Herzanfall erlitten und liegt zur Beobachtung in der Klinik. Ich muß Sie also enttäuschen.«

»Dann lassen Sie uns darüber sprechen. Würde es Ihnen morgen abend passen?«

»Ich glaube nicht, daß ich Ihnen irgend etwas erzählen kann, was Ihnen weiterhilft.«

»Die besten Zeugen wissen manchmal nicht, wie wertvoll ihre Erinnerungen sind, Frau Kurz.«

»Na gut, aber nicht vor halb acht. Zuvor bin ich in der Klinik.«

Thann wünschte ihrem Mann gute Besserung.

24.

Eine vertraute Frauenstimme meldete sich.

»Thann.«

Der Gedanke an Weihnachten hatte den an seine Mutter fast zwangsläufig zur Folge. Er hatte ein schlechtes Gewissen, daß er gestern früh so schroff zu ihr gewesen war. Wie schroff, daran konnte er sich nicht mehr erinnern.

»Hier auch.« Nie hatte er sich anders gemeldet, wenn er seine Mutter anrief.

»Ach, Karl. Schön, daß du anrufst. Ich hab' auch gerade an dich gedacht. Zu Weihnachten kommst du doch, nicht wahr?«

»Natürlich, Mama. Was wünschst du dir eigentlich?«

»Nichts. Nur, daß du kommst.« Nie hatte sie anders auf diese Frage geantwortet.

Seine Mutter wohnte eine gute Autostunde entfernt, zwischen Hügeln und Wäldern inmitten frischer Luft am Rande eines kleinen Dorfes. Dorthin war sie mit ihrem Mann gezogen, als dieser pensioniert worden war. Von dem, was die Lebensversicherung ihnen ausbezahlte, hatten sie ein Häuschen gekauft. Bei Renovierungsarbeiten hatte der alte Thann kurz darauf einen dummen, aber tödlichen Unfall gehabt. Das war vor zwei Jahren gewesen. Gudrun Thann war erst fünfzig. Sie reiste viel, doch wenn sie zu Hause war, fühlte sie sich meist einsam. Dennoch kam er höchstens einmal im Monat zu ihr ins Dorf und selten länger als einen Tag. Auch für Weihnachten wollte er ihr keinen längeren Besuch zusagen, solange er seinen Fall noch nicht gelöst hatte. Seine Mutter beschwerte sich nicht.

Spätestens am zweiten Tag würde sie ihn fragen, wann er sich denn eine Frau suchen wolle und eine Familie gründen. Dieses Thema war Thann lästig. Er wollte sich nicht drängen lassen. Sie gab ihm die Schuld an der Trennung von Corinna. Sie wollte eine Schwiegertochter und Enkelkinder. Jedesmal fing sie damit an.

Einmal hatte sie ihm vorgeworfen, er würde immer schrulliger werden und deshalb niemals eine Lebensgefährtin finden. Daraufhin hatte er sich in ihrem Beisein betrunken und war am nächsten Tag ohne Frühstück und Abschiedswort abgefahren. Seitdem hatte er nicht mehr in ihrem Häuschen übernachtet.

Sie fragte ihn ein zweites Mal, ob er nicht doch über die Feiertage bei ihr bleiben wolle. Er erzählte von dem Mordfall Eich und vom damit zusammenhängenden Mordfall Anna Korfmacher. Und log: sein Chef erwarte von ihm die rasche Aufklärung des Falls. Daraufhin schwieg sie.

Als Thann im Bett lag, mußte er an die Mutter Günther Eichs denken und an deren Verbitterung, als sie von ihrem Sohn gesprochen hatte. Dann überlegte er, wie Anna Korfmacher wirklich gewesen sein mochte. Jeder, den er bisher gefragt hatte, beschrieb sie anders. Sie war Flittchen und Muse, dickköpfig und weichherzig, Frau und Freundin für Kommunisten, Künstler, Proleten und Polizisten.

Und wer war Eva? Vielleicht wußte sie, wer Günther Eich nach 25 Jahren im Gefängnis den Tod gewünscht hatte. Vielleicht hatte sie eine Ahnung, was es mit dem Album, das Eich laut Fritz Engels gesucht hatte, auf sich hatte. Eva, die Anwaltsgehilfin. Sinnliche Stimme, warme

Augen, heiße Schenkel. Schönheit und Klasse. Eva, die Pornodarstellerin. Dieselbe Frau? Er überlegte, wie es wäre, sie danach zu fragen.

Ab und zu piekste es in seinem Bauch, und er fühlte sich flatterig im ganzen Körper. Nach den Exzessen der letzten Tage hatte er den Sonntag ohne einen Tropfen Alkohol durchgestanden. Dafür büßte er nun mit Schlaflosigkeit. Eigentlich wollte er morgen ausgeruht und fit an die Sache gehen. Er wußte, daß das hochprozentige Schlafmittel ihm helfen würde, doch er widerstand. Er gab auch nicht der Versuchung nach, sich mit Hilfe des Videos zu zerstreuen.

Obwohl der Mond nicht durch die Wolken drang, flutete eine unwirklich scheinende Helligkeit von draußen in sein Zimmer. Der Schnee reflektierte die unzähligen Lichter der nächtlichen Stadt, und was der Schnee nach oben strahlte, warf die Wolkendecke zurück. Irgendwann zählte Thann die Schläge einer Kirchenglocke. Viertel vor zwei. Bald darauf ertönte eine zweite, entferntere Glocke, wie ein spätes Echo. Danach schlief er endlich ein.

Udo

25.

Montag, der 17. Dezember. Ein kalter, nebliger Morgen.

Drei Schlagzeilen auf der Titelseite des *BLITZ*:

RUSSENMAFIA AUCH AM RHEIN!
34 FRAUEN AUS SEX-GEFÄNGNIS BEFREIT!
Viermal schlug die Polizei am Wochenende zu. Bordelle, Sexclubs, Drogenhöhlen. Viermal der Beweis: Die Russenmafia hat begonnen, ihr Netz über die Stadt zu breiten. 34 Frauen hielten die Russen als Sklavinnen. Zum Sex verkauft wider Willen. Ein Horrorleben. Alles über das Treiben der Russenmafia im BLITZ. Wie gründlich war der Schlag gegen den Iwan-Terror wirklich? Exklusiv auf Seite 4

DROGEN, SEX, PLUTONIUM –
DAS TREIBEN DER RUSSENMAFIA IN DEUTSCHLAND!
Sie machen Milliardenumsätze, sie morden täglich, sie handeln mit dem Strahlentod! Millionen zittern vor ihnen. Sie halten Rußland im Würgegriff – bald auch uns?
Gennadij F., 37, Boß der Russenmafia, exklusiv gegenüber BLITZ: »Ich bin mächtiger als Jelzin und Clinton zusammen.« Wie sicher können wir noch schlafen? Hintergrund auf Seite 5

GEFESSELT, GESCHLAGEN, MISSBRAUCHT –
SO MACHTEN SIE MICH ZUR SEXSKLAVIN!

Tanja war süße 16, als sie das Opfer der Russenmafia wurde. Ihre Peiniger machten sie zur Sexsklavin. Sie erzählt ihre Geschichte – herzzerreißend. Tränen laufen über die Mädchenwangen. Den Teddy preßt sie an sich. Kein Zweifel: Tanja ist fast noch ein Kind. Stundenlang wurde sie gefesselt, geschlagen und von fremden Männern zum Sex gezwungen. Sie gesteht: »Ich wünschte mir den Tod.« Die neue Serie ab sofort im BLITZ auf Seite 6:
DAS TAGEBUCH DER BLUTJUNGEN SEXSKLAVIN!

Thann parkte so weit von Bollmanns Porsche entfernt, wie es ging, und hoffte, dem künftigen Polizeipräsidenten nicht über den Weg zu laufen. Das Kommissariat zwei, Sitte, Rauschgift und Vermißte, lag auf der anderen Seite der Festung, genau gegenüber des Kommissariats eins, Tötungsdelikte.

Thann meldete sich im Vorzimmer des Kommissariatsleiters, doch man schickte ihn weiter in einen Konferenzraum. Die Morgenbesprechung hatte bereits begonnen. Er setzte sich in die letzte Reihe.

Der Leiter des K2 war Hauptkommissar Fröhlich. Er war Mitte Vierzig, etwas dick um die Hüften, hatte graumeliertes Haar und trug eine Brille. Er war heute so gelaunt wie er hieß.

Fröhlich sprach seinem Team Dank aus. Ein Großteil der rund zwanzig Leute war am Wochenende im Einsatz gewesen. Nachdem sie am Freitag bereits die *Oase* durchsucht und geschlossen hatten, hatten sie am Samstag drei weitere Clubs überprüft und sämtliche Angestellten festgenommen. An der Berichterstattung des *BLITZ* war zwar fast alles falsch, dennoch trug sie zur guten Laune des Dikken bei.

Nur eine Frau aus Lettland war zur Prostitution gezwungen worden. Die anderen hatten es durchaus freiwillig getan, und um auf die Zahl von 34 Frauen zu kommen, hatte die Zeitung sogar Putzfrauen und Büroangestellte dazugezählt. Harte Drogen oder gar Plutonium hatten die Beamten nicht gefunden. Die Mehrzahl der Vergehen bestand in fehlenden oder abgelaufenen Touristenvisa der Mädchen.

Von organisierter Kriminalität konnte kaum die Rede sein. Gegen zwei der Clubs hatte man so wenig in der Hand, daß nicht einmal die Konzession entzogen werden konnte. Lediglich in der Rufschädigung, die mit der Razzia und dem Medienecho verbunden war, bestand in diesen Fällen der Schlag gegen die Betreiber. Fröhlich rechnete damit, daß sie ihre Geschäfte in eine andere Stadt verlegen würden.

Nicht unerheblich war allerdings der Fall von Menschenraub, den sie entdeckt hatten. Die Lettin war minderjährig. Man hatte ihr in Riga einen Job als Küchenhilfe versprochen, bei der Ankunft im Club aber die Papiere abgenommen, sie eingesperrt und mit Prügel und Nahrungsentzug zur Prostitution genötigt. Noch war nicht klar, auf welchem Weg sie nach Deutschland geschleppt worden war und wer von den Angestellten des Bordells mitgewirkt oder sich zumindest durch unterlassene Hilfeleistung strafbar gemacht hatte.

Daneben werde wegen Förderung der Prostitution und wegen Steuerhinterziehung ermittelt, erklärte der K2-Chef.

Die meisten der festgenommenen Frauen stammten aus Osteuropa. Doch das war längst nichts Ungewöhnliches mehr. Auch in den anderen Clubs der Stadt arbeiteten Frauen aus Rußland, dem Baltikum oder der Ukraine. Für Fröhlich war die aufgebauschte *BLITZ*-Geschichte dennoch eine gute Presse, ein Imagegewinn für das Präsidium und seine Abteilung. Und er hoffte auf weitere solche Schlagzeilen in den nächsten Tagen.

»Die Befragung der Angestellten der vier Schuppen wird die nächsten ein, zwei Tage Ihre Hauptbeschäftigung sein. Lassen Sie sich nicht von den heißen Russinnen anmachen.« Keiner lachte über Fröhlichs Scherz.

»Was ist mit den Tierpornos aus der 'Oase'?« fragte ein Kollege.

»Gute Frage. Sodomie an sich ist nicht strafbar. Wir leben in einem liberalen Land, und der eine oder andere von Ihnen mag das auch ab und zu genießen.« Der Dicke sah grinsend in die Runde. »Wie Sie wissen, ist Pornografie auch nicht strafbar. Aber Herstellung und Vertrieb sodomitischer Pornografie ist und bleibt ein Straftatbestand. Und dem gehen wir natürlich nach. Noch Fragen? Bönte, Bernhard und Thann, ich möchte Sie bitten hierzubleiben. Die anderen kümmern sich um die Festgenommenen. Vielen Dank.«

Allgemeines Stühlerücken. Die Beamten schlurften lustlos hinaus. Aus der Richtung des Zellentrakts war dumpf das Dröhnen eines Preßlufthammers zu hören.

Fröhlich stellte Thann die Sittenkollegen vor, die im Raum geblieben waren. Neben den Kommissaren Bönte und Bernhard war das Oberkommissar Tommaso, den Fröhlich als »unseren Pornografen« bezeichnete. Tommaso war klein und dunkelhaarig. Thann hatte ihn schon öfters in der Kantine gesehen.

Tommaso schob eine Kassette in den Rekorder, den Thann erst jetzt bemerkte, und schaltete den Monitor ein.

»Im Altertum war Sodomie übrigens keineswegs verpönt, denken Sie an Leda und ihren Schwan«, belehrte Fröhlich die Anwesenden. »Es gab Theaterstücke, in denen die Schauspielerinnen Nymphen darstellten und ein Ziegenbock den Gott Pan, und dann ging's zur Sache im Amphitheater. Aber wir sind in der Neuzeit, nicht bei den alten Griechen. Machen Sie es sich gemütlich, meine Herren. Versuchen Sie, sich nicht nur auf das zu konzentrieren, was Sie jetzt zu sehen bekommen, sondern auch auf das, was Ihnen Tommaso erläutert.«

Thann kannte das Video. Die Beute aus der *Oase*. Wahrscheinlich kannte das halbe Präsidium den Film, jedoch keiner so gut wie Tommaso.

Das Band lief: Hausfrau und Klempner. Tommaso kommentierte: »Das Video besteht aus drei Teilen. Die ersten beiden stammen aus einer älteren Produktion und wurden verwendet, um das brisantere Material quasi zu strecken. Nichtsodomitische Szenen, um einen sodomitischen Film auf eine Stunde zu trimmen. Eine übliche Praxis, um das Material teurer verkaufen zu können.«

Fröhlich ergänzte für Thann: »Der Anfang des Videos wurde in der Bar vorgeführt, um die Kundschaft anzuheizen. Das letzte Drittel wurde nur in den Separees gezeigt. Dort wurde das Video an interessierte Kunden auch verkauft. Ein anonymer Hinweis brachte uns auf die 'Oase'.«

Tommaso fuhr fort: »Sehen Sie nun den Raum, der das Wohnzimmer darstellen soll. Der Film wurde nicht in einem wirklichen Wohnzimmer gedreht, sondern in einem Studio. Die Möbel, der Teppich, der Fernsehapparat, den Sie in dieser Einstellung sehen, alles sind nur Requisiten. Hier sehen Sie den Fußboden, graugestrichener Estrich. Das hat niemand in seinem Wohnzimmer. Sie werden in keiner der Szenen ein Fenster entdecken. Leider haben wir dadurch keinen Anhaltspunkt, wo sich das Studio befindet. Der Raum wurde durch drei Scheinwerfer beleuchtet, wie Sie hier an den Schatten erkennen können.« Der Pornospezialist deutete auf die Mattscheibe.

»Nun zu den Darstellern. Es sind weder erfahrene Profis, noch konnten wir sie anhand unserer Kartei identifizieren. Sie haben zwar nichts mit den Tiergeschichten des letzten Drittels zu tun, könnten aber Hinweise geben auf Drehort und Produzent. Achten Sie auf das etwas grobkörnige Bild. Die Filmqualität ist schlechter als in der letzten Szene, wahrscheinlich bereits mehrfach kopiert. Und noch ein Unterschied: Während in den ersten beiden die Darsteller im Nachhinein synchronisiert wurden, liegt die dritte Szene im Originalton vor.«

Tommaso drückte auf den schnellen Vorlauf. Dann kam Teil zwei. *Eva.*

»Scharfes Weib!« staunte Bönte und erntete einen zurechtweisenden Blick des Dicken. Thann fühlte sich unbehaglich.

»Hier sehen Sie besonders deutlich, daß Stimme und Lippenbewegungen nicht synchron sind. Das ist beim letzten Drittel anders. Dort wurde an der Nachbearbeitung gespart, wahrscheinlich um die Zahl der Zeugen gering zu halten«, erklärte Pornograf Tommaso.

Dann ließ er das Band erneut schneller laufen bis zu der Szene, in der die Tiere ins Spiel kamen. *Hund, Ziegenbock, Pony.*

»Die Darsteller waren sich offenbar der Illegalität bewußt. Nur die Frauen sind vollständig zu sehen, dafür tragen sie Masken. Es sind Masken, wie man sie in der Karnevalszeit überall kaufen kann. Der Raum ist der gleiche wie in den Szenen zuvor, die gleichen Möbel. Neu dazugekommen ist dieser Teppich. Von den Tieren können wir uns kaum Anhaltspunkte erwarten. Sie können in einem Tierheim gelandet sein, im Ausland oder unter der Erde. Die Tiere können wir vergessen. Von den Männern sehen wir kaum mehr als die Beine. Auch die können wir vergessen, bis auf diesen.« Er hielt das Bild an.

»Sie sehen die Narbe, quer unter dem Knie. Es sieht aus wie nach einer Meniskusoperation. Wenn wir vom Bein auf den Rest schließen, haben wir hier einen Mann, der etwas Übergewicht hat, stark behaart ist und einmal am Knie operiert wurde. Oder er hatte einen Unfall, der eine ähnliche Narbe zurückließ.« Tommaso ließ das Band weiterlaufen.

Tommaso ging über zu den beiden Frauen. Immer, wenn er ein Detail erwähnte, das ihm wichtig schien, hielt er das Band an. Er referierte über auffällige Merkmale, von der blonden Locke, die unter der dunklen Perücke hervorspitzte, bis hin zur unreinen, schwammig wirkenden Gesichtshaut, die auf hohen Alkohol- oder Tablettenkonsum hinwies.

Doch Thann interessierte das alles nicht mehr. Er hörte nicht mehr zu, als Tommaso über die allenfalls halbprofessionelle Art der Kameraführung und des Schnitts dozierte, und auch nicht, als Tommaso zum Schluß bedauerte, nicht mehr Anhaltspunkte gefunden zu haben.

Thann hatte genug gesehen. Bereits in einer der ersten Einstellungen des tierischen letzten Drittels hatte die Kamera schräg nach oben gefilmt, an den Beinen der einen Frau entlang. An der Decke hing eine Lampe aus Chrom und mit vielen kleinen Birnen. Die selbe, die er gestern im Hinterhaus der Dresdner Straße 70 gesehen hatte. *Udo Korfmacher.*

Ende der Vorführung. Thann murmelte eine Entschuldigung und stürzte hinaus. Die erstaunten Gesichter der anderen waren ihm egal.

Die Verwaltung hatte sämtliche Dienstwagen bereits vergeben. Thann hatte die Wahl zwischen öffentlichem Nahverkehr und Privatwagen. Er nahm seinen Golf und fuhr ihn etwas schonender, als er ein Dienstfahrzeug behandelt hätte.

26.

Der Schnee blendete Thann, als er den Friedhof betrat. Er kniff die Augen zusammen. Nur hier und da hatte ein Angehöriger eine Steinplatte freigefegt oder eine Blume aufs Grab gestellt. Sonst herrschte das Weiß, es bedeckte Kreuze, Hecken und Bäume. Bereits nach wenigen Schritten war der Lärm der Stadt weit entfernt, kaum noch zu ahnen. Thann genoß die Ruhe des Ortes. Er sog die Luft ein, die ihm hier, mitten in der Stadt, doch ein wenig klarer schien. Er dachte an Weihnachten und an seinen Vater. Bei dessen Beerdigung war Thann zuletzt auf einem Friedhof gewesen.

Die weiße Decke würde nicht mehr lange halten. Es war wärmer geworden. Von der Dachrinne der Friedhofskapelle rann das Wasser in einem dünnen Strahl und plätscherte auf den Asphalt. Das lauteste Geräusch weit und breit. Die Tür zur Kapelle war verschlossen. Thann wartete draußen.

Zuerst kam der Sarg. Die sechs Teile der Leiche Günther Eichs, verpackt in einer Holzkiste. Vier Männer in Schwarz mit schneeweißen Handschuhen schoben den Sarg durch die Tür, gefolgt von einem Pfarrer und der kleinen, gebeugten Mutter des Toten. Der Sohn hatte ihr zu Lebzeiten nur wenig Freude bereitet, ihr Gesicht zeigte keine Anzeichen von Trauer.

Dann kam Klaus Beckmann, der Professor und einzige Freund, der Eich nach 25 Jahren Haft geblieben war. Zuletzt trat eine Frau aus der Kapelle. Es war Eva.

Thann folgte der kleinen Trauergemeinde, die schweigend an den Gräberreihen vobeizog. Sein Herz klopfte. Eva hatte er hier nicht erwartet.

Der Wagen, auf dem der Sarg lag, begann häßlich zu quietschen, als der Asphaltweg bergauf führte. Auf halber Höhe verließ der Zug den Weg und bewegte sich zwischen Grabsteinen und Kreuzen auf eine Lücke zu. Thann erinnerte sich, daß ein Grab aus Platzmangel nach zwanzig Jahren gekündigt wurde. Der Sarg hatte sich bis dahin aufgelöst, der Tote war verwest. Ein neues Loch konnte ausgehoben werden. Nur einige Knochen erinnerten noch an den Vorbesitzer.

Thann hielt einige Gräberreihen Abstand und beobachtete, wie die vier Totengräber den Sarg vom Wagengestell nahmen und im Loch versenkten. *Er wollte den Mann zur Rede stellen, von dem er annahm, er sei der wahre Mörder seiner Freundin.*

Nacheinander warfen die drei Trauergäste etwas Erde auf den Sarg. Eine stille Geste des Abschieds. Die alte Mutter dankte dem Pfarrer mit einem kurzen Händeschütteln.

Günther Eich, vor nicht einmal zwei Wochen aus der Haft entlassen, die sein halbes Leben gedauert hatte, lag nun in seinem letzten Gefängnis, einen Meter und siebzig

Zentimeter tief, den unerbittlichen, letzten Mächten ausgeliefert: der Fäulnis, der Verwesung und dem Vergessen. *Gefoltert, bevor er ermordet wurde.*

Als Eva und Beckmann den Parkplatz betraten, sprach Thann sie an. Beide hatten es eilig. Beckmann war auf dem Sprung nach Mailand zu einem Kongreß. Sein Koffer lag gepackt im Wagen, das Flugzeug ging in einer Stunde. Eva mußte dringend zurück in die Kanzlei. Thann fragte, ob er sie nach Dienstschluß treffen könne. Sie willigte ein. Ihre Samtstimme ließ Thanns Puls schneller gehen.

Beckmann hatte unterdessen seine Wagentür aufgeschlossen. »Was machen die Ermittlungen, Herr Kommissar? Schon was rausgekriegt?«

»Ja und nein. Wir haben weder Mörder noch Einbrecher, aber ich bekomme allmählich eine Vorstellung, wie die Stadt vor 25 Jahren aussah. Ich habe eine Frage an Sie. Sie haben noch genügend Zeit nachzudenken und zu antworten, bevor Sie zum Flieger müssen. Es geht um ein Fotoalbum. Eine Art Familienalbum Anna Korfmachers oder ihrer Kinder. Können Sie sich daran erinnern, daß Anna so etwas hatte? Erwähnte Eich ein solches Album Ihnen gegenüber?«

Fotos und Aufzeichnungen aus der Zeit von Annas Ermordung. Thann sah dem Kleinwagen nach, mit dem Eva den Parkplatz in Richtung Innenstadt verließ.

Beckmann legte die Professorenstirn in Denkerfalten. »Ein Familienalbum? Hat das mit dem Mord zu tun?«

»Vielleicht.«

»Nein, ist mir kein Begriff. Sicher, Günther war auf der Suche nach irgend etwas. Ich habe mich aber nicht darum gekümmert, weil ich nicht an den Nutzen dieser Vergangenheitsbewältigung glaubte. Ich wollte, daß er sich um seine Zukunft kümmerte. Und er sprach nicht über alles, was ihn bewegte. Tut mir leid.«

27.

Goethestraße, Nummer 32. Zum dritten Mal ließ sich Thann Eichs Wohnung aufsperren. Zum letzten Mal, bevor irgendein Trödelhändler die Hinterlassenschaft des unglücklichen Mieters plündern würde. Der Erlös würde an den Vermieter gehen, die Wohnung weiter vermietet werden an neue Bewohner, die vielleicht nie vom Schicksal ihres Vorgängers erfahren würden.

Thann hatte Mühe, den Hausmeister abzuwimmeln, der begierig war, der Polizei bei der Ermittlung eines Mörders beizuwohnen. Als Thann endlich allein war, nahm er sich die privaten Dinge Eichs vor. Viel gab es nicht. Eich benutzte Elektrorasierer und billiges After Shave, trug nachts Schlafanzüge und besaß nur wenig an Kleidung. Da er weder Mantel noch Winterjacke fand, vermutete Thann, daß Eich die Wohnung verlassen hatte und außerhalb ermordet worden war.

Es gab viele Bücher, bekannte und unbekannte Schriftsteller aus aller Welt sowie Fachliteratur und Fachzeitschriften aus drei Jahrzehnten. Kein Fotoalbum, keine Tagebücher. Ein Karton hatte Briefe enthalten. Auch ihn hatte der Einbrecher ausgekippt, die Briefe lagen über den Boden verstreut. Thann überflog Schreiben seines Anwalts und zwei Briefe seiner Mutter, die mit fünf Jahren Abstand den Tod naher Verwandter aufzählte und Eich Vorwürfe machte, er lasse sie im Stich. Daneben fand Thann Briefe Beckmanns, der mit Eich politische Wissenschaft und das jeweils aktuelle politische Geschehen diskutierte. In den letzten ging es vor allem um Eichs bevorstehendes Leben in Freiheit. Kein Wort von Feinden oder Gefahr, kein Wort von Anna Korfmacher und ihren Kindern. Dann gab es noch Briefe von anderen Wissenschaftlern und von Fachverlagen, mit denen Eich in Verbindung gestanden hatte. Einige Veröffentlichungen hatten etwas Geld gebracht.

Ein letzter Brief lag zerknüllt etwas abseits, als habe der Einbrecher ihn gelesen und mit besonderer Verachtung weggeworfen. Er trug die Unterschrift von Eva Kurz.

Herr Eich,

mein Name ist Eva Kurz. Mit diesem Namen können Sie sicherlich wenig anfangen. Umso mehr aber mit dem Namen meiner Mutter. Wie ich vor einigen Jahren von meinen Pflegeeltern erfuhr, bin ich die Tochter Anna Korfmachers. Also der Frau, die Sie ermordet haben. Ich arbeite als Anwaltsgehilfin in der Kanzlei Meier, also bei dem Anwalt, der Sie vertritt. Als ich auf Ihren Fall stieß, wurde ich neugierig. Ich habe mir alle zugänglichen Akten besorgt, um mir ein Bild zu machen, was für eine Person meine Mutter war.
Ich weiß nicht, ob Sie das nachvollziehen können, aber seit ich weiß, daß die Frau, die ich seit meiner frühen Kindheit für meine Mutter gehalten habe, gar nicht mit mir verwandt ist, bin ich auf der Suche nach den Wurzeln meiner eigenen Identität.
In den nächsten Tagen werden Sie aus der Haft entlassen. Ich würde mich gerne mit Ihnen treffen, um etwas über meine wirkliche Mutter zu erfahren.
Ich hoffe, Sie verstehen das. Haben Sie keine Angst. Ich hege keinen Haß gegen Sie. Ich weiß, daß Sie immer Ihre Schuld am Tod meiner Mutter abgestritten haben. Ob das die Wahrheit ist, weiß ich nicht. Tatsache ist, daß Sie vom Gericht für schuldig befunden wurden und inzwischen Ihre Strafe länger als üblich verbüßt haben. Lassen Sie uns deshalb nicht über den Tod meiner Mutter sprechen, sondern über ihr Leben.
Sie können mich in der Anwaltskanzlei erreichen. Ich würde verstehen, wenn Sie mir aus dem Weg gehen wollten. Wenn nicht, dann rufen Sie bitte an.

Mit freundlichen Grüßen
Eva Kurz

Die Suche einer Waisen nach ihren Wurzeln. Oder die Falle einer rächenden Tochter? Nein, das glaubte Thann nicht. Vielleicht hatten Eva und Eich sich getroffen. *Was er an Beweismitteln in der Hand habe, wollte Herr Eich jedoch nicht verraten.* Vielleicht wußte Eva mehr.

Die Spurensicherung hatte an mehreren Stellen Fingerabdrücke genommen. Soviel Thann wußte, ohne Ergebnis. Ratlos verließ er die Wohnung.

Vor der Tür stellte ihn eine mißtrauische Nachbarin, die wissen wollte, wer er sei. Thann wies sich aus. Die Dame war beruhigt.

»Wissen Sie, in diese Wohnung ist eingebrochen worden. Und ein paar Stunden später hat man den Mann ermordet. Und ich wohne gleich nebenan, Wand an Wand. Ist es nicht natürlich, daß man dann Angst bekommt?«

Einen ängstlichen Eindruck machte sie allerdings nicht. Eher den einer alleinstehenden Frau, die allzeit hungrig nach Neuigkeiten und Unterhaltung war. Zusammen mit dem Hausmeister mußte sie ein fabelhaftes Gespann abgeben.

»Woher wissen Sie, daß der Mord nach dem Einbruch geschah?«

»Na, weil der Eich noch einmal da war an dem Mittwoch nachmittag.«

Thann wurde hellhörig. Die neugierige Alte, dein Zeuge und Helfer. »Und der Einbruch? Wann war der?«

»Das war so am frühen Nachmittag gegen halb zwei. Zuerst hab ich gedacht, mein Nachbar hat einen Tobsuchtsanfall, so ein Krach war das, mindestens eine halbe Stunde lang. Man denkt sich dann ja allerlei als alleinstehende ältere Frau. Wenn was passiert, wie soll man sich dann wehren? Dann sah ich so ein Polizeiauto von Ihnen auf der Straße stehen und wollte schon rauslaufen und Ihre Kollegen holen, doch dann war der Krach wieder zu Ende. Zwei Stunden später kommt mir der Eich auf der Treppe entgegen, wie ich den Müll runterbringe. Da war der ganz normal und grüßte. Das kam mir schon komisch vor. Und dann sagt der Hausmeister am Freitag, zwei Tage später zu mir, Sie, Frau Singelstein, sagt er, stellen Sie sich vor: Ihr Nachbar ist tot. Ermordet. Und eingebrochen haben sie auch. Da wußte ich auf einmal, was das für ein Krach war. Vielleicht hätte ich doch die Kollegen von Ihnen holen sollen. Aber man kann ja nicht alles rechtzeitig wissen.«

»Haben Sie das meinen Kollegen erzählt, die am Freitag alle Bewohner hier im Haus besuchten?«

»Uns hat doch niemand gefragt. Ich hab' den ganzen Tag gewartet, nachdem der Hausmeister mich informiert hatte. Man hält sich ja bereit als mögliche Zeugin, das ist doch staatsbürgerliche Pflicht, nicht wahr? Aber kein Mensch wollte etwas von uns wissen. Erst jetzt kommen Sie daher. Das ist doch typisch: Erst denken Sie, Sie finden die Täter ganz allein, und dann kucken Sie ganz erstaunt und sperren den Mund auf vor Staunen.«

Uns hat doch niemand gefragt. Thann schloß den Mund. Dalla und Schneider hatten nichts getan. Blaugemacht, seine Anordnungen mißachtet. Wahrscheinlich hatten sie sich hinter seinem Rücken über ihn lustiggemacht und waren zu Bollmann gelaufen, um ihn, Thann, anzuschwärzen.

Plötzlich formte sich in Thann ein Gedanke: »Wie sahen die Männer aus, die während des Einbruchs in dem Streifenwagen saßen?«

»So genau konnte ich das nicht sehen. Das Auto stand weiter drunten, Richtung Schillerstraße. Aber es war nur einer, vielleicht groß und kräftig.«

Das paßte auf fast jeden.

»Haben Sie irgend jemanden gesehen, den Sie mit dem Einbruch nebenan in Verbindung bringen können?«

»Ich hab' mich nicht getraut, ins Treppenhaus zu schauen. Und als der Krach vorbei war, da war ich erst mal froh. Rüberlaufen wollte ich nicht. Ich dachte ja zuerst, der Eich sei übergeschnappt. Da wollte ich mit ihm erst mal nichts zu tun haben, nicht wahr? Der Eich war schon vorher recht komisch. So still, fast, als wollte er einem aus dem Weg gehen. Dabei sollten Nachbarn doch eine Gemeinschaft bilden.«

Thann war froh, Frau Singelstein nicht zur Nachbarin zu haben.

28.

Dresdner Straße, Nummer 70. – Diesmal war Udo Korfmacher zu Hause.

»Was wollen Sie? Ich habe nicht viel Zeit. Ich muß ein Shooting vorbereiten. In einer halben Stunde kommt das Model. Ich weiß wirklich nicht, was Sie wollen. Ich habe mit dem Mord nichts zu tun. Sie haben mich schon auf der Deponie schikaniert. Was wollen Sie?«

Zu viele Worte für einen, der mit nichts etwas zu tun hat. »Wie kamen Sie so rasch zum Fundort der Leiche?« fragte Thann.

»Die Zeitung hat mich angerufen. Ich hatte Bereitschaft. Woher die es wußten, weiß ich nicht. Es gab keine Absperrung, und so bekam ich, was ich wollte.« Korfmacher zeigte auf die Wand des Flurs.

Dieselben Fotos, die der *BLITZ* am Morgen nach dem Leichenfund auf Seite eins hatte. Und noch ein weiteres: Der zerschundene, blutverkrustete Kopf des toten Günther Eich in Großaufnahme, ein Auge rot, das andere unversehrt. Noch einer, der die Angewohnheit hat, seinen neuesten Fall zu Hause an die Wand zu hängen.

Thann schob sich an Korfmacher vorbei in dessen Wohnzimmer. Auch hier jede Menge Fotos, meist vergrößert auf Posterformat. Reportagefotos, Prominentenporträts, nackte Mädchen. Alles bunt durcheinander und dicht an dicht. Thann wurde fast schwindelig.

»Wann erfuhren Sie, wer der Tote war?«

»Einen Tag später als Sie, denke ich. Am Samstag aus der Zeitung.« Korfmacher grinste. Die Zahnlücke war gefüllt.

»Ich sehe, Sie waren beim Zahnarzt«, bemerkte Thann.

Korfmacher verzog den Mund. »Wie gesagt, ich habe keine Zeit. Ich muß jetzt ins Studio. Ich habe zu tun.«

»Macht nichts. Ich begleite Sie.«

Thann folgte Korfmacher durch den Hof ins Hinterhaus. Er trug die gleiche Tausend-Taschen-Weste wie bei ihrer ersten Begegnung. Die braunen Stoppelhaare kamen Thann noch kürzer vor als vor vier Tagen.

»Sie wissen, daß Günther Eich der Freund Ihrer Mutter war und als Mörder Ihrer Mutter verurteilt worden war?«

Korfmacher lief hastig die Treppe hoch. Unwirsch, ohne anzuhalten. »Auch das las ich in der Zeitung. Aber das ist schon 25 Jahre her. Ich war damals fünf, und heute bin ich dreißig. Meine Mutter ist mir so fremd wie der Weihnachtsmann. Dieser Eich ist mir egal.«

Der Fotograf sperrte die Stahltür auf, an der Thann am Abend zuvor vergeblich geklopft hatte. Sie betraten einen großen Raum mit weißen Wänden und graugestrichenem Fußboden. Möbel und Scheinwerfer standen herum. Thann folgte Korfmacher in den nächsten Raum, der ähnlich aussah.

»Haben Sie Eich vor seinem Tod gesehen?«

»Vielleicht als ich vier oder fünf war, aber daran kann ich mich nicht erinnern. Das einzige, was ich bewußt von ihm wahrnahm, war sein Kopf, wie ihn Ihr Kollege in eine Tüte steckte. Das Foto brachte mir ein hübsches Honorar.« Korfmacher grinste wieder. Dann begann er, sich an Stativen und Lampen zu schaffen zu machen. Thann wußte, daß Korfmacher gelogen hatte.

»Wo waren Sie in der Nacht von Mittwoch auf Donnerstag letzter Woche?«

»Ich war's nicht, Kumpel.« Korfmacher grinste noch breiter. »Zur fraglichen Zeit war ich bis drei oder halb vier auf der Weihnachtsparty des *BLITZ*. Dreihundert Zeugen, vom Verleger bis zum Oberbürgermeister. Zuletzt vielleicht noch hundert. Dann bin ich mit dem Taxi direkt nach Hause gefahren. Der Taxifahrer erinnert sich bestimmt noch an meine Fahne. Ich schätze, Sie müssen woanders nach dem Täter suchen.« Er drückte einen Schalter. Einige Strahler zeichneten ein Lichtmuster auf die Rückwand.

»Andere Frage: Kennen Sie Ihre Geschwister?«

»Wissen Sie was? Meine Geschwister sind mir genauso egal, wie meine Mutter oder dieser Tote. Ich scheiße auf meine Familie.«

Der Ältere war ein bißchen schwierig. Vielleicht vermißte er den Vater oder er hatte zu viele davon. Thann spürte die Unruhe des Fotografen. »Was machen Sie eigentlich so, wenn Sie nicht für die Zeitung unterwegs sind?«

»Ich bin Freelancer. Neben meiner Arbeit als Fotoreporter habe ich mich auf People spezialisiert. Porträts, Aufnahmen für Kalender, Werbung und so weiter.«

Thann überlegte, warum ihm Korfmacher so unsympathisch war. Seine Stimme, sein Gesicht, seine Ausstrahlung: Unberechenbarkeit, Lüge, Gier.

Der Fotograf holte eine Kamera aus dem dritten Raum. Für einen Moment konnte Thann durch die offene Tür sehen. Ein Kühlschrank, ein Monitor und eine Stereoanlage neben einer Couch. Auf dem Boden lag ein brauner Teppich. An der Decke hing die Lampe aus dem Video. In Thann kochte Haß hoch.

Korfmacher kam zurück.

Thann schaltete auf Angriff. »Was ist mit nacktem Fleisch?«

»Das interessiert Sie, was?« Korfmacher grinste, trat dabei von einem Bein aufs andere. Thann wartete.

Korfmachers Unruhe nahm zu. »Ja, auch nacktes Fleisch, wenn Sie den Ausdruck gerne hören. Ich beliefere regelmäßig die Seite drei des *BLITZ*. Und namhafte Zeitschriften haben schon Aktaufnahmen von mir gedruckt.«

»Und Pornos?«

Korfmacher stutzte. Thann legte sofort nach: »Was ist mit so richtig geilen Tierpornos, du Schwein? Frauen mit Hunden und Ziegenböcken?« *Nymphe und Pan, und dann ging's zur Sache. Die Frauen mit den schwarzen Masken. Die Narbe am Knie.* Thann sah rot.

Der Fotograf wich seinem Blick aus. »Wie kommen Sie darauf?«

Thann schlug seine Rechte mit voller Kraft in Korfmachers Gesicht. Fast hätte er sich die Finger dabei gebrochen. Der Fotograf taumelte, ging in die Knie. Thann zählte leise. Bei fünf kam Korfmacher wieder hoch, leicht schwankend. Blut schwappte über seine Unterlippe.

»Scheiße!« schrie er und spuckte einen Zahn aus. »Die neue Brücke!«

Er griff in einen Karton, zog eine leere Sektflasche heraus und schlug an der Wand den Boden der Flasche ab. »VERSCHWINDE JETZT. DU STÜCK ABSCHAUM. DU DRECK. DU STÜCK SCHEISSE. HAU AB!« Korfmacher streckte Thann die scharfen Kanten der Flasche entgegen und näherte sich Schritt für Schritt.

Thann ließ ihn herankommen. Dann schlug er mit einem Tritt die Flasche aus Korfmachers Hand und hieb ihm eine linke Gerade ins Gesicht. Der Fotograf heulte auf und hielt seine Nase.

Thann mußte sich zwingen, nicht weiter zu prügeln. »Du Ratte!« zischte er.

»Was wollen Sie?« jammerte Korfmacher. Er drückte ein Taschentuch gegen seine Nase. »Das wird Ihnen leid tun. Ich habe gute Beziehungen zur Polizei.«

»ZU WEM?« schrie Thann.

Korfmacher antwortete nicht.

Bewahren Sie kühlen Verstand. »Günther Eich war hier. Gib's zu!«

Korfmacher blieb stumm. Sein Gesicht blutete, und die Nase war angeschwollen.

»In wessen Auftrag wurden die Tierpornos gemacht?«

»Sie werden es bereuen!«

Thann packte Korfmacher am Kragen. Auge in Auge. »Ich lasse Ihren Pornoladen hochgehen, wenn Sie nicht kooperieren.«

»Dann sind Sie dran wegen Mißhandlung. Ich verklage Sie, wenn Sie mich nicht sofort in Ruhe lassen. Das wird ein Nachspiel haben.«

Thann packte ihn bei der Weste und hieb seine Stirn gegen Korfmachers rote Nase. Der Fotograf heulte auf und glitt zu Boden, als Thann ihn losließ. *Ich muß Sie vor sich selbst retten.*

Verschnaufpause. Der Schmerz hatte Tränen in Korfmachers Augen getrieben. Thann wischte sich Blut von der Stirn. Eva und Udo – wie konnten Geschwister nur so unterschiedlich sein?

Noch ein Anlauf. »Reden Sie jetzt. Was war bei Ihrem Treffen mit Günther Eich?«

»Sie wissen nichts. Sie können mir nichts anhaben.«

»Ich komme wieder. Beim nächsten Mal werden Sie reden.«

Korfmacher verzog seine blutiges Gesicht zu einem Grinsen. Die Zahnlücke war wieder da. Korfmachers Zahnarzt mußte noch einmal ran. Dennoch schien sich der Geschlagene als der Stärkere zu fühlen.

Thann unterdrückte den Impuls, seine Wut an all den Lampen und Kameras auszulassen.

Auf dem Hof begegnete Thann einem Mädchen, das auf Plateausohlen mit großen, wippenden Schritten auf das Hinterhaus zuging. Sie trug eine braune, ausgestellte Hose und eine Jeansjacke, unter der ein Strickpullover hervorlugte. Sie hatte sehr langes Haar und eine Pudelmütze auf dem Kopf. Der Hippielook, den Anna Korfmacher auch getragen hatte. Das Mädchen war kaum älter als 18. Ein »Shooting« für die Seite drei des *BLITZ* oder für die anderen Schweinereien dieser Ratte, dachte Thann.

Sie lächelte und winkte, als sie näherkam. Er grüßte zurück. Sein Magen schmerzte, seine Nerven flatterten.

Rastlos fuhr Thann durch die Stadt. *Sie werden es bereuen. Sie können mir nichts anhaben.* Zu wem mochte Korfmacher so gute Beziehungen haben, daß er ihm drohte, obwohl er blutend in der Ecke lag? Thann kaute Kaugummi, ohne getrunken zu haben. Alkohol hätte ihm jetzt gutgetan. Doch er wollte sich beweisen, daß es ohne ging. Und er wollte nüchtern sein, wenn er Eva traf.

Er fuhr Richtung Innenstadt. Es wurde dunkel. Der Schnee war fast vollständig weggeschmolzen. Regen hatte eingesetzt. Durch die angelaufenen Scheiben sah die Stadt wieder aus wie von Frentzel gemalt.

Die Weihnachtsbeleuchtung in den Straßen konnte ihn ebensowenig heiter stimmen wie die Lieder aus dem Radio, die von Frieden, Freude und Glockengeläut kündeten. Als er die Friedrichstraße erreichte, parkte er gegenüber des Hochhauses. Ein Kinderchor sang von Erlösung durch den Heiland. Ein Trupp holländischer Touristen lief am Auto vorbei, jeder von ihnen trug eine Weihnachtsmannmütze.

Thann kaute auf seinem Gummi herum. Noch fünfzehn Minuten bis zu seiner Verabredung. Er hoffte, daß die Zeit reichte, seine inneren Wogen zu glätten.

29.

Sie saßen in einem italienischen Restaurant der gehobenen Klasse. Keine Toscana-Poster, kein kitschiger Stuck an den Wänden, keine Pizza. Dafür Tischdecken und Servietten aus weißem Leinen und verschiedene Gläser neben jedem Teller. Thann war noch nie in diesem Lokal gewesen. Eva hatte ihn hierher geführt, nachdem sie beide festgestellt hatten, wie hungrig sie waren. Es lag ganz in der Nähe der Anwaltskanzlei. Zu Fuß waren sie unter Evas Regenschirm durch die Straßen gelaufen. Thanns Herz klopfte, wie er es seit seiner Jugend nicht mehr erlebt hatte.

Vor dem Fenster sah man das, was die Stadt ihre Skyline nannte. Im Vordergrund den dreißigstöckigen Büroturm an der Friedrichstraße. Thanns Appetit nahm schlagartig ab, als er die Preise für Lammrücken oder Seezunge las. Er war froh, als Eva nur ein Nudelgericht bestellte, und tat das gleiche.

»Vini?« fragte der Kellner.

Eva bestellte Weißwein, Thann ein Mineralwasser. Er kam zur Sache. »Sie sind die Tochter von Anna Korfmacher, die ermordet wurde, als Sie zwei Jahre alt waren. Sie arbeiten in der Kanzlei, die den Mann vertreten hat, der als Mörder Ihrer Mutter verurteilt wurde. Zufall?«

»Ja. Zufall. Ich arbeitete bereits ein halbes Jahr bei Meier, als ich es bemerkte. Damals stand ein neuer Anlauf zur Begnadigung von Günther Eich an. Ich habe mich noch nie so sehr für einen Fall interessiert. Natürlich wegen meiner Mutter.« Ihre braunen Augen strahlten Wärme aus.

»Sie schrieben Eich einen Brief, als er noch im Gefängnis saß. Haben Sie sich mit ihm getroffen?«

»Sie wissen erstaunlich viel über mich.«

»Ich interessiere mich für Sie.«

»Glauben Sie, daß ich ihn umgebracht habe?«

»Ich glaube gar nichts. Ich hoffe, daß Sie es nicht waren.« Thanns Herz klopfte so stark, daß er fürchtete, sie könnte es hören.

Eva lächelte. »Ich habe ihn getroffen. Sogar zweimal. Das erste Mal am Sonntag, also gestern vor einer Woche. Wir trafen uns am Abend in einem Café. Er hatte mich auf den Brief hin angerufen. Zuerst hatte ich Angst, er würde den ganzen Abend über nur beteuern, daß er meine Mutter nicht umgebracht hätte. Natürlich tat er das dann auch, aber es war doch ein interessanter Abend. Ich erfuhr viel über meine Mutter. Es war eine ganz andere Sichtweise als die, die ich von meinem Vater, das heißt, von meinem Adoptivvater kannte. Eich muß sie sehr geliebt haben, auch wenn er meinte, daß sie eigentlich nicht zusammen gepaßt hätten. Dann erzählte er von all den Indizien, die zu seiner Überführung beigetragen hatten. Alles habe gepaßt und sei perfekt arrangiert gewesen. Er sagte: Wer auch immer es war, der mich hereinlegte, er ist intelligent und verdammt gerissen. Trotzdem wollte Eich versuchen, den wahren Mörder zu finden.«

»Haben Sie diese Geschichte geglaubt?«

Eva zögerte. »Ja, ich glaubte ihm. So, wie er über meine Mutter sprach, kann er sie nicht umgebracht haben. Aus Eifersucht? Nein, das glaube ich nicht.«

Der Kellner brachte die Getränke.

Eva fuhr fort: »Er wirkte irgendwie besessen und zugleich kühl, nicht fanatisch, wenn Sie wissen, was ich meine. Er hatte ein Vierteljahrhundert Zeit gehabt zum Nachdenken. Man muß sich das mal vorstellen! Fünfundzwanzig Jahre im Gefängnis für einen Mord, den jemand anders begangen hat! Er war recht verschlossen, aber ich spürte, daß er heiß darauf war, seine Unschuld zu beweisen.«

Sie nippte an ihrem Wein. Thann wartete, bis sie weitersprach.

»Ich fragte ihn, ob er wisse, aus welchem Motiv meine Mutter ermordet worden sei. Er sagte, die einzige Erklärung, die er sich vorstellen könnte, sei Geld. Beim Streit um Abriß oder Erhalt des Hauses, in dem meine Mutter lebte, sei es um viele Millionen gegangen. Und nicht die Hausbesetzung hätte letztlich den Abriß aufgehalten, sondern nur die Weigerung meiner Mutter, auf die Kündigungsfrist zu verzichten und eine Ersatzwohnung zu akzeptieren. Sie hatten zuletzt 100 000 Mark geboten und eine große, schöne Wohnung gegen geringe Miete. Doch sie blieb stur, aus Romantik oder Ideologie oder aus Mitgefühl für die Hausbesetzer – ich weiß es nicht. Jedenfalls hat erst der Tod meiner Mutter den Spekulanten den Weg frei gemacht für ein schnelles und richtig großes Geschäft.« Eva machte eine Handbewegung. Hinter ihr funkelten die Lichter des Hochhauses durch den Dunst der Stadt.

»Und noch einen Verdacht hatte Eich. Einen Verdacht, der sich gegen Sie richtet.« Sie zeigte mit dem Finger auf Thann, die Stirn in Falten gelegt. »Er glaubte, die Polizei hätte ihre Finger im Spiel gehabt bei der Konstruktion der Indizien gegen ihn. Vielleicht sogar beim Mord selbst. Er meinte, sich zu erinnern, daß Anna vor seiner Zeit einmal eine Beziehung zu einem Polizisten hatte. Damit meinte er nicht meinen Adoptivvater, sondern einen anderen. Er erinnerte sich an ein Foto, auf dem Anna mit diesem Polizisten und meinem größeren Bruder zu sehen war. Er meinte, nur ein Polizist könne so perfekt die Schuld einem anderen in die Schuhe schieben. Er fragte mich, ob ich mich an ein Fotoalbum erinnern könnte, aber ich mußte passen.« Eva fuhr sich mit der Hand durch ihr Haar.

Eine Art Album, das ihm am Herzen lag. »Was halten Sie davon? Nur weil Eich sich vage an ein Foto erinnert, soll ein Polizist der Mörder sein?«

»Ich glaubte auch nicht daran«, antwortete Eva. »Jedenfalls vor einer Woche nicht. Aber jetzt ist Günther Eich tot.«

Endlich kam das Essen.

»Pepe?« fragte der Kellner und schwang eine Pfeffermühle, so groß, daß er Ochsen damit hätte erschlagen können.

Beide aßen mit großem Appetit, und das Gespräch schweifte ab. Sie kamen von einem Thema zum anderen. Thanns Begeisterung für Eva wuchs.

Eva bestellte ein zweites Glas Weißwein.

»Dolci?« wollte der Kellner wissen.

Eva fragte Thann, ob sie sich ein Dessert teilen sollten. Es schmecke hier so herrlich, doch sie habe Angst um ihre Figur, wenn sie eine ganze Portion essen würde. Thann lachte, machte Komplimente und willigte ein. Dann besann er sich auf seine Ermittlung.

»Ihr Treffen mit Eich. Was geschah weiter?«

»Also, beim ersten Treffen beschlossen wir, gemeinsam nachzuforschen. Er meinte, vielleicht hätten meine Brüder das Album, wahrscheinlich der ältere, denn der war auf dem Foto drauf und beim Tod meiner Mutter immerhin schon fünf. Wahrscheinlich hat er es quasi als Erbe mitbekommen. Meinen älteren Bruder kenne ich. Der hätte Eich das Album nicht gegeben, zumindest nicht umsonst. Wenn Udo merkt, daß etwas für irgend jemand wertvoll ist, würde er sofort versuchen, Geld daraus zu machen. Udo ist eine geldgierige, asoziale Ratte. Vielleicht schockiert es Sie, daß ich so über meinen Bruder rede, aber ich habe ihn kennengelernt.«

Ein Schimmer von Haß in ihren Augen. Thann mußte an das Video denken.

»Eichs Idee war, daß ich mich erkundige, wo Udo seine Kindheit verbrachte. Vielleicht wüßte dort jemand was über das Album, und dann könnte Udo zumindest nichts abstreiten, wenn Eich ihn danach fragen würde. Parallel wollte er es bei ehemaligen Hausbewohnern versuchen, ob das Album vielleicht irgendwo anders gelandet ist. Wie gesagt, das Album hatte es ihm angetan, und zu dem Zeitpunkt hielt ich die Idee für sehr vage. Trotzdem habe ich die Adressen besorgt.«

Der Kellner brachte das Dessert. »Grappe, Espressi?«

Sie ignorierten ihn. »Schon am nächsten Tag konnte ich ihm durchgeben, wo Udo bis zu seinem achtzehnten Lebensjahr gelebt hatte. Es waren zwei verschiedene Heime und zweimal Pflegeeltern. Keiner hat es lange mit ihm ausgehalten. Am Dienstag trafen wir uns dann zum zweiten Mal, im gleichen Café. Stellen Sie sich vor: Eich war kurz vorher bei Udo gewesen und hatte sich mit ihm geprügelt. Eich hatte ein Veilchen und erzählte, er hätte Udo einen Zahn ausgeschlagen. Also, er kam geradewegs von dieser Prügelei mit meinem Bruder ins Café. Damals konnte ich darüber lachen, da lebte Eich noch. Bis auf das Veilchen ging es ihm gut. Ich hatte keine Ahnung von der Gefahr, in der er steckte.

Er war sicher, daß Udo das Album hatte. Er sagte, er wolle sich das Album holen, so oder so, auch wenn es mein Bruder nicht freiwillig herausgebe. Wahrscheinlich hat Udo sofort gemerkt, daß es mit dem Album eine besondere Bewandtnis haben muß, und wollte es Eich nicht einmal zeigen. Ich glaube, daß er ein Geschäft witterte. In solchen Dingen ist Udo großartig. Er preßt aus allem Geld, wo auch nur ein Pfennig drinsteckt. Die Ratte.«

Eva schüttelte sich das Haar aus dem Gesicht. Tiefe Falten durchfurchten ihre Stirn. »Was Eich sagte, klang nach Einbruch. Ich sagte, wenn Sie erwischt werden, übernimmt die Kanzlei Meier die Verteidigung. Ich meinte das als Scherz. Erst am nächsten Tag erkannte ich, daß alles viel ernster und gefährlicher war, als ich bis dahin dachte.

Also, am Mittwoch kam ich erst gegen ein Uhr nachts nach Hause, denn wir hatten eine Art Weihnachtsfeier bei Meiers zu Hause. Auf meinem Anrufbeantworter war ein Anruf. Es war Eich. Er sagte, eigentlich habe alles geklappt, doch jetzt hätten sie bei *ihm* eingebrochen. Er sei nun in der *heißen Phase*, sagte er, und fragte, ob ich einen sicheren Ort für ihn wüßte. Zu Hause fühle er sich nach diesem Einbruch nicht mehr sicher genug. Ich rief zurück, doch er hob nicht ab. Ich versuchte es immer wieder, die ganze Nacht und auch am Donnerstag. Den Rest kennen Sie. Am Freitag zeigte mir Meier sein Gesicht in der Zeitung und sagte: Das ist doch unser Mandant.«

Eva sah Thann an, als erwarte sie, daß er das Rätsel löste, jetzt sofort. Diese Augen. Dieser Mund.

»Warum haben Sie mir das nicht schon am Freitag erzählt, als wir uns zum ersten Mal sahen?«

»Weil, naja, wenn die Polizei mit dem Mord an meiner Mutter zu tun hatte, dann war es vielleicht ratsam, vorsichtig zu sein.«

Eichs abstruse Verschwörungstheorie. »Und heute abend haben Sie sich entschlossen, unvorsichtig zu werden?«

Eva lächelte wieder. »Irgendwie glaube ich, daß ich Ihnen vertrauen kann. Sie werden mich doch nicht enttäuschen, oder?«

»Ich hoffe nicht. Was ist eigentlich mit Ihrem jüngeren Bruder? Was sagt der zu Eichs Theorie?«

Sie klang bedrückt. »Ich kenne ihn gar nicht. Ich weiß nicht, ob er lebt, und wenn ja, wo. Ich habe auch nie herausbekommen, wer mein leiblicher Vater ist. Leider. Ich habe keine Familie. Mein Stammbaum ist abgebrochen, als hätte ein Blitz ihn gefällt.« Ihre Hand fällte einen Baum aus Luft. Dann landete sie in der Mitte des Tisches.

Thann ergriff sie.

Eva sah ihm forschend in die Augen. Ein Moment der Verlegenheit.

Erst jetzt bemerkten sie das Dessert, das der Kellner längst gebracht hatte. Ein ganzes Gebirge aus Kalorien und Cholesterin. Es schmeckte wundervoll.

Thann begann zu erzählen: Von den gleichartigen rätselhaften Verletzungen, die sowohl Evas Mutter als auch Eich zugefügt worden waren. Von seinen Besuchen bei den Leuten, die Anna Korfmacher gekannt hatten. Und von seinem eigenen Zusammenstoß mit dem Fotografen. Kein Wort davon, daß Bollmann ihm den Fall entzogen hatte. Kein Wort von dem Pornovideo.

Es regnete noch immer, als sie das Lokal verließen. Thann hielt ihren Schirm, und Eva ging dicht neben ihm. Er spürte ihren Atem, ihre Wärme. Er bot an, sie nach Hause zu fahren. Sie lehnte ab. Ihr Auto stand gleich um die Ecke.

»Schade, daß Sie schon nach Hause wollen. Ich würde gern den ganzen Abend mit Ihnen verbringen«, bekannte Thann, gespannt, was nun kommen würde.

Eva lächelte spöttisch, als habe er einen Scherz gemacht.

Herzklopfen. »Wann sehen wir uns wieder?« fragte er.

»Ich habe eine Bitte«, antwortete sie, plötzlich ganz ernst. »Ich weiß, die Polizei will nicht, daß man sich einmischt. Aber ich möchte an diesem Fall mitarbeiten.«

»Als Hilfssheriff? Das gibt es bei uns nicht.«

»Ich habe bereits Günther Eich geholfen. Ich kann Ihnen genauso helfen. Bitte! Es geht um meine Familie. Lassen Sie mich mitarbeiten. Ich habe ein Recht darauf zu erfahren, wie meine Mutter lebte und wie sie starb!«

»Erst einmal geht es um Eich, wie er starb und durch wen.«

»Bitte, ich bin sicher, Ihnen helfen zu können!«

Thann gab nur zu gerne nach. Er konnte Hilfe gebrauchen, mehr als sie ahnte. Und vielleicht würde sie ihr Herz nicht nur an den Fall hängen, sondern auch an ihn.

»Es kann gefährlich werden, Eva.«

»Trotzdem.«

»Ich verstehe Sie gut. Ich werde Sie auf dem laufenden halten. Wollen wir uns morgen wiedersehen? Wir könnten bei mir zu Hause die Unterlagen durchgehen.«

Um ihre Lippen spielte wieder dieses spöttische Lächeln. »Das klingt ganz nach der berühmten Briefmarkensammlung.«

»Die zeige ich nur ganz besonderen Frauen.«

»Oh. Ich dachte immer, ich sei eine ganz besondere Frau.«

Dieses Lächeln, diese Figur. »Da können Sie recht haben.«

»Dann kann es also gefährlich werden, wenn ich zu Ihnen komme?«

»Nur wenn Sie die Gefahr reizt. Wenn nicht, dann studieren wir einfach nur die Akten. Wie Brüderchen und Schwesterchen beim Mördersuchspiel. Abgemacht?«

Eva lachte.

Thann versprach, sie wiederum nach Feierabend von der Kanzlei abzuholen.

Er stand im Regen und sah Evas Kleinwagen hinterher. Dann machte er einen Luftsprung vor Freude. Er landete in einer Pfütze und wäre beinahe gestürzt. Überglücklich machte er sich auf den Weg zu seinem Auto.

30.

»Mein Gott, Sie sind ja völlig durchnäßt. Kommen Sie rasch herein. Ich nehme Ihren Mantel. Wollen Sie einen Schnaps zum Aufwärmen?«

Thann nahm dankbar an. Zum Aufwärmen, zur Feier des Tages und überhaupt. Er hatte lange genug ohne Alkohol durchgehalten, um sich zu beweisen, daß er nicht abhängig war.

Frau Kurz schenkte ihm Cognac ein, besseres Zeug, als er sonst trank. Sie war klein, mollig und lebhaft, doch die Sorge um ihren Gatten stand ihr ins Gesicht geschrieben. Thann erkundigte sich nach dem Mann, der eben als Polizeipräsident zurückgetreten war.

»Es geht ihm besser, danke. Die Ärzte wollen ihn noch ein wenig beobachten. Mit einem kranken Herzen ist jeder Schritt ein Risiko. Was mir mehr Sorgen macht, ist, daß mein Mann sich seelisch verändert hat. Er hat seinen alten Kampfgeist verloren. Aber damit will ich Sie jetzt nicht behelligen.«

Für Thann bedeuteten die Krankheit und der Rücktritt des Präsidenten, daß die Gefahr gering war, daß Kurz und Bollmann über den Fall sprachen und er deshalb aufflog.

Er trank von dem flüssigen Gold, das Frau Kurz ihm reichte, und spürte, wie der Streß des Tages auf Distanz ging. Schnaps, dein Freund und Helfer.

Er fragte die Frau nach den Kindern Anna Korfmachers.

»Eva ist für mich wie eine richtige Tochter. Und seit dem Tod unseres leiblichen Sohnes vor bald zehn Jahren ist sie unser einziges Kind. Als sie erwachsen wurde, gab es die üblichen Schwierigkeiten, doch die gibt es in vielen Familien. Eigentlich wollte mein Mann damals auch die beiden Söhne seiner Ex-Frau zu uns nehmen. Doch ich war dagegen. Den Kleinen gaben wir zu Freunden meines Mannes, die selbst kein Kind bekommen konnten. Der Große mußte ins Heim, der war schwierig, richtig verhaltensgestört. Ist ja genau betrachtet auch kein Wunder bei der Art von Erziehung, die seine Mutter ihm gab.«

»Der Kleine hieß Karl, wenn ich richtig informiert bin. Wissen Sie, wo ich ihn antreffen kann? Trägt er noch den Namen Korfmacher oder den seiner Pflegeeltern?«

»Da bin ich überfragt. Aber wenn Sie wollen, frage ich meinen Mann, der müßte sich erinnern.«

»Ich würde mich freuen, wenn Sie mir Bescheid geben könnten. Eine andere Frage: Kennen Sie ein Fotoalbum aus dem Besitz Anna Korfmachers mit Erinnerungsfotos oder Ähnlichem?«

»Nein. Eva hatte so etwas nicht, vielleicht ihre Brüder. Das meiste, was Anna Korfmacher besessen hatte, war von sehr geringem Wert. Das haben sich diese Kommunarden aufgeteilt, glaube ich. Eva hat keine solchen Dinge ins Haus gebracht. Wir wollten das auch gar nicht. Sie sollte von Anfang an das Gefühl haben, unsere Tochter zu sein. Das einzige, was sie von früher behielt, waren ihre Spielsachen. Solche Erinnerungsstücke wie ein Fotoalbum finden Sie höchstens bei ihren Brüdern.«

»Wissen Sie von einem Bekannten Anna Korfmachers, der Polizist war wie Ihr Mann?«

»Also, man soll nicht schlecht über Tote sprechen, aber Bekannte hatte diese Frau sehr viele. Für unseren Geschmack zu viele. Ich wollte davon nie etwas hören. Mein Mann machte nur Andeutungen, als er erklärte, wie es zu seiner Scheidung kam. Ich ermunterte ihn zur Vaterschaftsklage, als ich ihn kennenlernte, und tatsächlich: Er war nicht einmal der Vater von Udo. Schon drei Jahre vor der Scheidung hatte diese Frau Verhältnisse, da waren sie gerade ein Jahr verheiratet. Wie gesagt, mit wem sie Umgang pflegte, das interessierte mich nicht. Auch da kann Ihnen besser mein Mann helfen. Wenn er wieder gesund ist, können Sie ihn einmal fragen. Ich kann Ihnen nicht behilflich sein, tut mir leid.«

Sie schenkte ihm nach.

Zu Hause machte sich Thann daran, die kreuz und quer hängenden Zeichnungen, Fotos und Zeitungsausschnitte neu zu ordnen. Er nahm einen letzten Absacker, um sich zu entspannen.

Dann schaltete er das Video ein. *Ja, auch nacktes Fleisch.*

Es war Eva, er war sich nun sicher. Von Tommaso hatte er gelernt, daß die Szene vor einigen Jahren aufgenommen worden war, daß die Stimmen synchronisiert waren und daß Pornodarstellerinnen manchmal Perücken trugen. Er dachte sich die Haare dunkler und die Stimme anders, und er sah Eva, wie sie als Studentin ausgesehen haben mochte. *Scharfes Weib.* Er schaltete den Rekorder ab.

In diesem Moment haßte er alle, die das Video je gesehen hatten. Tommaso, der es studiert hatte, Dalla, der es ihm gegeben hatte, Udo Korfmacher und sich selbst.

Das Video hatte die Wirkung des Alkohols zunichte gemacht. Er war aufgewühlt. Dennoch verzichtete Thann darauf, sich Erleichterung zu verschaffen und noch mehr zu trinken.

Es dauerte lange, bis er einschlief.

Wieder träumte er:

Tommaso erklärte vor versammelter Mannschaft ein Video. Die intimsten Szenen und größten Schweinereien kommentierte er völlig sachlich. Plötzlich kam eine Stelle, in der alle Thann als Darsteller erkannten. Die Kollegen grölten und klopften sich auf die Schenkel. Dann stand Bollmann auf und befahl, sämtliche Polizeihunde auf Thann zu hetzen. Er konnte fliehen.

Danach saß er mit Eva im italienischen Restaurant. Plötzlich stürmten die Schäferhunde mit gefletschten Zähnen und erigierten rosa Penissen ins Lokal. Der Kellner half Eva durch einen Hinterausgang ins Freie, während Thann mit bloßen Fäusten versuchte, die tierischen Angreifer abzuwehren. Einer der Hunde hatte eine Zahnlücke. Ein anderer hatte einen blonden Schnurrbart und stahlblaue Augen.

Schließlich rannte auch Thann durch den Hinterausgang und geriet in eine Versammlung von Hausbesetzern. Es war ein Raum voller Leute, die sich heftig über irgend etwas stritten. Ganz hinten im Raum erkannte er Anna. Sie wollte ihm etwas mitteilen, doch er konnte sie nicht verstehen.

31.

Dienstag. Er hatte keinen Wecker gestellt. Als er wach wurde, war es bereits Vormittag. Es war etwas wärmer geworden. Ab und zu blitzte sogar die Sonne durch die Wolken. Die Hoffnungen auf eine weiße Weihnacht waren geplatzt. Thann war das egal.

Er kaufte ein und deckte eine fürstliche Frühstückstafel ganz für sich allein. Während der Kaffee durch die Maschine lief, griff er sich das Telefon.

»Anwaltskanzlei Meier.«

»Hier ist Thann. Einen wunderschönen guten Morgen, Eva. – Sie wollten mir helfen? Sie haben doch die Adressen der Heime und Pflegeeltern Ihres Bruders.«

Sie hatte sie sogar bei sich im Büro. Zwei Adressen in der Stadt, zwei in der näheren Umgebung.

»Vielen Dank. Die Zusammenarbeit klappt ja bereits hervorragend.«

»Dafür halten Sie mich bitte auch immer auf dem laufenden. Wie abgemacht.«

»Natürlich. Da fällt mir noch etwas ein. Wer steckt eigentlich hinter der Wohnungsgesellschaft, der das Haus gehörte, in dem Ihre Mutter wohnte? Wissen Sie das?«

»Nein, keine Ahnung. Aber ich werde mich umhören. Ich kann das recherchieren.«

»Wunderbar. Sie sind ein Schatz, Eva.«

»Von mir aus können wir uns gerne duzen.«

»Gern. Heute abend trinken wir Bruderschaft. Mit Sekt und Kuß.«

»Ach ja?«

»Küßchen.«

»Mal sehen.«

Er sah ihr spöttisches Lächeln vor sich.

Thann schlug die Zeitung auf. Die Seiten mit den großen Überschriften und den vielen Fotos waren schnell durchgeblättert, die Sensationslust rasch enttäuscht. Die Serie über die angebliche Sexsklavin lief noch immer. Auf Seite 3 gab es das obligatorische Busenmädchen. *Ja, auch nacktes Fleisch.*

Auf der vorletzten Seite gab es eine Rubrik »Stadtgespräch«. Ein Foto fiel Thann ins Auge. Es zeigte Bollmann auf irgendeiner Feier. Er trug einen Smoking und hielt ein Sektglas in der Hand. Neben ihm strahlte eine Blondine, die zwanzig Jahre jünger schien. Darunter stand:

KRIMINALOBERRAT BOLLMANN LACHT.
Designerklamotten (Armani), Porsche (250 PS) und Ferienhaus (Südfrankreich). Harald Bollmann, 51, kann es sich leisten, seit er mit Nicole, 36, Millionärswitwe, verheiratet ist. Harald im Glück: Nun winkt der Posten als Polizeipräsident. Bumm-Bumm-Bollmann (schwarzer Gürtel, Dienstwaffe immer dabei), der erste Polizeichef, der es niemals nötig hätte, sich bestechen zu lassen. Gratulation! Die Mafiosi zittern!

An ihm führt jetzt kein Weg mehr vorbei. Thanns Magen meldete sich. Die Kiesel hatten scharfe Kanten und bohrten sich in die Magenwand.

32.

»Das gleiche hat mich vor gut einer Woche schon einmal jemand gefragt.«

Die Heimleiterin war eine zierliche Person mit grauen Haaren, die zu einem Pferdeschwanz gebunden waren.

»Ich konnte mich gleich an Udo erinnern. Er war ein sehr schwieriges Kind, aber auch sehr lieb, auf seine Art. Am Anfang ließ er keinen an sich heran. Er kapselte sich regelrecht ab. Gegenüber den Erziehern genauso wie gegenüber den anderen Kindern. Am Anfang war er unser Problemfall Nummer eins. Er war etwa ein Jahr bei uns. Im Lauf des Jahres veränderte er sich sehr, zu seinem Vorteil.

Mit seinen Pflegeeltern kam er allerdings nicht zurecht. Und so war er nach einem Jahr wieder bei uns. Mit zehn kam er dann in die zweite Familie. Wieder eine neue Mama, ein neuer Papa, neue Geschwister. Dort blieb er, glaub' ich, bis er vierzehn war. Dann kam er in ein Heim für Schwererziehbare. Der Mann, der vor einer Woche nach ihm fragte, sagte mir, Udo sei heute Fotograf. Dann hat er also Tritt gefaßt? Das freut mich sehr. Sie sehen, Heimkinder landen keineswegs automatisch auf der Straße oder im Gefängnis.«

Das kann ja noch kommen, dachte Thann. »Und ein Fotoalbum? War so etwas unter seinen persönlichen Dingen?«

»Ja. Komisch, der Mann vor einer Woche fragte auch danach. Ja, er hatte ein Album. Am Anfang war er von seinen Sachen gar nicht zu trennen. Er spielte nie mit anderen, nur mit seinem Spielzeugauto oder seinem Teddy. Oder eben mit diesem Album. Ich war damals noch eine ziemlich unerfahrene Erzieherin und dachte, es wäre besser für ihn, wenn er sich von seiner Vergangenheit lösen könnte. Als ich ihm das Album einmal wegnehmen wollte, fing er an zu schreien und war nicht mehr zu beruhigen. Ich mußte es ihm zurückgeben.

Erst später sah ich, daß er viel Spaß am Zeichnen hatte. Indem ich mit ihm und anderen Kindern gemeinsam malte, konnte ich ihn an die Gemeinschaft gewöhnen. Er zeichnete besser als die meisten anderen in seinem Alter. Und er hatte Spaß daran und taute auf. Es war ein großer Erfolg für mich.«

»Was war das für ein Spielzeugauto?«

»So grün-weiß mit Blaulicht. Ein Polizeiauto.«

»Erinnern Sie sich, ob er Besuch bekam? Vielleicht von einem Polizisten?«

»Er bekam sehr selten Besuch. Eigentlich nur von seinem Onkel. Ob das ein Polizist war, weiß ich nicht. Uniform trug er jedenfalls keine.«

Anna Korfmacher hatte keinen Bruder gehabt. Soviel wußte Thann aus seinen Unterlagen. Onkel – der Bruder des Vaters? Der Vater selbst?

»Können Sie ihn beschreiben?«

»Oh nein, das ist wirklich zu lange her. Groß war er. Kräftig. Ach, und einen Vollbart trug er. Blond. Nein, braun. Nein, doch blond. Ach, ich weiß es nicht mehr. Tut mir leid.«

Thann zeigte ihr die Zeichnung des Mordopfers. Sie erkannte den Mann, der sich am Montag letzter Woche nach Udo Korfmachers Album erkundigt hatte.

Auf der Rückfahrt resümierte Thann. Ja, es gab das Album. Mit dieser Information war Eich zu Korfmacher gefahren. Der hatte abgestritten, es zu besitzen. Daraufhin hatten sie sich geprügelt. Udo Korfmachers Zahnlücke war das Ergebnis dieses Zusammenstoßes. Eich wollte sich danach das Album per Einbruch aneignen. Hatte er es bekommen? Wenn ja, hatte möglicherweise Korfmacher den Einbruch in der Goethestraße begangen, um es Eich wieder abzujagen. Die paar Fotos schienen verdammt wichtig zu sein.

33.

Auf seinem Schreibtisch im Präsidium lag ein Zettel. Thann las: »Bitte melden Sie sich bei mir, sobald Sie eintreffen. Dienstag, 8:30 Uhr, Hauptkommissar Fröhlich.« Vor drei Stunden geschrieben. Er konnte sich denken, was der Dicke von ihm wollte. Doch es gab Wichtigeres, als dem Schmuddelkram aus der *Oase* nachzugehen.

Der Linoleumboden knarrte unter seinen Schuhen. Links lagen hinter weißlackierten Türen die Büros, rechts sah er durch Sprossenfenster auf den Hof und die parkenden Autos. In diesem Moment stieg Bollmann aus einem Streifenwagen, winkte dem Fahrer zu und lief zu einem der Festungseingänge. *Harald im Glück.* Thann beschleunigte seinen Schritt und hoffte, Bollmann nicht über den Weg zu laufen.

Thann erreichte das Treppenhaus mit seiner weit ausholenden Wendeltreppe. Fast wäre er mit zwei Beamten zusammengestoßen.

Es waren Schneider und Dalla.

»He, Thann! Bist du auf der Flucht oder arbeitest du immer in dem Tempo?«

Frau Singelstein, Eichs Nachbarin: *Uns hat doch niemand gefragt.* Bollmann war vergessen.

»Was macht der Deponiemord?«

Die beiden sahen sich an und schienen belustigt.

»Steht kurz vor der Aufklärung«, sagte Schneider.

»Fendrich macht das ganz gut«, erklärte Dalla. Ein Seitenhieb gegen Thann.

»Und wer war's?«

Schneider und Dalla strebten bereits auf die Treppe zu und drehten sich noch einmal um. »Die Knastmafia. Irgendein Racheakt. Glücksspiel, Drogen oder so. Ich hoffe, du bist darüber hinweggekommen. Bis bald!«

Sie verschwanden nach oben. Thann bezweifelte, daß Fendrich mit Eifer bei der Sache war. Und Bollmann schien ohnehin anderes im Kopf zu haben als die Aufklärung eines Mordes an einem Haftentlassenen.

Im gegenüberliegenden Flügel war es das gleiche Linoleum und der gleiche rissige Lack an den Türen. Ein Schild: *Knut Fröhlich, Leiter Kommissariat II.*

»Es geht nicht, daß Sie losgehen und arbeiten oder nicht arbeiten, ohne daß Sie sich abmelden. Sie haben gestern morgen das Präsidium verlassen und kommen heute gegen Mittag wieder rein, ohne daß Sie jemandem Bescheid gesagt haben, wo Sie erreichbar sind oder was Sie überhaupt tun. Verdammt noch mal! So geht das nicht, Thann!«

Hauptkommissar Fröhlichs Ton entsprach diesmal überhaupt nicht seinem Namen.

»Wir sind hier *eine* Arbeitsgruppe. Wir arbeiten zusammen an *einem* Ziel. Da geht es nicht, daß jemand ausschert und keiner weiß, was der Mann tut. Auch nicht, wenn er aus dem K1 kommt. Nur gemeinsam können wir arbeiten. Im Team, verstehen Sie mich?«

Fröhlich nahm seine Brille ab und putzte sie mit kleinen, hektischen Bewegungen.

»Ich verlange deshalb von Ihnen einen detaillierten Bericht darüber, was Sie in den letzten 24 Stunden getrieben haben. Und in Zukunft machen Sie keinen Schritt mehr, ohne daß ich oder ein Kollege davon wissen. Sonst muß ich dem Kripochef Meldung machen. Verstanden?«

Der Dicke setzte seine Brille auf, wuchtete den Körper aus dem Stuhl, bewegte sich um seinen Schreibtisch und ging ans Fenster. Pause. Thann ließ einige Zeit verstreichen, bevor er antwortete. Er bemühte sich, ruhig und gelassen zu erscheinen.

»Ich verstehe Sie gut. Aber ich werde mich nicht an Ihre Regeln halten. Ich biete Ihnen einen Handel an. Sie fragen mich nicht, was ich den Tag über tue. Dafür nenne ich Ihnen morgen abend das Studio, in dem die Tierpornos gedreht wurden. Und den Namen des Besitzers. Morgen abend. Einverstanden?«

Verdutzt fragte der Sittenchef: »Wo ist das Band denn produziert worden?«

Thann schüttelte den Kopf. »Morgen abend, Herr Fröhlich.«

Fröhlich sah Thann lange an. Er fuhr mit seinen fleischigen Händen durch die grauen Schläfen. Dann streckte er sie beschwörend gegen die Decke.

»Das gibt's doch nicht. Ich weiß nicht, was Sie im Schilde führen. Mein lieber Thann. Wenn Sie es jetzt schon wissen, dann reden Sie jetzt.«

»Vor morgen abend um sechs weiß ich es nicht. Bis dann lassen Sie mir bitte freie Hand.«

»Na gut. Ich hoffe, Sie wissen, was Sie tun. Machen Sie keine Dummheiten, Thann.«

Telefonate. Zuerst gab Thann die Nummern der Fahrzeuge durch, die er am Sonntag abend im Hof der Danziger Straße 70 aufgeschrieben hatte. In einer Stunde würde er die Namen haben. Dann fragte er nach, ob am frühen Nachmittag des Mittwochs vergangener Woche ein Streifenwagen in die Gegend Goethestraße gerufen worden war. Hier erhielt er die Antwort sofort: Nein.

Er spannte ein Papier in die *Olympia*. Ein Bericht für seine eigene Akte zum Fall Eich. Nach der ersten Zeile streikte das Gerät. Er wählte die Nummer der Verwaltung.

»Kann ich bei Ihnen Tipp-Ex bekommen? Und ein neues Farbband?«

»Ja, natürlich. Dafür sind wir doch da. Nächstes Jahr wieder.«

»Was?«

»Sie wissen doch: Materialausgabe nur am Montag nachmittag. Heiligabend und Silvester fallen aus. Also erst wieder am siebten Januar.«

»Das darf doch nicht wahr sein!«

»Doch. Wärense gestern gekommen!«

»Da hatte ich keine Zeit.«

»Und wir haben jetzt keine Zeit.«

»Ich brauche die Sachen aber jetzt! Ich habe zu arbeiten!«

»Tun Sie nicht so, als würde die Verwaltung nicht arbeiten.«

»Bitte, nur Tipp-Ex und ein ganz normales Farbband für meine Olympia.«

»Geht nicht. Wo kämen wir hin, wenn jeder sein Tipp-Ex holen würde, wann es ihm einfällt!«

»Bitte! Ich komme rasch vorbei, ganz unbürokratisch. In fünf Minuten bin ich bei Ihnen.«

»Dann sind wir in Mittagspause.«

»SIE BLÖDES ARSCHLOCH! SIE VERDAMMTER SESSELFURZER!«

»Wie war Ihr Name? Das gibt eine Disziplinarbeschwerde!«

Thann schlug den Hörer auf die Gabel.

Miller saß am hintersten Tisch der kleinen Trattoria unweit des Präsidiums. Thann hatte gehofft, ihn hier anzutreffen, um ihn über die Fortschritte der Kollegen im Mordfall Deponie aushorchen zu können. Er setzte sich zu ihm und bestellte eine Lasagne. Es war ein kleines, billiges Lokal. Hier gab es Stuck und Toscana-Poster. Die Bedienung hantierte mit großer Hektik zwischen Tischen und Tresen. Es war laut, und in der Luft hingen Schwaden von Zigarettenqualm.

Der junge Kommissar plauderte gern. Fendrich leitete jetzt den Fall, aber sie sahen ihn nur einmal am Tag zur Morgenbesprechung. Sie hatten begonnen, die ehemaligen Knastgenossen Eichs unter die Lupe zu nehmen. Eine Arbeit, die ebenso aufwendig war wie die Überprüfung der Mülltonnen. Aber sie waren froh, nicht mehr im Müll schnüffeln zu müssen.

In dem Maß, wie der Fall aus den Zeitungsseiten verschwand, nahm auch der Druck auf die Ermittler ab. Noch immer gab es nicht einmal die Andeutung eines Mordmotivs. Schneider und Dalla hatten Thann angelogen.

Seit Thann nicht mehr die Ermittlungen leitete, war keine einzige Überstunde mehr angefallen. Eine ruhige Kugel schieben – das war für die meisten Kollegen die angenehmste Begleiterscheinung.

Miller ließ durchblicken, daß er Fendrich nicht mochte und den schleppenden Gang der Ermittlungen mißbilligte.

Thann war in Sorge, Bollmann könnte von seinem Alleingang erfahren. Vorsichtig sondierte er: »Habt Ihr mal seine Freunde von früher befragt? Aus der Zeit, bevor er in den Knast ging?«

»Nein. Fendrich sagt, das bringt nichts. Nach so vielen Jahren kennt den keiner mehr.«

»Was ist mit dem Wohnungseinbruch?«

»Ist aufgeklärt, soviel ich weiß. Ein Drogensüchtiger. Schneider und Dalla schnappten ihn, als er Eichs Stereoanlage an den Mann bringen wollte.«

»Hm. Wißt Ihr, wie Eich seine letzten Tage verbrachte?«

»Ich glaube, da sind Schneider und Dalla dran, das zu rekonstruieren. Aber soviel ich weiß, tappen die auch im Dunkeln. Vielleicht war es tatsächlich ein Wahnsinniger, dem dieser Eich zufällig übern Weg lief, so wie es in der Zeitung stand. Was meinst du?«

»Vielleicht«, sagte Thann und bezahlte sein Essen. Er scheute davor zurück, Miller ins Vertrauen zu ziehen. Als er das Lokal verließ, atmete erst einmal kräftig durch. Sein Magen brannte etwas, nicht weiter schlimm. Die Wolkendecke hatte sich verdichtet. Es sah wieder einmal nach Regen aus.

Zurück in seinem Büro klemmte Thann den Hörer zwischen Schulter und Ohr und notierte Namen und Adressen der Halter, deren Autos vorgestern bei *Foto Korfmacher* geparkt hatten.

Treffer – einer der Namen war ihm nur allzu bekannt: Bodo Schneider, Kriminaloberkommissar. Daß sich viele Polizeibeamte nur mit einer Nebenbeschäftigung über Wasser halten konnten, wußte Thann. Daß es Schneider zum Film gezogen hatte, fand er hochinteressant.

34.

Es war genau zwei Uhr, als Thann die Dresdner Straße 70 erreichte.

Er sah weder Korfmachers Auto noch Licht in dessen Wohnung oder Studio. Mit einem Dietrich öffnete er die Haustür, mit einer Metallnadel Korfmachers Wohnungstür. Er hoffte, das Album zu finden. Wenn Korfmacher es zurückgestohlen hatte, mußte es hier sein. Thann war nervös. Jeden Moment konnte der Fotograf nach Hause kommen. Als Freiberufler hatte er wahrscheinlich keine festen Arbeitszeiten.

Es war eine Dreizimmerwohnung mit Küche und Bad. Als erstes nahm sich Thann das Büro vor. An drei Wänden standen Regale bis zur Decke. Diakästen, Bildbände, Zeitschriften, Aktenordner, Karteikästen, Schubladen mit Unmengen von Fotos und Negativfilmen. Thann rief sich zur Ruhe und begann, systematisch vorzugehen. Er gab sich Mühe, nichts zu verändern, als er den Schreibtisch durchsuchte und in den Regalen nach versteckten Winkeln forschte. Er kroch unter den Tisch und stieg auf Stühle. Er bewegte die halbe Einrichtung und brachte alles wieder an seinen Platz, vom Leuchtkasten bis zum Brieföffner. Nichts. Kein Album.

Zwei Uhr dreißig.

Thann durchsuchte Wohnzimmer und Schlafzimmer, Küche und Bad, ohne zu finden, was er suchte. In keinem Schrank hatte es einen Safe gegeben. Gerade, als Thann begann, Bilder abzuhängen und Poster abzutasten, klingelte es. Sein Herz begann, wild zu pochen.

Es war das Telefon im Arbeitszimmer. Thann beruhigte sich und betrat das Büro. Nach dem dritten Klingeln begann der Anrufbeantworter zu klicken. Mit einem leisen Rauschen drehten sich die Spulen der Kassette. Dann hörte Thann die unbekannte Stimme des Anrufers.

»Hallo, Korfmacher, Auftrag vom Boß. Am Freitag steigt 'ne Party, 'ne richtig große Party. Das Jahr war erfolgreich. Es gibt vieles zu feiern. Ort ist wieder das 'Belle'. Du sollst diesmal die Mädels besorgen. Der Boß will junges Blut, keine Profinutten. Es ist 'ne dicke Provision drin für dich. Ruf zurück, sobald du kannst.«

Es klickte, die Spulen liefen zurück. Klick, klick – Stille. Ein Lämpchen blinkte. Thann besaß keinen solchen Apparat. Es lohnte sich für ihn nicht. Es gab zu wenige, die ihn zu Hause anriefen.

Zehn Minuten vor drei.

Thann setzte die Suche im Wohnzimmer fort und wurde hinter einem gerahmten Poster fündig. Mit Hilfe seines Werkzeugs hatte er den Safe rasch geknackt. Wieder Fehlanzeige. Statt eines Fotoalbums lagen in dem kleinen Stahlkasten nur ein Bündel Geldscheine, ein Karton mit Fotos und ein kleines, abgegriffenes Notizbuch.

Es war eine Fotosammlung der besonderen Art. Die Abzüge steckten in Klarsichthüllen und waren auf der Rückseite jeweils mit Namen, Datum und Nummer versehen. Auf der Vorderseite übten sich Damen und Herren in verschiedenen Varianten des Geschlechtsverkehrs. *Ja, auch nacktes Fleisch.* Es waren etwa sechzig Fotos. Auf vier davon war Eva zu sehen.

Das Notizbuch hatte für jede Seite eine Nummer. Daneben standen die Namen der Filme und der Darsteller. Darunter gab es jedesmal eine Liste mit Jahreszahlen und Monatsangaben und Geldbeträgen. *Er preßt aus allem Geld, wo auch nur ein Pfennig drinsteckt.* Penible Buchführung. Die Summen lagen zwischen 500 und 5000 Mark und flossen teils monatlich, teils vierteljährlich. Die einen bezahlten seit mehreren Jahren, andere hatten nur wenige Male bezahlt.

Thann überschlug, daß Korfmacher in den letzten sieben Jahren insgesamt 24 Personen in der Mangel hatte und auf diese Weise jährlich auf ein unversteuertes Nebeneinkommen von etwa 100 000 Mark gekommen sein mußte. Mit steigender Tendenz.

Eva war die Nummer acht. Die Filme hießen *Hot Shots III*, *Geil und ohne Hemmungen* sowie *Sünde am Nachmittag*, produziert in den Jahren 1988 und 1989. Die Erpressung hatte vor drei Jahren begonnen. Udo hatte von seiner Schwester zunächst monatlich 500 Mark erhalten, im Vergleich zu anderen Opfern kaum der Rede wert. Doch nach vier Monaten war die Summe in die Höhe geschnellt, auf 1500 Mark, Monat für Monat. Thann fragte sich, wie Eva soviel von ihrem Gehalt als Anwaltsgehilfin abzweigen konnte. Die letzte Eintragung war vom November dieses Jahres.

Thann blätterte weiter. Die anderen Namen sagten ihm nichts. Er legte Buch und Fotos zurück. Nur die vier Bilder mit Eva steckte er ein.

Ein Blick auf die Uhr: Fünf Minuten nach drei.

Thann vermutete, daß im Büro weitere interessante Einzelheiten über Korfmachers Schweinereien zu finden wären. Doch er hielt sich schon zu lange in dieser Wohnung auf und wollte sein Glück nicht zu sehr herausfordern. Er vergewisserte sich, daß er alles hinterließ, wie er es vorgefunden hatte, und trat in den Flur. Er hatte bereits die Hand auf der Klinke, als er im Treppenhaus Schritte und Stimmen hörte. Thann hielt die Luft an und sah durch den Spion.

Draußen standen zwei Personen. Er erkannte Korfmacher. Der Fotograf wühlte in seiner Tasche nach dem Schlüssel. Sein Gesicht wirkte riesig und verzerrt, als es sich der Tür näherte. Thann sah die Zahnlücke und hörte ein Kratzen im Schloß. Korfmacher hatte den Schlüssel gefunden.

Mit drei Schritten verschwand Thann im Badezimmer. Er ließ die Tür angelehnt. Es war dunkel und muffig. In seinen Kniekehlen spürte er das Klo.

Er hörte, wie die beiden den Flur betraten und unmittelbar vor der Badezimmertür stehenblieben. Noch nie war sich Thann seiner Atmung so bewußt gewesen wie in diesem Moment. Er zwang sich, flach und gleichmäßig Luft zu holen, aber es schien ihm, als keuchte er fürchterlich laut. In seinen Ohren dröhnte der Pulsschlag. Er zitterte am ganzen Leib.

»Saß ein bißchen zu locker, dein neuer Zahn, was?« Die Stimme des Zweiten – Schneider!

»Willst du mich verarschen, Bodo? Das Schwein weiß Bescheid. Das sag' ich dir.« Korfmacher.

Thann vernahm mit Erleichterung, daß die beiden weitergingen. Im Wohnzimmer knarrte ein Sessel, in der Küche hörte er die Kühlschranktür und das Öffnen zweier Bierflaschen.

»Woher soll der Idiot etwas wissen? Der hat nur geblufft. Das ist alles, was der kann. Dem fließt der Ehrgeiz aus beiden Ohren, aber drauf hat er nichts. Du hattest doch gut aufgeräumt?«

»Natürlich. Ich bin doch nicht blöd.«

»Na siehst du. Kein Mensch ahnt, woher die Viechereien stammen. Ich weiß das. Unser Mann im Sittendezernat paßt auf.«

»Aber er ahnt etwas. Das Schwein hat mich aufs Korn genommen. Ich schwör's dir.«

»Der Chef wird ihn zur Brust nehmen. Ich habe mit ihm geredet. Notfalls wird er kaltgemacht.« Schneider rülpste laut. »Komm, mach kein solches Gesicht, du trübe Linse. Prost!«

Die Flaschen klirrten gegeneinander.

»Eins muß ich dir sagen, Udo. Zahnlücke mag ja ganz extravagant sein, aber ohne gefällst du mir besser, hahaha!«

»Du Arsch!«

»Das Bier treibt. Ich bin gleich wieder da.«

Thann hörte das Schlurfen Schneiders näherkommen. Unwillkürlich wich er zurück, taumelte und bekam den Toilettendeckel zu fassen. Sein Herz raste. Thann sah sich nach einem Versteck um. Nur schemenhaft konnte er das Innere des Badezimmers erkennen.

»Und wenn dieses Schnüfflerschwein nicht locker läßt?«

»Jetzt mach dir mal nicht in die Hosen.« Schneiders Stimme, bereits im Flur. »Wir haben alles im Griff, Udo. Und jetzt laß mich bitte pissen gehen.«

Thann tastete sich aus seiner Ecke heraus. Das einzige, was ihn verbergen konnte, war der Duschvorhang. Beim Einstieg in die Dusche schlug er sich das Schienbein an. Fast hätte er mit dem Ellbogen ein Regal mit Shampoos und Duschgels abgeräumt. Er roch den schimmeligen Plastikstoff des Vorhangs. Die Anspannung schnürte ihm den Brustkorb ein. Sein Bein schmerzte.

Das Licht ging an. Grelles Weiß blendete Thann. Sein dringendster Wunsch war in Erfüllung gegangen: Der Duschvorhang war *nicht* transparent. Thann hörte Schneiders Reißverschluß und ein Plätschern. Er hielt die Luft an. Schneider hörte nicht auf zu pinkeln. Thanns Brustkorb drohte zu platzen. Es plätscherte schier endlos. Thann wußte nicht, wie er Luft holen sollte, ohne daß Schneider es hören würde. Endlich erlöste ihn das laute Rauschen der Klospülung.

Thann atmete tief durch, während Schneider den Raum verließ. Es wurde wieder dunkel in Thanns Versteck. Dunkel und muffig und eng zwischen Plastikstoff und Shampooregal.

Die beiden setzten ihre Unterhaltung fort.

»Wie konntet ihr nur so dämlich sein und Eich in den Müll stecken?«

»Wie konntest du nur so dämlich sein und all die Jahre dieses Album aufbewahren? Wo mag es nur sein? Bei Eich war es jedenfalls nicht. Ich glaube nicht, daß wir es übersehen haben. Dein dämliches Album macht dem Chef viel mehr Sorgen als unsere Viechereien.«

»Vielleicht hat Thann das Album?«

»Jetzt mach mal halblang. Nur weil er dich einmal verprügelt hat, brauchst du nicht zu glauben, er sei Superman.«

»Vielleicht hat es Eva? Du hast selbst gesagt, daß Eich sich mit ihr getroffen hat.«

»Das war, bevor er es bei dir holte. Verstehst du? Bevor!«

»Ist ja schon gut.«

»Du bist reichlich nervös. Du solltest mal Urlaub machen. Kennst du die Hütte, die unser Chef in Südfrankreich hat? Ich war mal dort. 400 Quadratmeter Wohnfläche, Swimming Pool, Tennisplatz und alles auf einer Klippe hoch über dem Meer. Unten ist ein kleiner Privatstrand. Da bist du ganz ungestört. Kannst ja eine deiner Miezen mitnehmen.« Schneider stieß noch einen seiner großen Rülpser aus. »So, jetzt muß ich gehen, mein Junge.«

»He, du wolltest mir die Kohle geben.«

»Hab' ich nicht vergessen.«

Thann hörte ein leises Rascheln.

»5000 Eier, du kannst nachzählen. Dem Chef hat das gut gefallen. Manchmal bist du dämlich wie Pisse, aber ab und zu kann man dich gebrauchen, Udo. Wieviel hast du denn von der Konkurrenz für die Viechereien bekommen?«

»Betriebsgeheimnis.«

Die Stimmen kamen näher.

»Erst den Polen den Schweinkram teuer verkaufen und sie dann hopsgehen lassen. Guter Dreh. Bis auf weiteres haben wir die Ostkonkurrenz vom Hals. Beruhigungsstrategie.« Schneider lachte kurz und trocken.

»Nun seht ihr aber zu, daß deine Kollegen mir nicht auf die Schliche kommen.«

Schneider und Korfmacher standen im Flur. Schneider verabschiedete sich. »Keine Sorgen. Wann sehen wir uns wieder?«

»Wenn du willst, morgen abend um halb acht. Ich kann noch einen Stecher gebrauchen.«

»Wieviel?«

»150 für zwei Stunden. Wenn ich deinen Polizistenschädel nicht aus dem Bild lassen müßte, gäbe es das Doppelte.«

»Na gut, 150. Was ist mit Frau und Hund?«

»Kannst du zu Hause lassen. Von Viechereien lasse ich für die nächste Zeit die Finger.«

Die Tür fiel hinter Schneider ins Schloß. Thann hörte Schritte auf und ab gehen und wagte sich nicht aus der Dusche. Seine Hoffnung, auch Korfmacher würde die Wohnung verlassen, wurde enttäuscht. Im Gegenteil.

Das Licht ging an. Nur der weiße Vorhang trennte Thann und den Fotografen. Weiß mit Blümchen und Stockflecken. Korfmacher summte eine Melodie. Thann hörte Kleidungsstücke zu Boden fallen und das Knarren eines Wäschekorbs. Längst hatte er aufgehört zu atmen. Er sah sich verzweifelt in der Dusche um. Kein Versteck. Kein Notausgang. Beginnende Panik.

Das Summen Korfmachers wurde leiser, er ging in Richtung Schlafzimmer. Thann lauschte, dann beschloß er, den Ausbruch zu wagen. Doch schon war Korfmacher wieder im Badezimmer. Er kam näher. Plötzlich beulte sich der Duschvorhang nach innen. Ein nackter Arm tastete sich von der Seite herein. Thann wich aus, soweit er konnte. Die Hand erfaßte die Armatur und drehte das Wasser auf.

Eiskalt und laut prasselte es auf Thann herab und gegen den Vorhang. Thann wartete, doch nichts geschah. Das Wasser wurde allmählich wärmer. Da hörte er durch das Prasseln das Klingeln des Telefons. Das Wasser wurde so heiß, daß es schmerzte. Thann faßte sich ein Herz und stieg aus der Dusche, bereit, sich ein zweites Mal mit dem Fotografen zu prügeln. Doch der war nicht mehr im Raum.

Korfmacher schien ans Telefon gegangen zu sein. Thanns Kleidung tropfte und hinterließ eine Pfütze auf dem Badezimmerboden. Hinter ihm prasselte die Dusche weiter. Dampf quoll über die Oberkante des Plastikvorhangs.

Thann schlich auf den Flur. Die Tür zum Büro stand offen. Am Telefon stand Korfmacher, nackt und hager, mit dem Rücken zu Thann und ins Gespräch vertieft.

»Gratuliere, Vater.« ... »Meinst du?« ... »Genauso zähle ich auf dich.« ... »Danke, Vater.«

Thann öffnete leise die Wohnungstür, verschloß sie vorsichtig hinter sich und bewegte sich nach unten, erst langsam schleichend, dann immer schneller. Eine Spur von Wassertropfen markierte seinen Weg ins Freie, weg von dieser Wohnung und diesem Versteck.

Er atmete auf, als er draußen auf der Straße stand. Der Druck, der seine Brust zusammengeschnürt hatte, ließ allmählich nach. Es regnete, und keinem Menschen fiel auf, wie naß er war.

35.

Wie konntet ihr nur so dämlich sein und Eich in den Müll stekken.

Als er in seiner Wohnung ankam, wurde Thann erst richtig klar, was er bei Korfmacher gehört hatte. Er konnte nur hoffen, daß Schneider das Haus nicht beobachtet hatte, als Thann es verließ. Schneider war einer der Mörder, und Korfmacher steckte mit ihm unter einer Decke. *Dein dämliches Album macht dem Chef viel mehr Sorgen als unsere Viechereien.* Schneider war in Eichs Wohnung eingebrochen und hatte das Album gesucht. Vergeblich. *Wo mag es nur sein?*

Wie konntet ihr nur so dämlich sein und Eich in den Müll stecken. Jetzt kannte Thann einen der Täter und hatte dennoch nichts in der Hand. Korfmacher würde nicht gegen Schneider aussagen. Dafür hatte er zuviel Angst. Thann mußte diesen »Chef« ausfindig machen.

Und mit wem hatte Korfmacher zuletzt telefoniert? *Gratuliere, Vater. Danke, Vater.* Thann dachte an die Verletzungen in Eichs Gesicht. *Gefoltert, bevor er starb.* Und die toten Augen, die ihn auf der Deponie angefleht hatten. Es lief ihm kalt den Rücken hinunter. *Der Chef wird ihn sich zur Brust nehmen. Notfalls wird er kaltgemacht.*

Thann ging ins Bad, um seine Haare trockenzufönen. Ein Frösteln blieb.

Den Rest des Nachmittags verbrachte er beim Einkaufen. Er hatte sich vorgenommen, für Eva einen Menüvorschlag seines Kochbuches nachzukochen. Er stürzte sich in Unkosten und besorgte Wachteln, Rehfilet und ausgefallene Früchte, guten Sekt und Wein. Und als er in der Lebensmittelabteilung des Kaufhauses den Salat auswählte und das Gemüse abwog, da schaltete er ab, ohne daß es ihm bewußt wurde. Für eine kurze Zeit dachte er nicht an seine Arbeit, nicht an Mord, Prügelei und Pornografie, nicht einmal an die schreckliche Viertelstunde hinter Korfmachers weißem, nach Schimmel riechenden Duschvorhang.

36.

»Es schmeckt wunderbar. Wie machst du das Schokoladenmousse?«

»Eier, Sahne, Schokolade natürlich und etwas Weinbrand. Ich kann dir mein Kochbuch leihen, wenn du möchtest.«

»Auf alle Fälle werde ich mich revanchieren. Das nächste Mal essen wir bei mir.«

Das nächste Mal. Thann jubelte innerlich.

»Einen Digestif?«

»Nein danke, ich glaube, ich habe schon zuviel von dem leckeren Wein getrunken.«

»Wir haben auch Mineralwasser da.« Thann goß Wasser in die leergetrunkenen Sektgläser, die auf dem Tisch standen.

»Hast du was dagegen, wenn ich kurz auf deinen Balkon gehe, um eine zu rauchen?«

»Du kannst auch im Zimmer rauchen. Ich habe nichts dagegen«, log er.

Zu seiner Erleichterung bestand sie auf dem Balkon.

Er räumte den Tisch ab und legte eine neue Platte auf. Stan Getz, ruhigen Jazz, den er schon lange nicht mehr gehört hatte. Er hatte überhaupt zu wenig Musik gehört in der letzten Zeit, zu selten gekocht und noch seltener Besuch einer schönen Frau gehabt.

Ihre Zigarette glimmte im Dunkeln auf. Er trat zu ihr nach draußen.

»Es soll Sturm geben heute nacht.«

»Laß es stürmen, Eva. Wir machen es uns trotzdem gemütlich.«

»Aber nicht mehr lange. Morgen früh muß ich zur Arbeit wie jeden Tag.«

Sie schwiegen. Thann legte seinen Arm um Eva und spürte, daß ihr das angenehm war.

»Du hast mir schlimme Dinge erzählt. Du hast sie auf dich aufmerksam gemacht, als du bei meinem Bruder warst. Und du weißt nicht, wem du bei der Polizei vertrauen kannst. Du mußt vorsichtig sein.« Sie stieß den Rauch aus und drückte das Zigarettenende in die nasse Erde eines Blumentopfes. »Was hast du jetzt vor?«

»Ich weiß nicht. Ich muß das Album finden und den Mörder deiner Mutter.«

»Genau das hat Eich auch gesagt.« Sie sah ihm in die Augen. »Sei vorsichtig. Du kochst zu gut, um zu sterben.«

Sie lachten beide nur zaghaft. Dann streichelte er mit einem Finger ihre Wange. Ihre großen, braunen Augen machten ihn verrückt. Er küßte sie auf den Mund. Sie erwiderte den Kuß.

Sie gingen ins Zimmer und küßten sich weiter. Ein wildes Spiel der Zungen, das Thann erregte. Er tastete nach ihren Brüsten. Plötzlich hielt Eva inne.

»Das Küßchen zum Bruderschafttrinken.« Eva lachte. »Das genügt für heute.«

Er versuchte weiterzumachen, doch sie stoppte ihn. »Vielleicht beim nächsten Mal. Ich glaube, es ist besser, du fährst mich jetzt nach Hause.«

»Bleib bei mir. Morgen fahre ich dich zur Arbeit. Du hast dein Auto dort stehen und nicht zu Hause. Es ist also praktischer, wenn du hier übernachtest.«

Sie lächelte stumm.

»Außerdem habe ich leckere Sachen fürs Frühstück eingekauft.«

»Ich habe in einem Ratgeber für Frauen gelesen, daß man erst nach dem dritten Abend eine solche Einladung annehmen darf.«

»Was steht noch in diesem Ratgeber?«

Eva begann zu lachen. »Eigentlich nur Unsinn!«

»Na, siehst du. Alles Unsinn.«

Sie küßten sich wieder. Ein Kleidungsstück nach dem anderen löste sich und fiel zu Boden.

Thann trug Eva ins Schlafzimmer. Er war hingerissen von ihrem schlanken, gutgeformten Körper, von ihrem paradiesischen Kostüm. Auf dem Bett machten sie weiter. Zwei Leiber, die sich verschlangen. Gierig stillten sie den Hunger.

Als Eva fröstelte, gab er ihr einen seiner Pyjamas. Er streifte seinen schwarzen Morgenmantel über, legte Miles Davis auf und holte den Rest des Weins. Sie saßen im Bett, nippten an ihren Gläsern und lauschten der Musik, die aus dem Wohnzimmer herüberdrang. Thann fühlte sich wohl.

»Ich glaube, ich bin verliebt.«

Eva sah ihn an. Er konnte sich kein schöneres Gesicht vorstellen.

»Und du?« fragte Thann.

»Ich glaube, ich auch.«

»Jetzt erzähle mir bitte nicht, du seist bereits verheiratet oder verlobt.«

»Na gut, dann erzähle ich dir das nicht.«

»Was?«

Eva lachte. »Ich bin's auch nicht. Mein letzter Freund hat mich vor einem halben Jahr verlassen. Deshalb lese ich jetzt diese Ratgeberbücher.«

»Dich verlassen? Du bist zu schön, als daß man dich verlassen könnte.«

»Schmeichler.«

Sie küßten sich wieder. Draußen hatte der Sturm zu toben begonnen. Er zerrte an Dächern und Fenstern, doch Thann und Eva achteten nicht darauf. Eine Bö nach der anderen fegte über die Stadt, der Regen peitschte gegen die Häuser. Ganze Bäche flossen durch die Straßen. Der Himmel tobte, als probte er den Weltuntergang, doch Thann hörte nur das leichte Schmatzen ihrer Lippen und das leise Duett von Trompete und Saxophon aus den Lautsprechern seiner Anlage.

Leise flüsterten sie liebe Worte einander ins Ohr.

Schließlich mußte Thann sie danach fragen. *Hot Shots. Geil und ohne Hemmungen. Liebe am Nachmittag.*

»Wie bist du dazu gekommen, in diesen Pornofilmen mitzuspielen?«

Eva war entsetzt. Sie rückte ab von ihm, soweit das Bett es zuließ. »Woher weißt du das?«

»Ich weiß, daß dein Bruder die Filme drehte und daß er dich erpreßt. Ich habe in seinem Safe seine Buchführung gefunden und die Fotos, mit denen er eine Menge Leute erpreßt.«

Eva zündete sich eine Zigarette an und begann, das Schlafzimmer zu verqualmen.

»Ich weiß, es ist fünf Jahre her und du hast damit nichts mehr zu tun, Eva.« Thann hoffte es zumindest. »Es macht mir nichts aus, Eva. Erzähl mir, wie du dazu kamst. Ich werde dich vor diesem Erpresser schützen.«

»Meine letzte Beziehung war die Hölle von dem Augenblick an, als mein Freund erfuhr, daß ich in Pornos mitgemacht habe. Es macht jedem Mann etwas aus. Auch dir. Alles andere ist eine verdammte Lüge. Früher oder später haßt mich jeder.«

Eva warf die Zigarette in ihr Glas und brach in Tränen aus. Thann versuchte sie zu trösten, doch sie blieb auf Distanz.

Dann erzählte sie die Geschichte.

Es war ihr sechzehnter Geburtstag, als ihre Eltern ihr gestanden, daß sie nicht ihre Eltern waren. Sie sagten, sie sei alt genug, um es zu erfahren, und sie hofften, an ihrem Verhältnis würde sich nichts ändern.

Es änderte sich alles.

»Sie dachten, es sei das richtige Alter, um die Wahrheit zu erfahren. Irgendwann hätte ich es sowieso erfahren. Aber wahrscheinlich gibt es dafür kein richtiges Alter. Es war für mich eine tiefe innere Verletzung. Keine richtigen Eltern zu haben, empfand ich plötzlich als Mangel, der an mir haftete, als sei ich kein normaler Mensch. Ich fing an, meine Mitschüler um ihre Eltern zu beneiden. Dabei gaben sich Marlies und Hans-Werner alle Mühe, mir zu zeigen, daß sie für mich wie richtige Eltern waren. Es half nichts. Ich hatte mein Urvertrauen verloren.«

Mißtrauisch begann sie, nach Zeichen fehlender Zuneigung zu suchen. Immer öfter gab es Streit. Ein Jahr später zog Eva aus. Ihre Adoptiveltern bezahlten ihr eine Wohnung und etwas Taschengeld. Eine Zeitlang waren sie für Eva nur noch Namen auf dem Kontoauszug.

In einer Diskothek lernte sie einen Fotografen kennen, der sie zu Aufnahmen in seinem Studio überredete. So kam sie zu gelegentlichen Aufträgen als Model für Werbefotos. Der Name des Fotografen war Udo Korfmacher. Sie erkannte, daß sie Geschwister waren. Zu ihrer Überraschung schien er es gewußt zu haben. Dennoch wollte Udo sie bereits damals zu freizügigeren Fotos überreden, doch sie lehnte ab. Seitdem haßte sie ihn.

Sie schaffte das Abitur und schrieb sich an der Universität zum Jurastudium ein. Doch Diskotheken und Freunde waren ihr wichtiger als Seminare und Vorlesungen. Als sie zwanzig war, verliebte sie sich in einen Musiker. Seine Art, den Augenblick über die Zukunft zu stellen und sein Ego über das Befinden der anderen, imponierte ihr. Er sprach über seine Musik, und Eva himmelte ihn an. Sie ging auf alle seine Konzerte. Er war so cool. Zu cool. Bald bemerkte sie, daß es nur eines gab, was er wirklich liebte: Heroin.

Er versuchte, sie zu einem Schuß zu überreden, doch sie weigerte sich. Sie sah, wie er mehr und mehr zum Sorgenkind der Band wurde. Sie wollten sich von ihm trennen. Eva konnte sie dazu überreden, es weiter mit ihm zu versuchen. Je mehr er ihrer Fürsorge bedurfte, desto mehr liebte sie ihn.

Sie begann, Nacktfotos zu machen, um die Sucht ihres Freundes zu finanzieren. Schließlich ließ sie sich von Udo zu ihrem ersten Pornofilm überreden.

»Mit Spaß hatte das nichts zu tun, das kannst du mir glauben. Ich überstand das meistens nur mehr oder weniger betrunken. Ich mußte mich ständig verrenken und Sachen tun, die ich vorher noch nie getan hatte. Diese Ratte. Ob es mir weh tat oder wie ich mich dabei fühlte, war Udo völlig gleich. Zuerst hatte ich gedacht, im Kino küssen sie sich und im Porno geht man eben nur einen Schritt weiter. Nur eine Art der Schauspielerei. Das war alles Lüge. Keine Hure hat so einen Drecksjob, wie ich ihn tat. Ich brachte das Opfer für meinen Freund. Er war der einzige, dem es nichts ausmachte.«

Weil er Heroin mehr liebte als Eva. Eine Woche Dreharbeiten finanzierten zwei Wochen seiner Sucht. Sie machte bei drei Filmen mit. Dann starb ihr Freund. Sie hatten ihm Stoff verkauft, der reiner war als sonst. Nach einiger Zeit erkannte Eva, daß es für sie eine Erleichterung war, und vielleicht auch für ihn.

Udo lag ihr noch einige Wochen im Ohr. Immer wieder rief er an. Er versprach ihr, sie zum Star der Pornoszene zu machen. Er sprach von Dreharbeiten in einer Luxusvilla in

Südfrankreich und nannte immer höhere Gagen, um sie zu locken. Sie legte jedesmal auf, sobald er sich nur meldete. Dann ließ er sie zwei Jahre lang in Ruhe.

Irgendwie hatte Udo eines Tages davon erfahren, daß sie ihr Studium abgebrochen hatte und ihr erstes Geld als Anwaltsgehilfin verdiente. Plötzlich begann die Erpressung. Er drohte damit, Polizeipräsident Kurz von ihrer Vergangenheit als Pornodarstellerin zu erzählen. Sie bezahlte viermal. Dann vertraute sie sich Kurz an.

»Ich sagte Udo, er könne mich mal. Es war eine große Erleichterung für mich. Seitdem rief Udo nur noch zwei oder drei Mal an und quatschte dummes Zeug. Ich ließ ihn jedesmal abblitzen. Er konnte mir nicht mehr damit drohen, zu Kurz zu gehen, denn ich hatte meinem Adoptivvater alles gebeichtet. Es war mir schwer gefallen, aber es hat sich gelohnt. Ich habe gelernt, daß Offenheit der beste Weg ist, Erpresser abzuwimmeln. Zumindest war es in diesem Fall so.«

»Laut Korfmachers Buchführung ging die Erpressung aber weiter. Nach vier Monaten stieg die Summe sogar aufs Dreifache.«

»Das verstehe ich nicht.«

»Es stand kein anderer Name in seinem Notizbuch, aber die Zahlungen gingen weiter bis letzten Monat. Kann es sein, daß dein Adoptivvater weiter gezahlt hat?«

»Wie kann ein mieser Erpresser Geld von einem Polizeipräsidenten verlangen?«

»Ganz einfach: Wenn Sie nicht bezahlen, gehen die Fotos Ihrer Tochter an die Presse.«

Eva brach in Tränen aus. Mitleid mit dem kranken Kurz und Wut auf ihren Bruder. Thann nahm sie in den Arm. Irgendwann bemerkte er, daß sie eingeschlafen war. Er wagte es nicht, in eine bequemere Stellung zu wechseln.

Der Sturm hatte seinen Höhepunkt erreicht. Thann hörte Dachziegel zu Boden klirren, und irgendwo schlug ständig eine Tür. In der Ferne jaulte ein Martinshorn auf. Dann ließ der Sturm nach, und es blieb das Prasseln des Regens.

37.

Ein neuer Dezembertag. Thann setzte Eva vor dem Eingangsportal des alten, prächtigen Hauses ab, in dem die Kanzlei ihren Sitz hatte. Zuvor hatte er ihr nach viel zu kurzem Schlaf ein Frühstück gemacht, wie es seine Küche noch nicht gesehen hatte. Rührei mit Schnittlauch, Croissants, frischgepreßter Orangensaft und vieles mehr. Liebe geht durch den Magen, hatte seine Mutter früher oft gesagt.

»Feine Adresse für einen Anwalt«, bemerkte Thann. Er bewunderte die Säulen, die Löwenköpfe aus Gips, die zahlreichen Simse und die ganze Großzügigkeit des Gebäudes mit seinen hohen Decken und großen Fenstern.

»Heute würden sie solche Häuser nicht mehr abreißen.«

»Heute gibt es Denkmalschutz. Der Einsatz der Generation deiner Mutter hat sich vielleicht doch gelohnt.«

Thann dachte, daß seine Eltern bestimmt nicht an der Seite Annas und Günther Eichs gegen Spekulanten und Häuserabriß demonstriert hatten.

Sie verabredeten sich für den Abend des nächsten Tages und küßten sich ein letztes Mal. Dann ergoß sich ein Regenschauer, und Eva beeilte sich, ins Haus zu kommen.

Thanns Freude über sein sich anbahnendes neues Glück konnten auch die Nachrichten nicht trüben, die sie im Autoradio brachten. Eine zweite Welle der sogenannten Jahrhundertflut hatte erneut Tausende von Menschen obdachlos gemacht. Sie würden Weihnachten in Turnhallen und anderen Notunterkünften verbringen müssen. Umweltschützer machten den Raubbau an den Gebirgswäldern und die Kanalisierung der Flüsse für die Überschwemmungskatastrophe verantwortlich. Die Pegelstände würden weiter steigen. Der Höhepunkt der Flutwelle an Rhein, Donau und zahlreichen Nebenflüssen werde für den morgigen Tag erwartet.

An einem Kiosk hielt Thann und kaufte den *BLITZ*. Bevor er weiterfuhr, sah er rasch die Zeitung durch. Auf der Titelseite waren einzelne Wörter so groß wie seine Hand:

KOMA! MANN VON DACHZIEGEL ERSCHLAGEN!

Im Innenteil fand Thann eine Meldung, die Bollmann ärgern würde.

KEINE SPUR IM HACKER-MORD! SCHLÄFT DIE POLIZEI?
Morgen ist es eine Woche her, daß der Politikwissenschaftler Dr. Günther Eich (54) erschlagen und auf bestialische Weise zerhackt auf der hiesigen Mülldeponie gefunden wurde. Bis heute tappt die Polizei im Dunkeln auf der Suche nach dem unheimlichen Hacker. Sie hat auf Schneckentempo geschaltet: Ganze vier Polizeibeamte arbeiten an dem Fall. Fortschritt nach einer Woche: gleich null! Drei Fragen an die Verantwortlichen:
Glaubt die Polizei, nur weil der Tote vorbestraft war, sei er ein Mordopfer zweiter Klasse?
Glaubt die Polizei, die Bürger der Stadt könnten ein so bestialisches Verbrechen vergessen?
Glaubt die Polizei, wir hätten keine Angst vor dem unheimlichen Hacker, solange dieser frei sein Unwesen treiben kann?
Unbequeme Fragen. Doch die Verantwortlichen sind den Bürgern die Antwort schuldig.
Bumm-Bumm-Bollmann (51, bald Polizeipräsident), mach dich an die Arbeit!

38.

Auf Thanns Tisch lag eine Notiz: »Melde dich bitte bei mir. Bertram Fendrich, Mi. 8:50«. Bollmanns Liebling, der Schleimer.

Thann wählte Fendrichs Nummer. »Was gibt's?«

»Ach, Thann, gerade haben wir eine Besprechung. Kannst du gleich anschließend einmal vorbeikommen?«

»Komm du zu mir. Du weißt besser, wann deine Besprechung vorbei ist.«

Fendrich trug wie immer einen Anzug, grau, mit Krawatte. Sein Gesicht war rot. Anscheinend hatte er gestern zu lange unter der Sonnenbank gelegen. Jetzt, da Fendrich als Liebling des künftigen Polizeipräsidenten beste Karriereaussichten hatte, konnte Thann ihn noch weniger leiden als bisher.

Fendrich zeigte sein falsches Lächeln. »Mein Lieber, uns gefällt nicht, daß du immer noch deine Nase in den Fall Eich steckst.«

»So, tu ich das?«

»Und zwar mit beiden Fäusten, wie man hört.«

»Wer erzählt denn so etwas?« *Ich habe gute Beziehungen zur Polizei. Sie werden es bereuen.*

»Paß auf, du hast hier keine dummen Fragen zu stellen. Absolut nicht. Ich leite die Ermittlungen, und ich kann mich nicht erinnern, dich beauftragt zu haben, durch die Stadt zu laufen und uns in die Ermittlungen hineinzupfuschen.« Fendrich war laut geworden. »Weißt du, was du bist, mein Lieber?«

Er deutete mit dem Zeigefinger auf Thann. Diese Geste hatte er von Bollmann abgekuckt. *Der Chef wird ihn zur Brust nehmen.*

»Du bist ein Provinzbulle mit nichts als Stroh im Kopf. Du kannst nicht einmal von einem Schluck Schnaps bis zum nächsten denken. Ein Zeitintervall, das bei dir ohnehin knapp bemessen ist. Weißt du, daß ich im Moment alle Hände voll zu tun habe, eine Klage gegen dich abzuwenden? Und wenn ich das nicht schaffe, weißt du, was dir dann droht? Der Hinauswurf aus dem Polizeidienst!«

»Ausgerechnet du setzt dich also für mich ein, Fendrich?«

»Absolut.«

»Weißt du, was du bist? Ein aufgeblasener Dressman, der vor Einbildung gleich platzen wird. Und weißt du, was für ein Hinauswurf dir gleich drohen wird?« Thann stand auf.

Fendrich wich zurück.

»Jetzt mach mal langsam. Ich habe da eine Anzeige am Hals, die dir verdammt schaden kann. Und Bollmann ist auf deine Gewaltausbrüche ohnehin nicht gut zu sprechen. Da hilft es dir nichts, daß der K1-Chef dich mag. Der ist ohnehin seit Tagen in Urlaub. Ich sehe nur einen Weg für dich, da heil rauszukommen.« Er zupfte nervös an seiner Nase. »Halt dich ab jetzt aus Geschichten raus, die dich nichts angehen. Du arbeitest jetzt für Fröhlich. Und wenn du zurück willst ins K1, dann sei hübsch brav. Du weißt wie ich, daß in den nächsten Wochen einige Personalveränderungen anstehen. Da gibt es für einen Oberkommissar wie dich vielleicht die ein oder andere Chance. Also überleg's dir. Chance oder Abstellgleis, du hast die Wahl.«

»Läßt Bollmann dich das ausrichten?«

»Ich sage dir das von Kollege zu Kollege.«

»Schon mal in die Zeitung gesehen heute? 'BLITZ', Seite 4?« Thann tippte auf das Blatt, das vor ihm lag. 'Keine Spur. Schläft die Polizei?' Damit meinen die dich, Kollege!«

Das saß.

Fendrich schrie fast: »Du willst mich auf die Palme bringen, doch das schaffst du nicht, absolut nicht!«

Thann lachte.

Fendrich zupfte an seiner Nase herum und beruhigte sich. »Die Presse bringen wir noch heute auf unsere Seite, du wirst sehen. Ab heute haben wir wieder eine richtige Führung im Haus. Die laschen Zeiten sind vorbei. Und jetzt sprich: Hältst du dich ab jetzt raus aus meinem Fall?«

»Komm, verpiß dich. Kriech zurück in Bollmanns Arsch. Und sag ihm, wenn er mir drohen will, muß er mir schon Männer von etwas mehr Kaliber schicken. Hau ab. Ich habe zu arbeiten.«

Fendrich protestierte und sagte etwas von »Konsequenzen selber tragen«. Doch als Thann ein zweites Mal aufstand und drohend auf ihn zuging, verschwand der Hauptkommissar aus dem Zimmer.

In einem hatte Fendrich recht: Zu gern hätte Thann jetzt eine Flasche aus seinem Schreibtisch gezogen. Doch er hatte vergessen, für Nachschub zu sorgen. Thann war sich über die Bedeutung der Szene mit Fendrich im Klaren. Es war eine Kampfansage gegen Bollmanns Liebling und damit gegen Bollmann selbst. Jede Seite würde ohne Rücksicht kämpfen. Auf Thanns Seite stand die Wahrheit, auf Fendrichs die Macht.

39.

»Stell dir vor, sie haben mich jetzt auch von dem Fall abgezogen.« Miller rührte aufgeregt in seinem Kaffee. Er hatte Thann angerufen, gleich nachdem Fendrich gegangen war. Sie hatten sich rasch in der Kantine getroffen.

»Es sollte eine Besprechung sein, doch nur Bollmann und Fendrich kamen dazu. Bollmann knallte die Zeitung auf den Tisch und fuhr mich an, wie ich dazu käme, solche Sachen der Presse zu erzählen. Ich fragte, was für Sachen, doch Bollmann brüllte nur rum.«

Miller nahm einen hastigen Schluck. »Ach, Scheiße, jetzt hab' ich mir den Mund verbrannt. Warum ist der Kaffee nur so heiß!«

»Und, hast du tatsächlich mit einem Zeitungsfritzen gesprochen?«

»Nein, wirklich nicht! Der hat uns belauscht. Ich sitze mit Dalla beim Bier, nach Dienstschluß, in einer Kneipe in der Altstadt. Gestern, so gegen sechs. Weißt du, seit unserem Mittagessen beim Italiener sind mir ein paar Dinge nicht mehr aus dem Kopf gegangen. Ich sage also zu Dalla, daß ich es komisch finde, daß wir immer nur die Knastkameraden des Ermordeten befragen. Ich frage ihn, was mit Eichs alten Freunden ist, ob es da nicht eventuell ein Mordmotiv gibt. Oder die Geschichte mit dem Mord an seiner Freundin damals. Vielleicht wollte jemand Rache an Eich üben. So viele Möglichkeiten, denen wir noch nicht nachgegangen sind.« Miller hatte sich in Rage geredet. Er blies so heftig auf den Kaffee, daß er überschwappte. Dann nippte er vorsichtig an der Tasse.

Thann war neugierig. »Und was sagte Dalla dazu?«

»Der wiegelte nur ab. Natürlich sei er da dran. Doch Genaues wollte er mir nicht sagen. Ich hatte den Eindruck, daß er sich für den Fall gar nicht interessiert. Wir kommen also richtig ins Diskutieren, da mischt sich dieser Typ ein. Dalla sagt: Paß auf, das ist einer vom 'BLITZ'. Ich sage nur, na und. Ich war so richtig in Fahrt. Ich sage zu Dalla, findest du es nicht komisch, daß nur vier Leute in der Mordkommission arbeiten, Fendrich mitgezählt, und das, obwohl der Fall noch vor ein paar Tagen so große Schlagzeilen machte? Der Typ spricht uns wieder an und will wissen, ob wir Polizisten sind und ob wir den Zerstückelten von der Deponie meinen. Ich sage ja, und Dalla will, daß wir das Lokal wechseln. Der Typ steckt mir sein Visitenkärtchen zu. Erst da kapiere ich. Wir hauen ab, doch da ist es schon zu spät. Und jetzt habe ich den Ärger. Jetzt heißt es, der redet mit der Presse und schwärzt Kollegen an.«

Miller trank seinen Kaffee aus. »Weißt du was, Thann? Bollmann ist ein Arsch und Fendrich sein Kriecher! Du hättest die Szene vorhin mal miterleben sollen.«

Thann wartete, bis zwei Kollegen auf ihrem Weg zum Selbstbedienungstresen vorbeigegangen waren. Er beugte sich vor und legte Miller die Hand auf den Arm. »Du hast völlig recht. Die suchen nur nach einem Vorwand, dich loszuwerden. Du hast unbequeme Fragen gestellt. Du machst die ganze Verschleppungsarie nicht mit. Du willst wie ich, daß der Fall aufgeklärt wird. Und die wollen das anscheinend nicht. Das war's, und nicht die Zeitung. Wenn die Presse uns ein wenig Druck macht, dann ist das in diesem Fall ganz in Ordnung.«

Und dann verriet ihm Thann einen Teil dessen, was er wußte. Korfmacher, Schneider, der Einbruch, das Album.

Immerhin hatte der Artikel im *BLITZ* für soviel Wirbel gesorgt, daß sich die Chefs veranlaßt fühlten, die Journalisten einzuladen, obwohl sie nichts zu sagen hatten. Es war derselbe Raum wie der am letzten Donnerstag, als der leitende Ermittler noch Karl Thann hieß. Doch diesmal betrat er den Raum von der anderen Seite her, zusammen mit den Presseleuten. Am Kopfende des Raumes saßen der Polizeisprecher und sein Vize sowie Fendrich. Bollmann fehlte.

Dressman Fendrich zog sich geschickt aus der Affäre. Er tat, als ob er fast vor der Ergreifung des Täters stünde. Als arbeiteten weit mehr Beamte als offiziell bekannt an dem Fall. Und als könne er Nachfragen nicht beantworten, weil er die Ermittlungen damit gefährden würde. Die billigste Masche der Polizei im Umgang mit kritischen Fragern. Und an diesem Tag schluckten die Presseleute alles. Thann konnte Fendrichs Glück nicht fassen. Sogar diejenigen Reporter, die in ihrer Zeitung frei vom Leder ziehen durften, waren plötzlich so zahm, daß sie kaum Fragen stellten.

Nach nur zwanzig Minuten war alles vorbei. Stühlerücken, Gemurmel. Die Meute setzte sich in Bewegung zum nächsten Termin.

40.

Der Festakt fand in der Turnhalle statt, dem größten Raum des Präsidiums. Als Thann eintrat, war die Show bereits in vollem Gange.

Marlies Kurz, klein, mollig und in festlichem Kleid, stieg gerade auf die Bühne, um sich vom Innenminister einen Blumenstrauß überreichen zu lassen. Ihr Mann lag noch immer im Krankenhaus. Nach Minister Lemke erhob sich der Oberbürgermeister von seinem Platz auf dem Podium. Auch er ließ es sich nicht nehmen, der Frau des Ex-Präsidenten die Hand zu schütteln. Im Mittelgang und an den Seiten der Bühne standen die Fotografen und ließen ein Blitzlichtgewitter auf die händeschüttelnde Dreiergruppe los. Dann durfte Frau Kurz zu ihrem Platz in der ersten Reihe zurückkehren.

Mehr als zweihundert Menschen saßen in den Stuhlreihen, schätzte Thann. Noch einmal rund fünfzig hatten keinen Sitzplatz gefunden und drückten sich im hinteren Teil der Turnhalle und an den Seiten herum. Er erkannte die Halle, in der er im Winter manchmal Fußball spielte, kaum wieder.

Blumen und Girlanden schmückten die Wände. An der Stirnseite hatten sie den Basketballkorb abmontiert und ein Transparent angebracht, auf dem in etwas zu grellen Farben die Wappen des Landes und der Stadt neben einem überdimensionalen Polizeiabzeichen aufgemalt waren. Auf der improvisierten Bühne stand ein Tisch, an dem jetzt der Innenminister, sein Staatssekretär und der Sprecher des Präsidiums saßen. Zwei Stühle waren frei. Am Rednerpult stand der Oberbürgermeister und referierte über die Stadt im allgemeinen und die Rolle der Polizei im besonderen.

Thann drängte sich an den Kollegen vorbei weiter nach vorne. Rund die Hälfte der Anwesenden waren Polizisten, die anderen waren Mitarbeiter des Ministeriums, Journalisten, Vertreter der Stadt und lokale Prominenz. Einer der Fotografen im Mittelgang trug eine helle Weste mit zu vielen Taschen. Er hatte kurze braune Haare, die in alle Richtungen wegstanden. Udo Korfmacher bei einem seiner Jobs. Er bemerkte Thann nicht.

Der Oberbürgermeister hatte sich wieder an seinen Platz auf dem Podium gesetzt. Der Polizeisprecher kündigte den nächsten Star an und rief Bollmann auf die Bühne. *An ihm führt jetzt kein Weg mehr vorbei. Harald im Glück.* Aus einem Lautsprecher klang Musik, als ginge es um die Oscar-Verleihung. Mit dynamischen Schritten sprang Bollmann auf die Bühne. Ein blonder Bulle, verkleidet als Schauspielstar. Allein Anzug und Schuhe mochten soviel gekostet haben, wie ein Polizeimeister im Monat verdiente, schätzte Thann. Jubelnder Applaus von einhundert Untergebenen begleitete den neuen Polizeipräsidenten. Als Minister Lemke ihm das Ernennungsschreiben überreichte, schwoll der Beifall noch einmal an. Zwei Kollegen liefen zur Bühne und entfalteten ein Spruchband.

ALLES GUTE, BUMM-BUMM-BOLLMANN!

Thann erkannte die Oberkommissare Schneider und Dalla. Der neue Polizeipräsident lachte, zeigte ein Siegerwinken und gab seiner Frau, die an den Bühnenrand trat, einen Kuß auf die Wange. Das Blitzlichtgewitter riß nicht ab. Thann verließ fluchtartig die Halle. In seinem Magen turnten die Kieselsteine.

41.

Der weiße Wagen mit der Aufschrift *BLITZ* parkte im Innenhof des Präsidiums, obwohl dieser Platz den hier arbeitenden Beamten vorbehalten war. Korfmacher verließ das Gebäude in Begleitung eines schlaksigen Typen mit Trenchcoat und einer Mappe unterm Arm, wahrscheinlich sein Kollege von der schreibenden Zunft. Die Krönungszeremonie war zu Ende, die Oscars verteilt. Korfmacher steuerte den Wagen aus dem Hof, und Thann folgte mit einigem Abstand.

Der Fotograf fuhr zum Verlagsgebäude am Stadtrand. Er verschwand in dem modernen Betonbau. Nach einer Viertelstunde kam er wieder, nahm seinen Privatwagen und fuhr auf die Autobahn. Es war ein schnittiges Coupé japanischer Bauart; gerade richtig, um den Schulmädchen zu imponieren, die er fotografierte, dachte Thann. Bei der nächsten Ausfahrt verließen sie die Autobahn.

Sie waren jetzt am anderen Ende der Stadt und fuhren weiter, stadtauswärts. An einer Gaststätte am Waldrand hielt Korfmachers Coupé. Thann fuhr vorbei, wendete und rollte zurück. Im Schutz einiger Büsche blieb er stehen und behielt das Haus im Auge.

Es war das *Belle Nuit*, ein Nachtclub und Bordell der Nobelklasse. Der Anruf, den Korfmacher auf Band bekommen hatte: *Am Freitag steigt 'ne Party. Ort ist wieder das 'Belle'. Der Boß will junges Blut.* Ein Auftrag für Udo Korfmacher, den Vielseitigen: Zeitung, Pornos, Puff.

Hier war Thann noch nie gewesen. Er konnte sich nicht erinnern, daß es hier jemals eine Razzia gegeben hätte. Das *Belle Nuit* gehörte zu dem Teil der Szene, der von der Polizei nichts zu fürchten hatte und als Gegenleistung niemals unangenehm von sich reden machte. Der geduldete Teil der Unterwelt, die kanalisierte und kontrollierte Sünde gemäß der Beruhigungsstrategie, die Bollmann in seiner Zeit als K2-Chef eingeführt hatte.

Es begann wieder zu regnen. Von Zeit zu Zeit schaltete Thann den Scheibenwischer an. Damit die Scheiben nicht anliefen, ließ er das Seitenfenster offen. Er fror, und seine Schulter wurde allmählich naß.

Nach zwanzig Minuten verließ der Fotograf den Schuppen, gefolgt von einer aufgedonnerten Blondine im Pelzjäckchen. Sie blieb unter dem Vordach des Eingangs stehen und spannte einen Schirm auf, um ihre dauergewellte Frisur auf den fünf Metern bis zum Auto nicht zu ruinieren. Korfmacher ließ den Motor an und öffnete von innen die Beifahrertür. Auf ihren Stöckeln stakste die Blondine vorsichtig durch den Matsch. Thann starrte auf ihre langen Beine. Als sie sich in das Coupé zwängte, konnte Thann für einen Sekundenbruchteil unter ihren Minirock sehen. Entweder trug sie einen fleischfarbenen Slip oder keinen.

Die Fahrt ging zurück in die Stadt. Dresdner Straße. Korfmacher bog in die Toreinfahrt zum Hinterhof. Thann passierte das Haus und fuhr zur Festung zurück. Korfmacher hatte den Star des heutigen Drehs ins Studio gebracht. Thann hatte genug gesehen.

Aber der Tag war noch nicht zu Ende.

42.

Fröhlich kam gerade von einem kleinen Umtrunk, den Bollmann gegeben hatte.

»Haben Sie die Zeremonie gesehen heute mittag? Großartig! Solche Feiern schweißen den Laden zusammen. Solche Reden tun gut. Gerade in diesen Zeiten, da wir so überbeschäftigt sind und so unterbezahlt, sind solche Signale einfach wichtig, stimmt's?«

Fröhlich war aufgekratzt. Thann fragte sich, ob er ihm trauen konnte.

»Es geht um unseren Pornofall.«

»Genau, Thann. Ihre Frist läuft ab. Sie wollten den Täter besorgen. Haben Sie ihn?«

»Unser Täter ist heute abend mit einem neuen Filmprojekt beschäftigt. Und wir sollten ihn dabei stören, auch wenn es diesmal wahrscheinlich nicht um Tiere geht, sondern nur um Männlein und Weiblein.«

Fröhlich wurde zusehends nüchtern. »Was haben wir in der Hand?«

Er sagte *wir*, nicht *Sie*, registrierte Thann. Immerhin. Die Chance, daß er nicht ein Mann aus Bollmanns Clique war, betrug mindestens 50:50.

»Wir brauchen vier Mann, besser acht. Zwei Gruppen. Da ist zum einen das Studio im Hinterhaus. Tommaso wird die Möbel wiedererkennen, eine häßliche Deckenlampe und einen schmutzigen Teppich. Er muß aufpassen, daß unser Regiewunder keine Beweismittel unterschlägt. In einem der Räume, die zum Studio gehören, lagern sicherlich weitere Tierfilme.«

Fröhlich wählte eine Nummer innerhalb des Hauses und orderte Tommaso zu sich.

Thann fuhr fort. »Ein Spezialist in Sachen Buchführung und Steuern sollte sich zeitgleich die Wohnung unserer Kinohoffnung vornehmen. Es würde mich nicht wundern, wenn in seinem Büro einige Belege für unversteuerte Einnahmen zu finden sind. Einnahmen durch Erpressung in mehreren Fällen beispielsweise und andere illegale Geschäfte. Es gibt einen eingemauerten Safe in der Wohnzimmerwand hinter einem Pin-up-Poster.«

»Wie kommen Sie auf Erpressung?«

Berufsgeheimnis. Thann ignorierte die Frage. »Unser Tierfilmer heißt Udo Korfmacher, Dresdner Straße 70, Ecke Danziger. Wohnung und Büro sind im Vorderhaus, dritter Stock.«

Tommaso betrat den Raum.

»Das Studio ist im Hinterhaus, zweiter Stock. Vorsicht, vielleicht gibt es einen zweiten Ausgang. Es kann sein, daß man Ihr Klopfen oder Klingeln nicht hört. Die Tür ist aus Stahl.«

»Hören Sie sich das an, Enrico«, sagte Fröhlich. »Der Junge hat Neuigkeiten.«

»Bei Korfmacher werden Sie das Original sehen, nicht nur die Videoaufzeichnung«, fuhr Thann fort. »Dreharbeiten. Wahrscheinlich ohne Tiere, aber es ist der gleiche Ort und es ist der gleiche Produzent und Kameramann. Vielleicht erkennen Sie auch einige der Akteure wieder.«

Tommaso bekam den Mund nicht zu. Fröhlich rieb sich die Hände.

Thann kam zu seinem Hauptanliegen: »Nehmen Sie Udo Korfmacher fest wegen aller in Frage kommenden Delikte. Stecken Sie ihn in Haft und lassen Sie keinen an ihn heran. Ich habe nämlich den dringenden Verdacht, daß er als Zeuge in einer anderen Sache noch weit wichtiger ist. Ich will ihn zum Singen bringen, und seine Freunde würden dabei nur stören.« Die klare Solostimme ohne den Baß von Schneider oder Bollmann.

»Was ist das für eine andere Sache?«
»Mord.«
Und Folter und Zerstückelung.
»Noch etwas: Sie werden wahrscheinlich einen Kripo-Kollegen beim Nebenerwerb antreffen. Auch wenn er heute abend vielleicht nichts Strafbares tut, sollten Sie ihn festnehmen. Er hat bei der kleinen Tierschau als Hundeführer mitgespielt. Lassen Sie ihn nicht ungeschoren davonkommen, nur weil er ein Kollege ist. Ihn will ich auch wegen der anderen Sache vorsingen lassen.«
»Wir werden sehen, Herr Thann. Enrico, du schnappst dir Bönte und Bernhard. Ich hoffe, die sind noch nicht nach Hause gegangen. Keine Streifenwagen, kein Blaulicht. Und denk daran: Stahltür, möglicher Hinterausgang und so weiter. Ich leite die Durchsuchung von Wohnung und Büro. Thann, Sie kommen mit mir!«
»Ich fahre lieber nicht mit. Es gibt da eine Spur. Einen Hinweis auf eine Dame mit Hund, dem ich nachgehen möchte. Die beiden haben in diesem Tierfilm eine Hauptrolle gespielt.«

43.

»Frau Schneider?«
Vor ihnen stand eine Frau um die 35, mit kurzem, blondem Haar und Schürze. Sie wischte sich die Hände ab. »Ja, was gibt es?«
»Wir heißen Miller und Thann und kommen vom Tierschutzbund. Wir wollen wissen, wie sehr Sie Ihren Hund lieben.«
Statt einer Antwort ertönte ein Bellen aus dem Hintergrund. Miller mußte grinsen. Thann hatte den Benjamin des K1 als Partner mitgenommen und hoffte, es würde keine Enttäuschung werden. Thann zeigte seinen Ausweis.
Bodo Schneiders Frau staunte. »Polizei? Was soll das?«
Thann und Miller drängten sich in die Wohnung.

»Wir haben Ihren Film gesehen. Großartige schauspielerische Leistung. Muß man schon sagen«, lobte Thann. Miller kam aus dem Grinsen nicht mehr heraus.

»Mein Mann ist auch Kriminalpolizist. Kriminaloberkommissar. Sie können mir nichts tun.«

»Mal sehen«, sagte Miller.

»Wie kamen Sie zu dieser Hauptrolle?«

»Bodo sagte, das ist ganz legal, und keiner wird mich erkennen.«

»Zweimal falsch.«

»Wieso?«

»Wir werden Ihre Aussage zu Protokoll nehmen. Vom Grad Ihres Entgegenkommens wird das Strafmaß abhängen.«

»Wieso Strafmaß? Wie entgegenkommen?«

»Sagen Sie uns einfach alles, was wir wissen wollen«, riet Miller.

Bodo Schneider war pervers. Er zwang seine Frau zum Sex mit ihrem Schäferhund und filmte sie dabei mit seiner Amateurkamera. Weigerte sie sich, so gab es Prügel. Ihn brachte das in Fahrt. Ihren Ekel spülte sie mit Alkohol hinunter. Vor zwei Monaten nahm er sie und den Hund auf eine Party mit, zu einem »toleranten Kreis«, wie er es nannte. Er stellte ihr dafür eine Geschirrspülmaschine und den langersehnten Urlaub auf Gran Canaria in Aussicht. Dies und die erneute Androhung von Prügel zerstreuten ihre Zweifel. Die Party entpuppte sich als Filmaufnahme. Gegen neue Bedenken gab es die Maske und neuen Alkohol.

Frau Schneider schwor immer wieder, sie habe nicht gewußt, daß es gegen solche Arten der Freizeitbeschäftigung Gesetze gab. Währenddessen kraulte sie Brust und Bauch ihres Hundes, der neben ihr lag. Der Hund bedankte sich, indem er ihre Jeans leckte. Erst an der Wade, dann etwas höher hinauf.

Ein gut dressiertes Tier, dachte Thann. »Wer waren die anderen?«

»Ich kannte keinen davon. Da war dieser Kameramann, der hieß Udo. Von den anderen weiß ich nicht einmal den Namen.«

»Spielte Ihr Mann auch mit?« *Ich kann noch einen Stecher gebrauchen. 150 für zwei Stunden.*

»Erfährt Bodo, was ich Ihnen sage?«

»Nein, Frau Schneider. Ehrenwort.«

»Ja, er hat mitgemacht. Aber nur von der Gürtellinie an abwärts. Es gab nämlich nur zwei Masken. Udo hatte keine für die Männer.«

»Was machte Udo außer die Kamera zu bedienen?«

»Muß ich das vor Gericht auch alles erzählen?«

»Nein, es bleibt unter uns.«

»Also, Udo sagte immer, was wir tun sollten und was wir sagen sollten. Und er holte die Getränke und so.«

»Wer machte die Tonaufnahmen und die Beleuchtung?«

»Das Mikrofon halten? Auch Udo.«

»Was taten die anderen Männer?«

»Bodo und die beiden anderen paßten auf die Tiere auf. Festhalten und so. Und mit uns bumsen und so.«

Geschirrspüler und Gran Canaria. »Bis zur Gürtellinie.«

»Ja, Gürtellinie.«

Miller konnte sein Kichern nicht stoppen. Thann mußte ihn zur Ruhe ermahnen.

»Wurde Ihnen mit Gewalt gedroht?«

»Ja. Ich wollte nicht das Pony ... – Sie wissen schon. Es hat so gestunken. Bodo hat mir den Arm verdreht. Dann ... Das ist mir peinlich. Sie erzählen auch wirklich nichts weiter?«

»Nein, garantiert nicht.«

»Ich wollte die Tiere erst einmal waschen. Aber das wollte Udo nicht wegen der Produktionspause oder so. Jede Minute kostet Geld beim Film. Die andere war nicht so pingelig, dafür fiel sie manchmal um, weil sie so blau war.«

Ein toleranter Kreis. »Wer war die zweite Frau?«

»Die hatte einen französischen Namen, war aber Deutsche, glaube ich. Die war vielleicht blau! Bodo sagte, ich war viel besser, Ulf hat Mist angeschleppt.«

Thann wurde hellhörig. »Ulf Dalla?«

»Ja, eine Frau aus so einem Nachtclub. Aber keine Tänzerin oder so, sondern eine Garderobenfrau.«

»Wie heißt sie?«

»Weiß nicht. Irgendwie französisch.«

»Wie heißt der Club?«

»Das ist auch so ein französischer Name.«

Thann riet ins Blaue: 'Belle Nuit'?«

»Ja, kann sein. Aber sagen Sie Bodo nicht, daß ich Ihnen das alles gesagt habe.«

Auf die Idee, sich von diesem Mann zu trennen, schien sie nicht zu kommen.

Sie fuhren auf derselben Landstraße, die Thann vom Nachmittag kannte. Bevor sie den Waldrand erreichten, brach Miller das Schweigen.

»Dalla arbeitet im 'Belle Nuit' als Sicherheitsbeauftragter oder so. Diese Garderobenfrau heißt Caroline und ist seine Freundin. Dalla hat es mir mal in der Kneipe erzählt.«

»Was? Dalla hat einen Nebenjob im Puff? Das darf nicht wahr sein. Zuerst Schneider als perverser Pornograf, jetzt auch noch Dalla als Beschützer von Nutten und Zuhältern? Das darf doch nicht wahr sein!«

»Doch. Er sagte, Bollmann habe nichts dagegen. Seit er mit Bollmann bei der Sitte war, verdient er sich in dem Laden ein fettes Zubrot und kann zugleich Erkenntnisse sammeln, die seiner Polizeiarbeit zugute kommen. Verdeckte Ermittlungen. Beruhigungsstrategie. So gesehen, klang das ganz in Ordnung.«

Thann hielt auf dem matschigen Platz vor dem Haupteingang des Nachtclubs. Über dem Vordach aus rotem Plastik war jetzt das Reklameschild mit dem Namen des Schuppens eingeschaltet. Daneben blinkten die in Neon geformten Umrisse einer Frau, die eine überlange Zigarettenspitze in den Fingern hielt.

44.

Es war noch früh am Abend. Nur wenige Gäste saßen an der Bar. Die Bühne und die kleine Tanzfläche lagen im Dunkeln. Nur die Rückwand der Bühne war angestrahlt. Auch hier leuchteten die Umrisse der Schönen mit ihrer Zigarettenspitze, gezeichnet mit bläulich-floureszierender Farbe. Die Sitzgruppen aus rotem Plüsch waren leer. Die Garderobiere war nicht an ihrem Platz. Thann fragte an der Bar nach dem Geschäftsführer. Die Barfrau verschwand nach hinten und kam gleich darauf mit einem kleinen Mann mit Anzug und Fliege zurück. Dieser geleitete Thann und Miller zu einer der roten Sitzgruppen. Sie versanken im tiefen Polster.

»Herren von der Polizei, seltener Besuch!« begann der Geschäftsführer, als freute er sich. Er klang wie ein Deutscher, der sich um einen französischen Akzent bemühte, um sich interessanter zu machen.

»Es geht eigentlich gar nicht um Ihr Lokal, sondern um Ihre Garderobiere. Wir würden sie gerne sprechen.«

»Caroline? Hat sie etwas ausgefressen, die Gute?« Der Kleine zog die Silbe in die Länge. Caro-liiiehn.

»Nein, nein«, beschwichtigte Thann, der auch hier das Wort führte. »Wir wollen sie als mögliche Zeugin sprechen. Mit ihrer Beschäftigung hier hat das wirklich nichts zu tun.«

»Caroline arbeitet nur am Wochenende hier. Freitag bis Sonntag. An den anderen Tagen brauchen wir keine Garderobiere. Wie Sie selbst sehen, ist es wochentags nicht so voll.«

Die Barfrau brachte drei Gläser Champagner. Als Thann von seinem trank, traute sich auch Miller.

»Keine Shows, keine Mädchen?«

»Doch, doch, meine Herren. Im 'Belle Nuit' kommt man immer auf seine Kosten. Wir haben von Montag bis Donnerstag zwei Darbietungen pro Nacht. Und wer ein Mädchen sucht, ist im 'Belle Nuit' immer fündig geworden. Ich lade Sie gerne ein, unsere heutige Darbietung zu verfolgen. Sandrine kommt aus Frankreich. Sie ist reizend und von einer Beweglichkeit, die ihresgleichen sucht. Unsere beste Tänzerin. Leider müssen Sie noch ein wenig warten. Ihr Auftritt ist erst gegen 22 Uhr.« Son-driiiehn. Fronkreisch.

»Soviel Zeit haben wir leider nicht.«

Thann ließ sich die Adresse der Garderobiere geben. Der Kleine war sehr entgegenkommend. Helf' ich dir, dann läßt du mich gewähren. Beruhigungsstrategie.

Thann fragte nach Dalla.

Der Geschäftsführer setzte eine besorgte Mine auf. »Ich hoffe, die Ansichten Ihres Hauses haben sich nicht geändert. Ihr Kollege wird doch nicht plötzlich Unannehmlichkeiten wegen seiner Nebenbeschäftigung in meinem Lokal bekommen?«

»Nein, eigentlich wollten wir nur hallo sagen.«

»Ulf arbeitet wie Caroline nur von Freitag bis Sonntag hier. Kommen Sie doch einmal am Wochenende, meine Herren. Dann haben wir sogar vier Live-Darbietungen, die erste bereits um 21 Uhr. Sie sind meine Gäste.«

Meine Erren. Thann wunderte sich, daß er nicht *Ülf* sagte. »Vielleicht am kommenden Freitag«, schlug er vor.

»Das tut mir aber leid. Übermorgen haben wir geschlossene Veranstaltung. Aber sonst jederzeit gerne, meine Herren!« *'ne richtig große Party.*

Der Nachtclubmanager verbeugte sich fast bis in die Waagerechte, als Thann und Miller gingen.

Caroline Lamprecht hatte sich offensichtlich auf einen gemütlichen Abend vor ihrem Fernseher eingestellt. Sie trug bereits ein Nachthemd, darüber einen Bademantel aus rosa Plüsch. In den Haaren steckten Lockenwickler, ihr Atem roch leicht nach Alkohol.

Thann spielte den Netten. »Wir ermitteln gegen einen Produzenten illegaler Pornofilme und benötigen Ihre Zeugenaussage, Frau Lamprecht.«

»Was habe ich denn damit zu tun?«

»Schauen Sie, als Darstellerin kommen Sie mit einer geringen Strafe davon, vielleicht sogar straffrei, wenn Sie uns weiterhelfen.«

»Ich habe mit keinem Schweinkram etwas zu tun!«

Thann rieb sich an der Nase. Das war das Zeichen für Miller, den Rabiaten. Das Rollenspiel hatten sie für verstockte Zeugen vereinbart.

»Hör mal, du Schlampe. Wir nehmen dich auf der Stelle fest und machen eine Gegenüberstellung mit den anderen Zeugen. Die haben nämlich bereits ausgepackt. Dann wird dir dein feines Getue vergehen, das schwör' ich dir.«

»Manieren hat der«, beschwerte sich Caroline Lamprecht.

Thann gab Miller ein Zeichen. Für den Anfang nicht schlecht. »Er ist manchmal etwas jähzornig, Frau Lamprecht. Aber im Grunde hat er recht. Sie erzählen uns jetzt, was Sie wissen, oder wir müssen Sie mit ins Präsidium nehmen, so leid mir das tut.«

Die Lamprecht verzog nur die Mundwinkel. »Mein Freund ist auch bei der Polizei. Und mit eurem Chef ist er gut befreundet. Ich glaub' nicht, daß euer Chef das gut findet, was ihr hier macht.«

Das wird Ihnen leid tun. Sie werden es bereuen. Korfmacher, Schneider und Dalla, und ganz oben Bollmann. Die Bande, die die Macht auf ihrer Seite hatte. Sogar diese Schlampe traute sich, Thann zu drohen.

Miller legte los. Er hatte Thanns erneutes Zeichen verstanden. »Halt's Maul, du alte Hippe! Der Chef hat uns geschickt. Er will von dir wissen, wieviel es kostet, damit du's mit stinkigen Tieren treibst. Und er will wissen, wieviel dein Zuhälter Dalla dafür kassiert hat. Wenn du nicht sofort singst, geht deine Geschichte an die Presse, mit Namen und Fotos.«

Das saß.

Nach einer Schrecksekunde heulte sie los. Dann sprudelte es aus ihr heraus. Dalla sei kurzfristig in einer finanziellen Klemme gewesen, und sie habe es nur aus Liebe zu ihm getan. Die 2000 Mark Gage hätten sie sich geteilt. Was sie bei Korfmacher tun mußte, sei so widerwärtig gewesen, daß sie es nur mit Hilfe einer Flasche Whisky ertragen hätte. Sie könne sich kaum noch erinnern. Im übrigen bestätigte sie, was Schneiders Frau erzählt hatte. Auch Caroline Lamprecht dachte, nichts Unrechtmäßiges getan zu haben. Im Gegenteil. Dalla habe ihr gesagt, sie helfe dem *Belle*, Konkurrenz auszuschalten, und damit der Polizei, die Stadt sauber zu halten.

Thann fragte sie, ob ihr nicht ein Widerspruch darin aufgefallen wäre, daß die Stadt ausgerechnet durch solche Pornografie saubergehalten werden sollte. Doch diese Frage schien sie nicht zu verstehen.

Auf der Fahrt ins Präsidium diskutierten Thann und Miller über Pornografie.

»Also, irgendwo glaub' ich, hat den beiden Frauen der Dreh bei Korfmacher doch auch Spaß gemacht. Hast du gesehen, wie die Schneiderin mit ihrem Hund umging? Ein Stück weit ist doch da auch Spaß dabei, wenn die's vor der Kamera treiben. Was meinst du?« fragte Miller.

»Und wozu dann die Schläge und der Alkohol? Nein. Weil bestimmte Schweinereien in deiner Phantasie dadurch aufregender sind, daß du dir vorstellst, auch Frauen hätten Spaß daran, mußt du nicht glauben, daß sie tatsächlich Frauen Spaß machen könnten«, antwortete Thann. »Pornografie wird im wesentlichen nur für das Vergnügen von Männern gemacht.«

Diese Sätze hatte er von Eva.

45.

Es war kurz vor neun, als sie mit Fröhlich zusammentrafen. Der Dicke war ganz aufgeregt. Während er mit zwei Kollegen die Wohnung durchsucht hatte, waren Tommaso und seine Leute in das Studio eingedrungen und hatten eine peinliche Entdeckung gemacht. Sie trafen nicht nur Schneider mit heruntergelassenen Hosen an, sondern entdeckten eine ganze Reihe von Bekannten. Mehr als die Hälfte der Darsteller hatte sich als Beamte des Präsidiums herausgestellt. Keine Tiere, aber jede Menge Bullen.

»Ich sehe schon die Schlagzeile vor mir: Die Porno-Polizei!« Der Dicke bebte.

Schneider hatte fünf Kollegen zu einem verkehrsreichen Nebenverdienst verholfen. Und das nicht nur einmal. Für Polizeimeisterin Kraftschik war es bereits der dritte Film.

Fröhlich war außer sich. »Sogar die kleine Sigrid Kraftschik! Es ist nicht zu fassen.«

Thann sah, daß Miller schon wieder einem Lachanfall nahe war. Im Präsidium war es ein offenes Geheimnis, daß Fröhlich mit der hübschen Polizeimeisterin aus dem Schutzbereich Innenstadt ein Verhältnis hatte.

»Die Pornobranche zahlt eben hohe Gagen«, kommentierte Miller kichernd.

»Nein. Das Maß ist voll. So etwas können wir nicht tolerieren, bei aller Großzügigkeit in der Genehmigung von Nebenbeschäftigungen. Das nicht!«

»Hat Schneider gestanden?«

»Nein. Wir konnten ihm noch nichts Strafbares nachweisen. Aber es wird dienstrechtliche Konsequenzen geben. Da können Sie sicher sein!«

»Mehr noch. Wir haben die Aussage seiner Frau. Schneider nötigte sie mit Gewalt zur Teilnahme an den Tierpornos. Außerdem spielte er einen aktiven Part bei der Produktion.«

»Auch das noch!« stöhnte Fröhlich. Er begann, in dem kleinen Raum auf und ab zu laufen und dabei seine Brille zu putzen.

»Und auch Dalla brachte seine Freundin zum Film. Er selbst arbeitet als Rausschmeißer im Nobelpuff 'Belle Nuit'.«

»Unglaublich! Was soll ich tun? Der neue Polizeipräsident hat es sich einfach gemacht. Herr Bollmann weilt nebst Gattin seit der Feier heute nachmittag im Urlaub. Und einen neuen Kripochef haben wir natürlich noch nicht. Ich kann das wieder einmal allein durchstehen.«

Das Telefon klingelte.

»Fröhlich. ... Ja, Herr Minister, einen Moment, Herr Minister.«

Der Chef der Sitte bat Thann und Miller, draußen zu warten.

Zwei Büros weiter stand die Tür offen. Ausgelassener Lärm lockte Thann und Miller an. Tommaso und die anderen Kollegen, die bei Korfmacher im Einsatz gewesen waren, standen noch auf ein Bier zusammen. Hier herrschte Schadenfreude, nicht Trübsal.

»Ihr hättet Schneider sehen sollen, nackt mit der Unterhose um die Füße. Sein Gesicht, als wir kamen! Der war vielleicht verdattert!« berichtete Bönte.

»Und die kleine Kraftschik kniete vor ihm und versuchte gerade, seinen Schniedel hochzukriegen!« ergänzte Bernhard.

»Die schrie vielleicht, als sie uns sah! Sagt bloß nichts dem Fröhlich, hat sie gesagt. Und ich: Wird sich wohl nicht vermeiden lassen, werte Kollegin.«

Allgemeines Gelächter.

»Aber süß sah die aus. An den Äpfelchen hätte ich auch gern mal genascht!«

»Die Schärfste war diese Blondine, ausnahmsweise keine von uns.«

Bönte und Bernhard überboten sich gegenseitig in der Schilderung der Reize, mit denen die Frau, die Thann bereits am Nachmittag gesehen hatte, die Kollegen schier geblendet haben mußte.

»Solche Möpse! Solche Kurven!«

»Und eine Ausstrahlung! Von sowas kann Otto Normalverbraucher im Bett nur träumen.«

»Die Muschi hatte sie rasiert! Und geschämt hat sie sich überhaupt nicht. Die lief rum, total nackt und beschimpfte uns. Ein Vokabular hatte die!«

»Und dir wären beinahe die Augen herausgefallen, was, Bönte?« warf Tommaso lachend ein.

Thann erfuhr, daß die Kollegen den Inhalt des Safes und zahlreiche Unterlagen aus dem Büro beschlagnahmt hatten. Korfmacher war festgenommen und saß in Polizeigewahrsam. Morgen mußte man prüfen, was das Material hergab.

Ein erster Sieg. Nur eines bereitete ihm ein ungutes Gefühl: Schneider hatten sie laufen lassen.

Kommissariatsleiter Fröhlich stand in der Tür und nahm Thann zur Seite.

»Ich habe dem Minister Meldung gemacht. Er nimmt die Sache sehr ernst. Er schlägt vor, daß wir eine interne Untersuchungskommission einrichten. Er sorgt sich natürlich um die Reputation der Polizei. Er versucht, den Polizeipräsidenten zu erreichen. Er kennt Bollmanns Ferienhaus bei Nizza. Bis jetzt ist er nicht durchgekommen. Ich hoffe, Bollmann kommt morgen zurück. Der neue Präsident kann in einer solchen Situation unmöglich in den Weihnachtsurlaub gehen. Wir haben morgen eine Sitzung mit dem Minister, hier in meinem Büro um neun, gleich nach der Morgenbesprechung. Ich möchte, daß Sie dabei sind. Sie haben alles ins Rollen gebracht.« Das klang fast wie ein Vorwurf.

Fröhlich, du Weichei, dachte Thann.

Er fuhr durch die Nacht, und die Scheibenwischer quietschten. Das Radio spielte wieder einmal Weihnachtslieder, doch Thann hörte nicht hin. Er ekelte sich vor zu Hause. In der Küche Essensreste, verkrustete Herdplatten und Berge von schmutzigem Geschirr, im Wohnzimmer Bilder von Toten an den Wänden. Er sehnte sich danach abzuschalten. Er sehnte sich nach Alkohol, als er seine vier Wände betrat.

Gerade hatte er eine Flasche Bordeaux geöffnet, die vom Vorabend übriggeblieben war, als es an der Tür klingelte. Es war Eva.

»Was für eine Überraschung!«

»Freust du dich nicht?«

»Doch sehr!«

»In meinem Ratgeber steht, frau soll sich vor allem am Anfang rar machen. Das erhöht den Reiz und das Verlangen des Mannes. Aber wir haben beschlossen, daß im Ratgeber nur Quatsch steht, nicht wahr?«

Sie gerieten in Bewegung wie Verdurstende beim Anblick einer Wasserstelle.

46.

Es war eine Woche vergangen, seit sie Eichs Überreste gefunden hatten. Wieder ein grauer Donnerstagmorgen, einer dieser trübseligen Dezembertage. Regenwetter, was sonst. Während andere das Weihnachtsfest vorbereiteten, jagte Thann Mördern und Pornografen hinterher, üblen Gestalten aus dem eigenen Präsidium und Phantomen aus der Vergangenheit.

Eva war gegen Mitternacht nach Hause gefahren und hatte ihn alleingelassen mit einem wüsten Traum, an den er sich am Morgen nur noch schemenhaft erinnern konnte. Blut war geflossen, sehr viel Blut. Manchmal ängstigte er sich vor den eigenen Träumen mehr als vor allen Mördern und Polizeikollegen der Stadt zusammengenommen.

Es war kurz nach acht, als Thann gemeinsam mit Miller das Büro des Dicken betrat, in dem zur Morgenbesprechung ratlose und unausgeschlafene Kollegen zusammengekommen waren, die auch nicht in besserer Stimmung waren. Die Helden des vergangenen Abends. Zu jedermanns Erleichterung lautete die Schlagzeile im *BLITZ* nicht: »Die Porno-Polizei«. Anscheinend hatten alle dichtgehalten.

Fröhlich führte das Wort. Er war so nervös wie am Abend zuvor und hatte schon wieder seine Brillengläser in Arbeit. »Wir stehen unter Zeitdruck. Heute mittag, Punkt zwölf hat dieser Fotograf seinen Haftprüfungstermin. Ich kenne den Richter, der heute dafür zuständig ist. Ein verdammter Liberaler. Wir brauchen Beweise. Was macht die Pornosache?«

Tommaso antwortete. Ringe unter den Augen, als hätte er durchgemacht. »Wir fanden das ungeschnittene Material und drei Masterbänder mit verschiedenen Versionen des Materials. Korfmacher gibt an, das Material nicht zu kennen. Er behauptet, er würde das Studio samt Ausrüstung und Schnittplatz häufig an verschiedene Bekannte verleihen. Er habe so viele Schlüssel herausgegeben, daß er gar nicht weiß, wer wann das Studio benutzt.«

»Wir haben die Aussage von Schneiders Frau, die Korfmacher belastet«, warf Thann ein.

»Ein Anwalt rief an und sagte, seine Mandantin zieht die Aussage zurück. Er behauptet, Frau Schneider sei von euch eingeschüchtert worden und habe alle Vorwürfe nur aus Angst bestätigt«, berichtete Bernhard.

»Und die Aussage von Dallas Freundin?«

»Derselbe Anwalt, derselbe Anruf, derselbe Vorwurf.«

»Unglaublich!«

»Was heißt das?« fragte der Sittenchef ungeduldig.

»Ich finde Korfmachers Ausrede faul wie einen zehnjährigen Apfel. Fragt sich nur, wie es der Richter sieht«, antwortete Tommaso.

Der Dicke fuhr fort: »Nächster Punkt: Erpressung.« Er warf Thann einen Blick zu. *Wie kommen Sie auf Erpressung?*

»Nun«, begann eine Kollegin, »wir haben eine Liste mit Namen in Zusammenhang mit Fotos, und wir haben entsprechende Kontobewegungen. Es riecht verdammt nach Erpressung. Nur, das wichtigste fehlt im Moment noch. Nämlich eine Bestätigung der Leute auf der Liste, daß sie erpreßt wurden. Eine Anzeige. Seit zehn Minuten klappern zwei Kollegen die Namen ab. Es sind insgesamt 24. In den letzten Jahren hat sich keiner von ihnen über Korfmacher beschwert. Ich hoffe, sie tun es heute.«

»Bernhard, Bönte und Frau Heinrich, Sie machen sich ebenfalls an die Befragung der Leute auf der Liste. Zeit bis Mittag! Verdammt noch mal, das darf doch nicht wahr sein! Hieb- und stichfest haben wir also nur die Steuerhinterziehung! Der Mann hat allein in den letzten vier Jahren weit über eine Viertelmillion auf die hohe Kante gelegt. Von dem, was er versteuert hat, kann das nicht kommen. Ich habe die Kollegen vom Finanzamt verständigt, doch die Steuerhinterziehung reicht als Grund für Untersuchungshaft nicht aus. Dafür ist der Fisch zu klein. Hat noch jemand eine Idee?«

Die *Oase*. Ein Satz, den Thann unter der Dusche gehört hatte: *Erst den Polen den Schweinkram verkaufen und sie dann hopsgehen lassen*.

Er meldete sich zu Wort. »Was ist mit den Leuten aus dem Puff, an die er den Schund verkauft hat? Belasten die Korfmacher nicht?«

Fröhlich räusperte sich, bevor er antwortete. »Die haben ausgesagt, die Videos über Chiffreanzeigen in einschlägigen Magazinen erworben zu haben, ohne den Absender zu kennen.«

»Und jetzt sitzen sie in Polen oder Rußland und machen Witze über uns«, flüsterte Tommaso Thann zu.

»Abgeschoben, vielleicht ein wenig zu schnell.« Bernhard, von der anderen Seite.

Thann fühlte sich leer, ausgelaugt.

Als er sein Büro betrat, öffnete er erst einmal das Fenster und sog die Stadtluft in seine Lungen. Es war grau und düster draußen. Der Regen machte gerade Pause. Thann spürte, wie die Anspannung an seinen Kräften zehrte. Er hatte Udo Korfmacher, wenn auch nur bis Mittag. Wenn dieser nicht redete, mußte er sich an den nächst größeren Brocken wenden, an Schneider. Diesem feinen Kollegen hatte er gestern eins ausgewischt. Das könnte ihn gesprächig machen. Oder auch gefährlich.

Er brach eine neue Weinbrandflasche an und goß sich einen Finger hoch ein. Dann rief er Eva an. »Hallo Liebes, ich möchte dich etwas fragen. Kannst du dir vorstellen, deinen Bruder anzuzeigen, wegen Erpressung? Er hat 24 Menschen ausgequetscht wie dich und deinen Adoptivvater, wahrscheinlich tut er es trotz der Razzia weiterhin. Wenn keiner von ihnen Anzeige erstattet, geht Korfmacher straffrei aus.«

Eva überlegte. Nein, sie habe keine Angst vor den möglichen Folgen einer Anzeige. Sie würde es verkraften, sogar wenn Udo ihre Fotos publik machen würde, erklärte sie. Sie fühlte sich allerdings verpflichtet, zuerst das Einverständnis ihres Adoptivvaters einzuholen, der offensichtlich jahrelang gezahlt hatte. Bei allem Haß, den sie gegen ihren Bruder hegte, müsse sie auf den herzkranken Kurz Rücksicht nehmen.

Thann verstand.

47.

Noch nie zuvor hatte Thann mit einem Minister an einem Tisch gesessen. Axel Lemke war etwa so alt wie Bollmann und etwa so groß. Weiter schienen die Gemeinsamkeiten nicht zu gehen. Lemke hatte braunes Haar mit grauen Schläfen und einen mit grauen Fäden durchsetzten, sorgfältig zurechtgestutzten Seemannsbart auf Kinn und Wangen. Seine Züge waren hager, und auf seiner Nase leuchteten feuerrote Äderchen, als würden sie jeden Moment platzen.

Als der Minister zu sprechen begann, begriff Thann, warum dieser Mann als Politiker Erfolg hatte. Es war seine gewählte Sprache und es war seine Stimme, die laut vernehmbar den gesamten Raum ausfüllte. Dieser Mann sprach nicht, sondern ließ seine Stimme tönen. Er sagte die Worte nicht, sondern setzte sie ein.

»An der Tatsache, daß ich einen Kabinettstermin nicht wahrgenommen habe, um zu Ihnen zu kommen, können Sie vielleicht ersehen, wie ernst ich den Vorfall nehme. Ich hoffe, Sie nehmen die Sache genauso ernst. Wenn der Vorfall von gestern abend durch eine Indiskretion an die Presse dringen sollte, wird derjenige, der seinen Mund nicht halten konnte, den Unmut seiner Kollegen auf sich ziehen. Man würde ihn schwerlich länger im Amt halten können. Ich hoffe, Diskretion ist Konsens, und bitte Sie, in Ihren jeweiligen Bereichen genauso zu verfahren. Also: Halten Sie den Kreis derer, die von dem Vorfall Kenntnis haben, so klein wie irgend möglich und schärfen Sie jedem ein, wie wichtig Diskretion für das Ansehen der Polizei und damit für die Sicherheit im Lande ist. Ich schlage nun vor, da wir uns nicht alle kennen, daß sich reihum jeder kurz vorstellt.« Er zeigte auf seine Brust. »Axel Lemke, Innenminister.«

Neben dem Minister waren sein persönlicher Referent, ein beflissen scheinender Typ namens Brunn, sowie Fröhlich, Tommaso, Miller, Thann und Fendrich im Raum. Die Anwesenheit Fendrichs war ein Widerspruch zur bisherigen Rede des Ministers, fand Thann. Dieser Mann gehörte nicht in diesen Kreis.

»Ich habe mit dem neuen Polizeipräsidenten die Lage telefonisch erörtert. Er ist entsetzt über die Vorfälle. Er bittet mich, Ihnen mitzuteilen, daß Kriminalhauptkommissar Fendrich die interne Untersuchung leiten soll. Er erwartet, jederzeit auf dem laufenden gehalten zu werden, und erwägt, gegebenenfalls seinen Urlaub in Südfrankreich zu unterbrechen. Desweiteren bitte ich Sie, Herr Fendrich, meinen Referenten, Herrn Brunn, über sämtliche Schritte zu informieren. Herr Fendrich, gibt es schon erste Vorschläge, wie wir verfahren sollten?«

Fendrichs Antwort bewies, daß er sich schon sehr früh an die Arbeit gemacht hatte. Der Schleimer hatte seine Chance erkannt. In Thanns Magen rumorte es, während Streber Fendrich beim Innenminister Eindruck schindete.

»Ich habe bereits mit einigen der entgleisten Kollegen gesprochen. Ich denke, jeder, der von sich aus den Polizeidienst quittieren möchte, soll dies tun können. Eine Kollegin hat bereits den Wunsch danach geäußert. Wir sollten in jedem Einzelfall eine Art Legende schaffen, die das Ausscheiden begründet, ohne daß der gestrige Vorfall zur Sprache kommt. Einige Kollegen zeigen sich leider uneinsichtig, als sei das, was sie taten, ein Freizeitvergnügen, das den Arbeitgeber nichts anginge. So geht das natürlich nicht, aber wir sollten in jedem Fall eine einvernehmliche Lösung anstreben und dabei berücksichtigen, daß viele dieser Kollegen jahrelang ihren Dienst ohne Beanstandung versehen haben.«

»Was ist, wenn das, was wir gestern entdecken mußten, nur die Spitze eines Eisbergs ist? Sollten wir nicht generell alle Mitarbeiter des Präsidiums auf ungenehmigte Nebentätigkeiten hin überprüfen?« Der Vorschlag kam von Tommaso.

»Können Sie sich vorstellen, daß weitere Ihrer Kollegen in solche Dinge verwickelt sind?« fragte Lemke und schaute in die Runde.

Fendrich verneinte sofort. Fröhlich blieb stumm.

»Seit gestern kann ich mir vieles vorstellen«, sagte Thann. Ein böser Blick von Fendrich. Ein erstaunter von Lemke.

48.

Udo Korfmacher setzte sein freches Grinsen auf, als er in ein Büro geführt wurde, das als Vernehmungsraum diente. Es gab einen Tisch mit zwei Stühlen in der Mitte des Raums und einen zweiten Tisch, an dem Miller saß, als Zeuge und Protokollant. Seit gestern hatte Thann sich den Benjamin zum Partner erkoren.

»Ihr Trottel!« begrüßte sie Korfmacher, als er sich an den Tisch gegenüber Thann setzte. Sein Anwalt schien ihm mit der Aussicht auf baldige Entlassung Mut gemacht zu haben. Thann sah, daß Korfmacher ein zweites Mal beim Zahnarzt gewesen war. In drei Tagen eine neue Brücke. Wahrscheinlich Serienproduktion.

»Wer hat einen Schlüssel zu Ihrem Studio?« begann Thann. Millers Olympia klapperte los.

»'ne Menge Leute.«

»Namen!«

»Es sind so viele, die fallen mir einzeln gar nicht ein.«

»Damit läßt Sie der Haftrichter niemals frei.«

»Mal sehen.«

»Was war das für ein Notizbuch in Ihrem Safe?«

Eva war die Nummer acht.

»Welches Notizbuch?«

»Zu dem Notizbuch gehörten Fotos, die Sie ebenfalls im Safe lagerten. Pornofotos. Und im Notizbuch standen die Namen und Geldsummen.«

»Na und? Ich mache Fotos, denn ich bin Fotograf. Ich drehe Filme, denn ich bin Kameramann. Ich mache Pornos, na und? So etwas bringen sie jetzt sogar schon im Fernsehen. Da ist nichts dabei. In meinem Safe liegen Fotos und ein Notizbuch, na und? Was beweist das schon?«

Miller hackte in lautem Stakkato Kurzfassungen der Fragen und Antworten ins Protokollformular.

»Welche Bedeutung hat das Notizbuch?«

»Keine. Manchmal kritzle ich eben irgendwelche Dinge vor mich hin.«

»Auch diese Aussage wird auf den Haftrichter schlechten Eindruck machen.«

100 000 Mark jährlich. 24 Personen. In den letzten Jahren hat sich keiner von ihnen beschwert.

»Mal sehen.«

»Wir befragen zur Stunde jeden auf der Liste, verstanden? Jeden! Wenn nur einer angibt, daß er von dir erpreßt wurde, Bürschchen, dann bist du dran.«

Korfmacher sah auf seine Hände und sagte nichts.

»Was ist das eigentlich für ein Gefühl, wenn man Frauen mit Tieren verkuppelt?«

»Weiß nicht. Hab's nie ausprobiert.«

»Hast du sie mit Gewalt dazu gebracht?«

»Sprechen Sie mit mir?« Er fuhr mit der Hand durch seine Stoppelfrisur.

Keine Produktionspause. Jede Minute kostet Geld beim Film.

»Den Ziegenbock hättest du wenigstens waschen können.«

»Ich glaube, den Bock schießen Sie.« Korfmacher spielte den harten Brocken.

Thann ballte die Fäuste. »Wie bist du an Schneider gekommen?«

»In einer Kneipe angesprochen.«

»In-einer-Kneipe-angesprochen«, wiederholte der tippende Miller.

Ich kann noch einen Stecher gebrauchen.

»War es seine oder deine Idee, mit Tieren zu drehen?«

»Sie können sich Sex anscheinend nur mit Tieren vorstellen.« Korfmacher grinste, als sei er stolz auf seine Antwort.

Die zweite Beleidigung. Thann wechselte das Thema.

»Hast du dir eigentlich mal überlegt, was du mit dem Leben anderer Menschen anrichtest, wenn du sie erpreßt, Bürschchen?«

»Für dich immer noch Herr Korfmacher.«

»Was machst du eigentlich mit dem ganzen Geld, *Herr Korfmacher*?«

»Wenn ich's hätte, würde ich mir einen Gorilla mieten, der mir Leute vom Leib hält, die nur blöde Fragen stellen.«

»Was haben dir die Polen für deine Viechereien bezahlt? Tausend? Zweitausend?«

Korfmacher blieb stumm.

»Was hat die Gegenseite dafür bezahlt, daß du die Polen bei der Polizei verpfiffen hast?«

»Woher ...« *Dem Chef hat das gut gefallen.*

»Woher ich das weiß?«

»Nein, woher jeder annimmt, ich hätte was mit Tierpornos zu tun.« Der Fotograf verschränkte die Arme.

Gerade noch einmal die Kurve gekriegt.

»Spiel nicht das Unschuldslamm! Wieviel hat dir Schneider vorgestern gebracht?«

Korfmacher riß die Augen auf.

»Soviel, wie du Schneider dafür gegeben hast, daß er Frau und Hund für deine Viechereien zur Verfügung stellte?«

»Ich hör' immer nur Bahnhof.« Korfmacher hatte sich wieder rasch gefangen.

»Deine Viertelmillion wird dir wenig nützen, wenn du für fünf Jahre in den Knast einfährst. Soviel gibt es nämlich, wenn du jetzt nicht auspackst!«

Das Galgengesicht zeigte seine makellos scheinenden Zähne. Thanns Urteil über den Fotografen festigte sich: Verlogen, geldgeil, zutiefst asozial. »Dallas Freundin sagte, du hast zweitausend Eier bezahlt.«

»Sie hat die Aussage widerrufen, wie Sie wissen.«

»Sie sagt, du hättest ihr literweise Schnaps eingeflößt.«

»Wenn sie das sagte, wird sie auch das widerrufen haben.«

Miller machte tacktacktack.

Thann versuchte es mit Provokation. »Sie sagt, du hättest einen Steifen bekommen, als sie es mit dem Pony machte.«

»Du Arsch.«

Drei Beleidigungen hatte Thann ihm zugestanden. Jetzt war das Maß voll. Thann machte Miller ein Zeichen, das Protokoll zu unterbrechen.

Plötzlich war es still.

»Was für ein Album wollte Günther Eich von dir?«

Als ich ihm einmal das Album wegnehmen wollte, fing er an zu schreien.

»Jetzt geht das wieder los!«

»Was ist an dem Album so besonderes, daß man dafür in Wohnungen einbricht?«

»Ich kenne kein solches Album.«

Wie konntest du nur so dämlich sein, es all die Jahre aufzubewahren?

Thann näherte sich dem Fotografen.

»Udo Korfmacher, wir wollen dir nur helfen. Du bist an üble Typen geraten. Wenn du uns hilfst, sie zu kriegen, lassen wir dich sofort frei. Du hast deine Chance in der Hand.«

Korfmacher lehnte sich zurück und setzte eine Miene auf, die Langeweile signalisieren sollte.

Es war Zeit, einen stärkeren Gang einzulegen. »Du scheißt auf deine Familie, stimmt's?«

»Wenn du meinst.«

»Du scheißt auf deinen Vater, stimmt's?«

»Laß meinen Vater aus dem Spiel.«

Ich zähle auf dich. Danke, Vater.

»Ein Waisenknabe aus dem Waisenhaus, den keine Pflegefamilie haben wollte, sehnt sich nach einem Vater und hat doch gar keinen.«

»Scheißkerl!« Korfmacher spuckte nach Thann.

Eine Beleidigung zuviel. Thann sah rot. Er trat Udo gegen die Brust. Ein plötzlicher Stoß, der ihn mitsamt Stuhl nach hinten krachen ließ. Korfmacher rappelte sich hoch, schwer atmend. Er wandte sich an Miller.

»Haben Sie gesehen, wie dieser Bulle mich mißhandelt? Ist das bei euch üblich? Helfen Sie mir gefälligst!«

»Wenn mir jemand sagen würde, bei der Polizei würden Leute mißhandelt, bekäme ich Lust, ihn zu verprügeln«, antwortete Miller und zeigte ein freudloses Lächeln.

»Scheißkerle!«

Miller tat gelangweilt: »Ach, schreib doch ein Buch drüber.«

»Du blödes Stück Scheiße!«

»Paß auf, sonst ist dein Zahn schneller wieder draußen, als er eingesetzt wurde.«

Korfmacher starrte haßerfüllt auf Thann. Leise durch die Zähne gepreßt drohte er: »Mein Vater macht dich kalt!«

Gratuliere, Vater. Danke, Vater.

»Nenn mir doch seine Adresse.«

Korfmacher schwieg.

Thann wechselte die Tonart: »WARUM HAST DU EICH UMGEBRACHT!«

Der Fotograf schrie zurück, fast genauso laut: »ICH WAR'S NICHT!«

Thann zielte auf Korfmachers Leber und traf. Der Fotograf war hart im Nehmen. Er ging nicht zu Boden, krümmte sich nur und rang schwer nach Luft.

Thann zählte bis zehn. Dann legte er nach.

»WER WAR'S DANN? ICH WILL JETZT DIE WAHRHEIT HÖREN!«

Korfmacher keuchte.

»WAR ES SCHNEIDER?« Thann packte ihn, riß ihn hoch und schüttelte ihn durch.

Wie konntet ihr nur so dämlich sein und Eich in den Müll stecken.

»Sag schon! Wir garantieren dir *Schutz*, wenn du auspackst.« Stille.

Thann flehte: »Sag mir, daß es Schneider war! Ich brauche deine Aussage. Ich kann dir einen Deal mit der Staatsanwaltschaft versprechen.«

Keine Wirkung.

Korfmacher packte Thanns Handgelenke. Der Kripomann war stärker. »Welchen Grund hast du, nicht zu reden?«

Korfmacher spuckte und boxte. Thann verpaßte ihm eine Rechts-Links-Kombination auf Kinn und Leber. Korfmacher sackte bewußtlos zusammen. Erst bei zehn schlug er wieder die Augen auf. Mühsam rappelte er sich hoch.

Thann verließ den Raum. Miller kam hinterher.

»Du bist ganz schön hart, Karl.«

»Weich sein ist etwas für Käse, nicht für Männer«, entgegnete Thann. Er fühlte sich müde und war sich seiner Worte nicht so sicher. *Dem fließt der Ehrgeiz aus beiden Ohren, aber drauf hat er nichts.*

49.

Ein Anruf von Beckmann brachte Thann neuen Auftrieb.

»Was? Das Album?«

»Ja, ob Sie immer noch daran interessiert sind. Ich habe es nämlich erhalten. Ich glaube, es ist das, was Sie suchten.«

»Wo sind Sie jetzt?«

»Ich bin an der Uni. Ich kann gerade nicht weg. Das Album habe ich zu Hause. Wir könnten uns heute nachmittag bei mir treffen.«

»Oh mein Gott!« rief Thann. Er lauschte hinaus auf den Gang. Keine Geräusche. Er sprach leise weiter: »Wegen dieses Buchs gab es bereits eine Schlägerei und zwei Einbrüche, wahrscheinlich auch einen Mord. Und jetzt liegt es bei Ihnen zu Hause herum! Wenn es da noch liegt.«

»Keine Angst, Herr Kommissar. Es weiß niemand, daß ich es habe.«

»Wie kommen Sie überhaupt daran?«

»Als ich gestern abend aus Mailand zurückkam, fand ich im Briefkasten diesen roten Benachrichtigungsschein von der Post. Sie wissen schon: nicht angetroffen, Päckchen zur

Abholung bereit am Schalter soundso. Der Schein trug das Datum vom Montag, als ich nicht da war. Sie können sich denken, wie erstaunt ich war, als ich heute morgen bei der Post war. Da halte ich ein Päckchen von Günther in der Hand, abgeschickt am Mittwoch vor einer Woche. Also unmittelbar vor seinem Tod.«

Acht Tage war das Familienalbum, hinter dem mehrere Menschen hergejagt und für das einige Menschen auch vor Verbrechen nicht zurückgeschreckt waren, aus der Welt verschwunden. Die Post machte es möglich. Am liebsten wäre Thann gleich losgefahren und bei dem Professor eingebrochen, bevor es ein anderer tat. Selten hatte Thann eine Verabredung in so große Anspannung versetzt wie diese mit Beckmann.

Noch drei Stunden, bis er das Album sah.

Der nächste Anruf stellte sich als nicht weniger aufregend heraus. Thann war gerade im Begriff gewesen, zur Kantine aufzubrechen.

Er meldete sich und wollte bereits wieder auflegen, weil er nur ein Rauschen hörte. Da hörte er eine Stimme, die ihm bekannt vorkam und zugleich völlig fremd. Es klang wie die Stimme eines Betrunkenen oder Sprachgestörten und doch ganz anders.

»Hil-fe!«

»Wer spricht da?«

»Hilf mir!«

»Wer spricht? Wo bist du?«

Es war ein leichtes Hüsteln und dann eine Männerstimme. Mehrere undeutliche Worte. Thann meinte, einen Namen herauszuhören. »Miller, bist du's?«

»Ja.«

Dann wieder das Hüsteln. Miller sprach weiter. Er schien zu wiederholen, was er vorher gesagt hatte. Allmählich verstand Thann mehr.

»Oberrather Landstraße ... Stadtgrenze ... Schweine ... Vorsicht!«

Thann packte seinen Anorak und rannte los. Den Hunger hatte er vergessen.

50.

Es war eine Gegend südlich der Deponie. Ein noch nicht vollständig bebautes Gewerbegebiet auf der anderen Seite der Autobahn. Thann raste, was sein alter Golf hergab, und überquerte mehrere Kreuzungen bei Rot. Zusätzlich zu seiner Dienstpistole hatte er mehrere Magazine eingesteckt. Wenn es nicht der Hilferuf seines Partners war, dann war es eine Falle. Als Thann den Autobahnzubringer erreichte, ging es nur noch geradeaus. Er beschleunigte weiter. Zweimal überholte er einen Lastwagen. Als er zum dritten Überholmanöver ansetzte, bemerkte er erst im letzten Moment ein entgegenkommendes Auto und mußte auf die Bremse steigen. Er wurde etwas vorsichtiger.

Oberrather Straße, dann Oberrather Landstraße. Die letzten Häuser vor der Autobahnunterführung. Dann das Gewerbegebiet: Hallen aus Leichtmetall, ein Markt für Billigmöbel, ein Wohnwagenhändler. Thann fuhr langsamer und hielt nach einer Telefonzelle Ausschau. Nichts, stattdessen Baustellen, Brachflächen, eine Bachüberquerung, ein kleines Wäldchen. Das Ortsschild hatte Thann längst hinter sich gelassen. Er begann zu zweifeln, ob er den Anrufer richtig verstanden hatte. Hinter dem Wäldchen gab es einige Bauernhöfe. Dort wollte er wenden.

Plötzlich sah er die Telefonzelle. Direkt an der Straße, 200 Meter vom nächsten Bauernhof entfernt. Neben der Zelle kauerte ein dunkles Etwas. Es war Miller.

Sie hatten ihn übel zugerichtet. Sein Kopf war blutüberströmt. Er hielt sich den Leib, stöhnte und hechelte, kurz und schnell. Als Thann sich über ihn beugte, sah Miller hoch und sagte: »Holzshampoo«. Dabei bluteten seine aufgeplatzten Lippen.

Eins seiner Augen war blutunterlaufen und von einem roten Bluterguß umringt. Das gleiche Monokel, das auch der Kopf des toten Eich getragen hatte. Das Zeichen eines schweren Schlages gegen den Schädel. *Gefoltert, bevor er starb.*

Thann half dem Kollegen ins Auto. Von selbst konnte er sich nicht mehr auf den Beinen halten. »Holzshampoo«, so nannten es rechtsradikale Jugendbanden, wenn sie ihren Gegnern den Baseballschläger über den Kopf zogen. Auch manche Ausbilder der Bereitschaftspolizei gebrauchten den Ausdruck, wenn es darum ging, wie man eine Demonstration auflöste.

»Holzshampoo«, sagte Miller auf dem Weg ins Krankenhaus noch einmal. Nur mühsam brachte er die Worte hervor. »Dalla und Schneider ... Glauben, ich habe dir von Caroline erzählt ... Schuld an Razzia ... Paß auf ... Wollen dich auch ...«

Notfalls wird er kaltgemacht.

»Die beiden haben dich so zugerichtet?«

Miller schien seine Frage nicht gehört zu haben. Plötzlich erbrach er sich auf seine Jacke. Er hustete. Es schien ihm große Schmerzen zu bereiten.

Thann öffnete das Fenster ein wenig und sah zu seinem Beifahrer hinüber. Miller war zusammengesackt. Offensichtlich hatte er das Bewußtsein verloren. Auf seiner Stirn standen Schweißperlen.

Thann umklammerte das Lenkrad. Er fuhr noch schneller. *Dalla und Schneider.* Er hätte schreien können vor Haß.

Miller lag auf der Liege des Ambulanzraums. Er war nicht wieder zu sich gekommen.

Der Arzt leuchtete in seine Augen. »Reflexe normal«, sagte er zur Krankenschwester.

Sie hatte Blutdruck und Pulsfrequenz gemessen. »Neunzig zu sechzig, Puls 130.«

»Patient im Schockzustand«, stellte der Arzt fest.

Vorsichtig machten sie Millers Oberkörper frei. Während der Arzt sich mit einem Gerät an Millers Brust und Bauch zu schaffen machte, fragte er Thann, wie er ihn vorgefunden hatte.

»Man hat ihn mit einem Baseballschläger mißhandelt. Er war noch bei Bewußtsein. Er schien große Schmerzen in der Brust zu haben und atmete sehr schnell und flach.«

»Schonatmung, Verdacht auf Rippenserienfraktur. Reagierte er auf Fragen?«

»Teils, teils. Was machen Sie da?«

»Ultraschall.«

Der Arzt war fertig und wandte sich an die Schwester. »Wahrscheinlich Milzruptur. Freie Flüssigkeit in der Milzloge. Not-OP vorbereiten.«

Neben dem Glaskasten des Krankenhauspförtners waren die Telefone. Thann verständigte Tommaso. Der Videospezialist vom K2 war nach Miller der nächste, zu dem Thann Vertrauen hatte.

Er bat ihn um die Festnahme von Schneider und Dalla wegen aller in Frage kommenden Delikte: Nötigung, schwere Körperverletzung, Mordversuch. Wahrscheinlich noch mehr. Tommaso zeigte sich entsetzt und sagte seine Mithilfe zu.

Nebenbei erfuhr Thann, daß der Haftprüfungsrichter Korfmacher inzwischen freigelassen hatte. Thann ballte die Fäuste und schlug die Stirn gegen den Telefonkasten.

51.

Thann wußte nicht, in welchem Auto Schneider und Dalla unterwegs waren. Immer wieder kontrollierte er, ob ihn jemand verfolgte. Er wechselte mehrfach die Richtung, obwohl sein Verstand ihm sagte, daß er unbehelligt war. Als er in der Innenstadt beim Abbiegen im Strom der Fußgänger stecken blieb, verriegelte er die Türen. *Weich wie Käse.* Soweit hatten sie ihn schon.

Thann drückte auf die Klingel einer Zahnarztpraxis. Die Tür summte, Thann trat ein. Es war ein feines Haus mit gepflegtem Eingang, Marmor und Spiegel. Der Professor wohnte im ersten Stock über der Zahnarztpraxis. Thann war eine halbe Stunde zu früh. Er setzte sich vor die Wohnungstür und bewachte sie und das Album.

Beckmann kam pünktlich.

Es war ein großer, wattierter brauner Umschlag, mit Kugelschreiber adressiert. Außer dem Album steckte nur ein gelblich-grünes Postformular drin, auf der Rückseite mit demselben Stift beschrieben. Der Brief eines Toten, Eichs letzte Zeilen, improvisiert auf einem Postamt irgendwo zwischen Korfmachers und seiner Wohnung.

Lieber Klaus!

Wundere dich nicht über das seltsame Päckchen. Das Fotoalbum ist für mich sehr wichtig, ein Beweisstück für meine Rehabilitierung. Im Moment ist es auf der Post am besten aufgehoben, denn man wird wahrscheinlich versuchen, es mir wieder wegzunehmen. Bitte sag mir Bescheid, sobald es dich erreicht. Wir sehen uns ohnehin in den nächsten Tagen.

Alles Gute, Günther

Beckmann standen Tränen in den Augen.

»Mir wünscht er alles Gute, ein paar Stunden vor seinem Tod.« Er schneuzte sich. »Er hat geahnt, daß sie bei ihm einbrechen würden. Also das ist es, was sie bei ihm gesucht hatten.«

»Ich glaube ja.« Thann hielt das heiß umkämpfte Stück in der Hand. Eingebunden in weißes, rissiges Plastik.

Es war das Familienalbum einer niemals intakten Familie. Das Erinnerungsstück eines Waisen, der sich nach einer Familie sehnte. Auf der Innenseite des Deckels stand in Erwachsenenschrift: »Für Udo zum dritten Geburtstag«.

Auf den ersten Seiten waren die ersten Jahre eines Jungen dokumentiert. Ein nacktes Baby lachte in die Kamera, ein Kleinkind lag im Schaumbad, der Junge wurde größer. Auf manchen Bildern war die Mutter dabei, Anna Korfmacher, wie Thann sie von anderen Fotos her kannte. Sie sah Eva auch hier sehr ähnlich.

Nur wenige Fotos zeigten weitere Erwachsene. Thann kannte sie nicht. Schließlich gab es ein Bild mit Anna und allen drei Kindern. Hier war Udo vielleicht schon fünf. Das Galgengesicht des Fotografen begann sich bereits abzuzeichnen.

Dann ein Zeitsprung. Etwa zehn Jahre in die Zukunft. Vier fast identische Fotos einer Schulklasse, vermutlich anläßlich Udos Hauptschulabschlusses. Thann erkannte ihn sofort an seinem frechen Grinsen. Er stand außen in der letzten Reihe. Es schien, als hielte sein Nebenmann Abstand zu Udo.

Jedes der Bilder nahm eine gesamte Seite des Albums ein. Thann blätterte weiter.

Ein zweiter Zeitsprung. Rückblende: Fotos aus Udos Kindheit, als er im Heim lebte. Udo mit der heutigen Heimleiterin beim Zeichnen, Udo und andere Heimkinder mit übergroßen Schultüten.

Ein Bild zeigte den vielleicht siebenjährigen Korfmacher zwischen seinen Pflegeeltern. Beider Gesichter waren mit grünem Buntstift übermalt. Ein greller, tief ins Foto geprägter Fleck. *Mit seinen Pflegeeltern kam er wenig zurecht.*

Spätere Fotos hatten Unterzeilen in ungelenker Kinderschrift. »Osterfest im Kinderheim«, »Plätzchenbacken mit Schwester Resi« und mehr in dieser Art.

Beim nächsten Umblättern sah Thann Bollmann.

Udo Huckepack auf Bollmanns Schultern, Udo und Bollmann irgendwo in den Bergen. Darunter Kinderschrift. »Ferien mit Papi«, und: »Eine schöne Zeit.« Harald Bollmann, jung, schlank und mit Vollbart. *Ich zähle auf dich, Vater. Danke, Vater.*

Thanns Puls ging schneller. Er blätterte zurück. Tatsächlich: Auch auf einem der ersten Bilder war Bollmann zu sehen. Ein Foto aus der Distanz, viel Landschaft, die Personen leicht unscharf. Bollmann hob Klein-Udo hoch, der ein Pony an den Haaren zog. *Nur ein Polizist könne so perfekt einem anderen die Schuld in die Schuhe schieben.*

Ganz zurück. Das allererste Bild. Die blond behaarten Männerhände, die den Säugling hielten, der in die Kamera grinste. Thann erkannte den klobigen Siegelring am rechten Ringfinger. Bollmanns Ring. Thann rechnete. Die Aufnahme mußte etwa zwei Jahre vor Annas Scheidung von Kurz entstanden sein. Doch auf keinem der Fotos war Kurz zu sehen.

Thann blätterte den Rest durch. Einmal war Bollmann noch zu sehen. Udo war vielleicht fünfzehn. Stolz posierte er neben seinem Vater. Dabei machte er eine eher lächerliche Figur. Dürr, spindelig und immer noch einen Kopf kleiner als Bollmann. Dieser schien ihm zu dieser Zeit eine Kamera geschenkt zu haben, denn von da an überwogen Fotos, auf denen Udo nicht abgebildet war. Mit achtzehn schien ihm die Lust am Album verlorengegangen zu sein. Das letzte Bild zeigte eine Horde betrunkener Bundeswehrrekruten. Irgendwo von links hinten grinste Korfmacher ins Objektiv.

Thann klappte das Album zu.

»Zeigen Ihnen die Fotos etwas, was Ihnen weiterhilft?« fragte Beckmann.

52.

Durch die Glasscheibe konnte Thann Miller sehen. Er hing an zahlreichen Schläuchen. Einer davon führte in seinen Mund. Im Hintergrund standen Maschinen und Monitore. Es rauschte, zischte und piepte. Miller war noch immer ohne Bewußtsein. Thann sah, daß sich das Monokel um sein rotes Auge inzwischen blau verfärbt hatte.

Der Arzt kam in Begleitung einer großen Rothaarigen, die ihre Lockenpracht mit einem Pferdeschwanz bändigte – Millers Frau. Thann hatte nicht einmal gewußt, daß Miller verheiratet war. Er hatte überhaupt nichts über seinen Partner gewußt. Er hatte nur einen Gehilfen gebraucht und ihn in Gefahr gebracht.

Der Arzt versuchte, Millers Frau zu beruhigen. »Machen Sie sich keine Sorgen. Er ist jung und von guter Konstitution. Wir mußten Ihrem Mann die Milz entfernen. Aber damit kann er gut leben. Den Blutverlust konnten wir mit Blutkonserven ausgleichen. Er schläft jetzt.«

Holzshampoo. Schuld an Razzia.

»Was sind das für Maschinen?« Die Rothaarige war blaß und den Tränen nahe.

»Er wird noch einige Stunden wegen einer Lungenverletzung beatmet. Die Herzkreislaufsituation ist inzwischen stabil. Ihr Mann wird keine bleibenden Schäden zurückbehalten. Er ist über den Berg.«

»Was ist mit seinem Auge?«

»Ein Hämatom. Er hat eine Gehirnerschütterung. Aber auch der Neurologe konnte keine ernsthaften Verletzungen feststellen.«

»Wann kann ich mit ihm sprechen?«

»Spätestens morgen. Und in zwei Tagen werden wir ihn voraussichtlich auf die normale Station verlegen können.«

Gute Nachrichten. Dennoch heulte die Rothaarige los. Thann ließ sie mit dem Arzt allein und verließ die Intensivstation. Sie hatten Miller für mehrere Wochen außer Gefecht gesetzt. Dabei hatte Miller den Kopf nur für ihn hingehalten.

Im Präsidium war Tommaso wegen Miller ganz aus dem Häuschen. Er bat Thann um einen Beitrag für Blumen und Pralinen, die er im Namen der Kollegen für den Verletzten kaufen wollte. Er hatte mit dem Krankenhaus telefoniert und danach die Fahndung nach den beiden Schlägern eingeleitet.

Dalla und Schneider waren seit dem Morgen verschwunden. Seiner Frau hatte Schneider erzählt, er wolle mit Dalla einen mehrtägigen Angelausflug machen. Sie hatte es geglaubt, bis sie seine Angelausrüstung sah, vollständig und gut verpackt im Keller verstaut. Er hatte nur eine Tasche mit einigen Klamotten und Rasierzeug mitgenommen. Auch in Dallas Wohnung gab es keinen Hinweis auf das Reiseziel der beiden.

Tommaso hatte dafür gesorgt, daß ihre Fotos an alle Polizeistationen der Republik gingen. Thann fluchte darüber, daß die Kollegen Bodo Schneider nicht schon am Abend vorher in Gewahrsam genommen hatten.

Es klopfte an Thanns Bürotür.

Fendrich trat ein. »Mein Lieber, laß uns das Kriegsbeil begraben.«

»Was führst du jetzt schon wieder im Schilde?«

»Ich habe mit Bollmann gesprochen. Er ist entsetzt über Schneider und Dalla. Er hat sie für gute Leute gehalten, sagt er. Er hat Dalla in bester Absicht auf das 'Belle' angesetzt. Er hätte nie gedacht, daß einer von beiden über die Stränge schlagen würde, geschweige denn zu solch einer Entgleisung fähig sei. Er wird dafür sorgen, daß Schneider und Dalla mit aller Härte bestraft werden. Die Entlassung von Schneider und Dalla aus dem Polizeidienst haben wir bereits in die Wege geleitet. Die Fahndung läuft. Bollmann selbst will morgen zurückkehren.«

Morgen.

»Auch wenn es sich bei den beiden und dieser Pornosache um Einzelfälle handelt, will Bollmann, daß wir das Präsidium umkrempeln. Eine interne Untersuchung. Er möchte, daß du für mich die Befragungen durchführst. Er hält dich für integer. Du hast doch keine Nebenbeschäftigungen irgendwelcher Art?«

»Das einzige, was ich nach Feierabend tue, ist Saufen und Einmischung in die Ermittlungen anderer.«

»Laß die Scherze! Der Chef will, daß du dir die Kollegen zur Brust nimmst, die in die Pornosache verwickelt sind, und daß du herausfindest, wen Schneider und Dalla noch in diese Geschichte hineingezogen haben. Hier sind die bisherigen Protokolle der Befragungen. Hier ist eine Liste aller Kollegen, die mit den Betroffenen näher zu tun haben, und hier ist ein Fragenkatalog, den man allen Beamten des Hauses vorlegen sollte. Das Vorgehen habe ich mit dem Innenministerium abgesprochen. Wenn Bollmann morgen nachmittag wieder da ist, will er deinen ersten Bericht haben. Also, frisch an die Arbeit!«

Fendrich hinterließ einen Stapel Papiere. Ein Ablenkungsmanöver. Der neue Auftrag bedeutete, daß sich Thann nicht mehr mit Eich und Korfmacher beschäftigen konnte. Zu seiner Beruhigung nahm Thann einen Weinbrand und beschloß, erst recht weiterzumachen.

53.

Das Innenministerium war ein moderner Bau aus Glas und Aluminium, nur zwei Autominuten vom Präsidium entfernt. Es war Feierabendzeit. Dutzende von Ministerialbeamten strömten aus dem Gebäude.

Beim Pförtner mußte Thann sich ausweisen. Einer der Aufzüge trug ihn ins oberste Stockwerk.

Die Sekretärin ließ Thann ein paar Minuten warten, ohne Kaffee, ohne Unterhaltung. Sie lackierte ihre Fingernägel, blätterte in einer Zeitschrift und warf ihm mißbilligende Blicke zu. Zwischen zwei solchen Blicken entsorgte er seinen Kaugummi an der Unterseite des Stuhls.

Dann erschien Brunn, der Referent des Ministers. »Wir freuen uns, daß Sie sich so engagiert zeigen. Der Minister möchte selbst mit Ihnen sprechen.«

Was Thann für selbstverständlich gehalten hatte, ließen Brunns Worte als Gunst seines hohen Herrn erscheinen. Brunn führte Thann ins Ministerbüro. Es war so groß wie ein Ballsaal. Hinter dem Chefsessel bot eine Glasfront Ausblick auf das schwarze Band des Rheins und die Lichter der gegenüberliegenden Stadtteile. Die Anlage des Kraftwerks am Rheinhafen funkelte wie ein Sternenhaufen. Die Sonne war untergegangen, der letzte graue Schimmer des Tageslichts zog sich zurück.

Der große Mann mit Seemannsbart war aufgestanden. Sein Händedruck war weit kräftiger, als die hagere Gestalt es vermuten ließ. Während Axel Lemke seinem Gast einen Platz am Besprechungstisch zuwies, verließ sein Kofferträger den Raum. An der Wand, die Thann gegenüberlag, hing ein Bild, das mit wenigen groben, scheinbar flüchtig aufgetragenen Pinselstrichen Lemke darstellte. Auf einem Messingschild stand: »Leo Frentzel, Neues-Leben-Preisträger 1989«. Davor nahm der Innenminister Platz.

»Mein Referent sagte mir, Sie hätten Sorge, daß Ermittlungen in Verbindung mit dieser Pornosache verschleppt werden.«

Seine Chance. Thann holte aus. Er berichtete, daß Bollmann ihm im Mordfall Eich von Beginn an zuwenig Beamte zugeteilt hatte. Er erzählte, wie die Ermittlungen in Stillstand getreten waren, seit ihm der Fall entzogen worden war. Thann sprach von Schneiders und Dallas Nichtstun in der Goethestraße und beschrieb die besonderen Beziehungen der beiden zu Bollmann. Er versuchte, sich kurz und verständlich auszudrücken. Lemke zeigte sich interessiert.

Dadurch ermuntert, berichtete Thann weiter. Von Udo Korfmacher und dem Gespräch mit Schneider, das er belauscht hatte. Daß Udo der Sohn der Frau war, die Eich ermordet haben sollte. Und Bollmann deren Geliebter und Vater des Fotografen. Offenheit sei der beste Weg, hatte Eva gesagt.

»Worauf wollen Sie hinaus?« ließ Lemke seine Ministerstimme tönen, als Thann fertig war.

Jetzt. Sein Verdacht. Zumindest ein Teil davon. Thann unterdrückte das Zittern in seiner Stimme so gut es ging. »Ich glaube, daß Bollmann, als er den Mord an seiner früheren Freundin aufklären sollte, voreingenommen gegen Eich vorging und einseitig gegen ihn ermittelte. Ein Unschuldiger wurde verurteilt, weil Bollmann einen schnellen Erfolg suchte und vielleicht von Haß auf den vermeintlichen Mörder geleitet war. Ich nehme an, dies ist ihm inzwischen klargeworden. Vielleicht befürchtet er, daß die Aufklärung des Mordes an Eich ihn in einem anderen Licht erscheinen läßt. Deshalb ist er bestrebt, eine rasche Aufklärung zu verhindern. Und Schneider und Dalla haben ihm dabei geholfen.«

»Ein schwerer Vorwurf gegen den Polizeipräsidenten. Und Kriminaloberkommissar Schneider soll an der Ermordung Eichs beteiligt gewesen sein?«

»So klang das, was ich in Korfmachers Wohnung belauschte.«

»Warum sollte Schneider das getan haben?«

»Vielleicht hatte er Bollmann mißverstanden oder war einfach übereifrig.« Thann arbeitete an einem Kloß im Hals. »Schneider beging kurz vor der Ermordung Eichs einen Einbruch in dessen Wohnung. Dabei ging es um ein Fotoalbum. Das Album zeigt, daß Bollmann wahrscheinlich der Vater Korfmachers ist und der Geliebte der toten Anna Korfmacher war.« Eichs letzte Zeilen: *Ein Beweisstück für meine Rehabilitierung.*

»Wo ist dieses Fotoalbum jetzt?«

Thann schluckte. Der Brief an Beckmann: *Denn man wird versuchen, es mir wieder wegzunehmen.* Seine Stimme wurde leise: »Ich habe es.«

»Was beweist das Album außer dieser Verwandtschaftsbeziehung?«

Die Frage, die Thann sich selbst unaufhörlich stellte. »Eigentlich nichts weiter. Aber für Eich, Korfmacher und Schneider schien es sehr viel zu bedeuten. Irgend etwas muß dran sein.«

»Ehrlich gesagt, scheint mir die Geschichte reichlich verworren. Was soll ich damit anfangen?«

Gib mir eine Chance. Bitte.

Thann schluckte den Kloß hinunter. »Ich möchte, daß Sie mich von der Aufgabe entbinden, die Nebenjobs meiner Kollegen zu durchleuchten. Stattdessen möchte ich die Leitung im Fall Eich zurückbekommen. Ich möchte freie Hand in der Auswahl der Kollegen, mit denen ich arbeite. Und ich will, daß der Polizeipräsident sich dabei nicht einmischt. Sie sind der einzige, der das durchsetzen kann.«

»Junger Mann. Ich finde das alles sehr interessant. Aber die Geschichte scheint mir noch zu unausgegoren, als daß ich intervenieren könnte. Außerdem müssen Sie eins einsehen: Harald Bollmann ist Ihr Chef. Und ich sehe zur Stunde keinen Anlaß, daran etwas zu ändern. Bis jetzt kannte ich ihn nur als hervorragenden Polizeibeamten. Lassen Sie mich einen Vorschlag machen: Sie machen genau den Job, den der Polizeipräsident Ihnen aufgetragen hat. Nebenbei halten Sie die Augen offen und erstatten mir persönlich Bericht, sobald Sie etwas Neues erfahren. Und ich stelle meinerseits einige Nachforschungen an, verdeckt und ohne daß Bollmann etwas bemerkt. Ich habe da meine Leute. Wiegen wir ihn erst einmal in Sicherheit und sammeln unterdessen weitere Fakten. Einverstanden?«

Ende der Ministerrede.

Voller Hoffnung und Zuversicht verließ Thann das Büro. Als er am Pförtner vorbei nach draußen kam und an der glänzenden Fassade zurück nach oben blickte, begannen Zweifel und Unsicherheit zu überwiegen. *Der Innenminister war sehr erstaunt, als er erfuhr, wem ich den Deponiemord übertragen habe.* Er wußte nicht, wieweit Lemke ihn ernst nahm. Immerhin hatte Bollmann bislang zu seinen Beratern gehört. Und erst gestern hatte Lemke persönlich dessen Ernennung zum Präsidenten ausgesprochen.

Als Thann im Auto saß, fühlte er sich wieder stark. Er hatte sich einem Mann anvertraut, der im Zweifelsfall mächtiger als Bollmann war. Er war überzeugt, daß Lemke ihn verstanden hatte.

54.

Zum dritten Mal an diesem Tag betrat Thann das Krankenhaus. Diesmal, um einen Patienten nach Hause zu begleiten.

Er hatte sich mit Eva verabredet. Sie half ihrem Adoptivvater gerade beim Packen, als Thann das Zimmer betrat. Es dauerte eine Weile, bis Hans-Werner Kurz seine Trinkgelder an das Pflegepersonal der Station verteilt hatte. Dann fuhren sie in Thanns Auto zum Haus des Ex-Präsidenten.

Kurz erklärte, er habe sich immer auf den Ruhestand gefreut, auch wenn er nicht damit gerechnet habe, bereits mit 59 Jahren in Pension zu gehen. Auf Thann machte Kurz einen sehr hinfälligen Eindruck. Noch nie war ihm sein ehemaliger Chef so alt erschienen. Während dieser davon sprach, demnächst Weltreisen unternehmen zu wollen, zweifelte Thann, daß dieser weißhaarige Mann mit der leisen Stimme jemals die Kraft dafür würde aufbieten können. Die Wochen des Krankenhausaufenthalts hatten seine einst rosigen Wangen einfallen lassen. Man hatte ihn auf Diät gesetzt, um sein Übergewicht abzubauen. Nur ein kleiner Kugelbauch war geblieben.

Frau Kurz hatte Abendessen vorbereitet. Ihr Mann aß nur wenig. Er sprach von den Dschungeln Brasiliens und von den Gewürzinseln Indonesiens. Jetzt hätte er endlich die Zeit, seine Träume Wirklichkeit werden zu lassen. Keiner wagte es, sein Fernweh zu bremsen.

Nach dem Essen tat Hans-Werner Kurz sein Bedauern kund, daß die Ärzte ihm das Rauchen verboten hatten. Während seine Frau den Tisch abräumte, führte er Eva und Thann ins Wohnzimmer.

Endlich kamen sie zur Sache.

Tatsächlich. Kurz hatte gezahlt. Der Fotograf hatte ihm einen der Fotoabzüge aus seiner Sammlung geschickt und mit einem Skandal gedroht. Der Polizeipräsident war eingeschüchtert gewesen. Kurz hatte nicht einmal seiner Frau davon erzählt. Es hatte ihm viel Mühe bereitet, die ständigen Zahlungen vor ihr zu verbergen. Kurz deutete an, daß damals sein Herz zum ersten Mal begann, verrückt zu spielen. Als seine Krankheit in den letzten Wochen schlimmer geworden war, habe er beschlossen, das Amt aufzugeben und die Zahlungen einzustellen. Zu einer Anzeige gegen Korfmacher sei er bereit, wenn auch Eva einverstanden wäre.

Thann setzte die Aussage auf, die Kurz unterschrieb. Thann atmete auf. Mit diesem Papier in der Hand würde es morgen für sie einfach sein, Korfmacher endgültig hinter Gitter zu bekommen. Dann *mußte* er auspacken. Thann war dem Ziel nähergekommen.

Er lenkte die Unterhaltung auf Bollmann. Sofort ergriff Kurz die Gelegenheit, einem Haß auf seinen Nachfolger Luft zu verschaffen, der jahrzehntelang in ihm genagt haben mußte.

Bollmann war vor mehr als dreißig Jahren sein Rivale um die Gunst Annas gewesen, schon bald nach der Hochzeit. Kurz hatte immer vermutet, daß Udo der Sohn Bollmanns war. Dennoch kämpfte er weiter um Anna, die sich weigerte, sich für einen von beiden zu entscheiden. Mal verließ Kurz die gemeinsame Wohnung, dann zog er wieder ein. Erst als er erfuhr, daß Anna auch mit weiteren Männern Affären hatte, reichte er die Scheidung ein. Kurz vermutete, daß Annas Beziehung zu Bollmann kaum länger gehalten hatte.

Drei Jahre später wurde Anna ermordet. Bollmann bekam den Fall übertragen. Daß dieser dann alles daran setzte, Annas Mörder rasch zu überführen, wertete Kurz als eiskalten Versuch, Punkte zu sammeln im Wettlauf der Rivalen auf der Karrieretreppe. Er glaubte nicht, daß Bollmann von anderen Gefühlen getrieben war als von Ehrgeiz. Die Beziehung der beiden Kollegen hatte einen neuen Tiefpunkt erreicht.

»Bollmann ist so kalt wie seine Augen. Wenn er sich freundlich gibt, dann nur aus Berechnung. Alles, was für ihn zählt, ist Macht. Er hat jede meiner Schwächen ausgenutzt. Er hat intrigiert und seine Gefolgsleute um sich geschart. Man könnte denken, da steckt noch etwas anderes dahinter. Aber nein! Er ist einfach machtversessen.«

Den Karrierewettlauf hatte zunächst Kurz gewonnen, als der Ältere, Erfahrenere. Doch Bollmann entwickelte sich zum Machtfaktor innerhalb des Präsidiums. Und seine Arbeit gefiel dem Innenminister. Bollmann war politisch aktiv. Bollmann hatte Erfolg. Er wurde das beste Pferd im Stall des Polizeipräsidenten Kurz. Sogar die guten Beziehungen, die Bollmann in seiner Zeit als Chef der Sitte zu Teilen der Unterwelt knüpfte, konnte Kurz nicht verurteilen. Der Innenminister lobte den neuen Stil der Verbrechensbekämpfung. Bollmann bot keine Blöße.

Jetzt hatte Kurz den Kampf verloren. Der verhaßte Rivale hatte ihn endgültig überholt. »Es hat etwas Gutes. Ich habe etwas begriffen: Wer ständig kämpft, findet keine Zeit zu leben. Ich habe viel zu lange gekämpft. Jetzt will ich die Zeit nutzen zu leben«, verkündete Kurz mit leiser Stimme.

Für seine 59 Jahre sah Kurz viel zu alt aus. Thann befürchtete, daß er nicht mehr viel Zeit für seine geplanten Reisen haben würde. Auch Eva sah sorgenvoll drein.

Kurz hatte zu lange gekämpft. Oder nicht gut genug.

Als sie sich verabschiedeten, wandte sich Kurz noch einmal an Thann. »Wie war noch einmal Ihr Name?«

»Karl Thann.«

»Sind Sie verwandt mit Gudrun Thann? Das war einmal eine gute Freundin von mir.«

»Meine Mutter heißt Gudrun.«

»Ihre Mutter?«

»Ja.«

Kurz war die Überraschung anzusehen. »Ihre Mutter. Ach, ich habe eine Ewigkeit nichts mehr von ihr gehört. Grüßen Sie sie von mir. Lebt ihr Mann noch?«

»Mein Vater ist vor zwei Jahren gestorben.«

Thann erklärte, wo seine Mutter jetzt wohnte. Er fragte sich, ob Eva ihrem Adoptivvater bereits von ihrem Verhältnis erzählt hatte.

55.

»Wo hast du eigentlich das Album?« fragte Eva, als Thann vor ihrer Wohnung hielt.

Statt einer Antwort öffnete er den Kofferraum und griff nach dem Erste-Hilfe-Kissen. Ein besseres Versteck war ihm nicht eingefallen. Er sah sich auf der Straße um, bevor er das Album herausnahm.

Wortlos stiegen sie nach oben. Eva war aufgefallen, daß Thann nervöser war als sonst und daß er während der Fahrt öfter in den Rückspiegel gesehen hatte als nötig. Thann hatte keine Verfolger bemerkt. Kein Schneider, kein Dalla, niemand.

Evas Wohnung war so klein wie seine, zwei Zimmer, Küche und Bad. Altbau, vermutlich billig, aber sorgfältig und mit Geschmack eingerichtet. Thann bat Eva, die Wohnungstür abzuschließen.

Im Flur hing ein Frentzel. Ein gerahmter Nachdruck eines der Porträts, die er von Anna gemalt hatte. Thann erzählte, daß er mit dem Maler gesprochen hatte.

Evas Wohnzimmer war angefüllt mit exotischen Reiseandenken, Mitbringseln aus Thailand, Indien, Nepal und anderen Ländern. Bilder, Masken, hölzerne Statuen. Thann staunte. Er war nie über Griechenland hinausgekommen.

Eva öffnete eine Flasche Sekt. »Zur Feier des Tages! Wir haben endlich das Album!« sagte sie, doch ihre Stimme klang bedrückt.

Dann wollte sie es sehen.

Thann beobachtete, wie sie es durchblätterte. Er wies sie auf Bollmann hin. Sie studierte jedes einzelne Foto. Die durchgestrichenen Gesichter der ersten Pflegeeltern Udos erschütterten sie.

»Er hat sie gehaßt.«

»Wer weiß, was sie ihm antaten?«

»Oder er akzeptierte ausschließlich Bollmann als seinen Vater.«

Eva blätterte bis zum letzten Bild, dann begann sie von vorn.

»Irgend etwas muß dieses Album verbergen, was man auf den ersten Blick nicht sieht«, vermutete sie. »Sonst hätte es keinen Sinn gehabt, deswegen zu rauben und zu morden.«

Thann gab ihr recht. *Wie konntest du nur so dämlich sein, all die Jahre das Album aufzubewahren. Der Chef macht sich Sorgen.*

Sie durchforschten jedes einzelne Bild, diskutierten jedes Detail und rätselten über jede Person, jeden Ort. Schließlich langten sie an den Fotos der Schulabschlußklasse an.

»Zweiunddreißig Schüler und ein Lehrer. Der Lehrer wird wohl kaum Annas Mörder sein.«

»Und Udos Mitschüler kaum die Mörder Eichs.«

»Ganz normale Fotos.«

»Auffällig ist, daß sie mitten unter den Bildern aus Udos früherer Kindheit sind. Ganz gegen die chronologische Reihenfolge.«

»Schau mal: Alle Abzüge sind mit Fotoecken festgemacht, nur diese vier Bilder nicht. Die sind festgeklebt.« Eva drängte darauf, die vier Klassenfotos abzulösen.

Sie versuchten es mit heißem Dampf, doch der löste nur die Fotoecken der anderen Bilder.

Es blieb nur der Weg der Gewalt.

Eva brachte eine Rasierklinge. »Vielleicht geht es damit.«

»Du rasierst dich?« fragte Thann und mußte an die Blondine denken, die vor dem *Belle* in Udos Sportwagen gestiegen war.

»Ja, manchmal, unter den Achseln. Wieso?«

Es ging unerwartet einfach. Sie starrten auf eine weiße Seite. Plötzlich glaubte Eva, etwas zu sehen.

»Beweg mal die Seite ein wenig. Siehst du das? Das ist eine Zeichnung auf der anderen Seite des Blatts, unter dem zweiten Foto!«

Vorsichtig lösten sie auch dieses ab. Dann die übrigen, immer hastiger, immer aufgeregter. Nachdem sie alle vier Fotos entfernt hatten, starrten sie auf bunte Zeichnungen.

Erst später sah ich, daß er viel Spaß am Zeichnen hatte. Er hatte Spaß daran und taute auf.

Es waren Szenen von Verbrechen und Tod, krakelig zu Papier gebracht. Thann fragte sich, was im Kopf des Fünfjährigen vorgegangen sein mochte.

56.

Ich liege unter dem Sofa und kucke. Mama und Papa streiten. Papa haut Mama. Mama schreit. Ich habe Angst. Mama sagt böse Sachen zu Papa. Papa haut Mama, denn Strafe muß sein. Unter dem Sofa ist es eng. Ich kriege keine Luft. Mama fällt hin und hat Blut im Gesicht. Papa hat eine Pistole. Es macht einen lauten Bums. Ich habe Angst und muß weinen. Mama hat ganz viel Blut im Gesicht. Papa nimmt mich auf den Arm. Mama ist ganz still. Papa sagt, ich brauche keine Angst haben. Er hat mich lieb. Wenn ich groß bin, werde ich stark wie Papa und habe auch eine Pistole. Mama hat geblutet, weil sie böse war zu Papa. Mama spricht nicht, weil sie Udo nicht lieb hat.

Ich male gern mit Stiften. Das Heim ist doof. Nur Schwester Resi ist manchmal lieb. Ich male Papa und Mama beim Streiten. Ich male den Bums von der Pistole. Immer wieder. Das Blut ist rot. Schwester Resi sagt, meine Bilder sind doof. Sie mag die Pistole nicht leiden. Ich haue ihr mit dem Stift ins Gesicht. Strafe muß sein. Schwester Resi darf mein Album nicht kriegen. Das Album gehört Udo ganz allein. Schwester Resi ist doof. Alle sind doof. Nur mein Papa hat mich lieb. Immer und immer und immer.

Karl

57.

Mitternacht. Im Autoradio brachten sie Nachrichten, doch an Thann rauschten die Sätze vorbei. Seine Gedanken drehten sich im immer selben Kreis. Die Kinderzeichnungen in Korfmachers Fotoalbum hatten von seinen Gehirnzellen Besitz ergriffen.

Udo könnte einem fast leid tun, hatte Eva gesagt. Ein solches Erlebnis im Alter von fünf Jahren mußte ein Trauma sein, das die Seele für immer verbog. Sie ahnten den Schock, unter dem das Kind gestanden hatte, als es diese grellen und groben Äußerungen zu Papier brachte, auch wenn dabei vielleicht schon Wochen seit dem Verbrechen vergangen waren.

Sie hatten überlegt, ob Udo diese Zeichnungen jemals einem anderen Menschen gezeigt hatte, vielleicht einer Erzieherin im Kinderheim. Thann konnte sich gut vorstellen, daß die Gedankenwelt eines Kindes durch die Beobachtung einer solchen Gewalttat ins Wanken geraten war und Udo die Tat gezeichnet hatte, um anhand der Reaktionen Erwachsener zu überprüfen, was er von der Tat und vor allem vom Täter zu halten hatte.

Thann und Eva waren sich einig: Die Zeichnungen waren der Aufschrei eines kindlichen Zeugen, der das schlimmste Verbrechen zu verstehen versuchte, den Mord an seiner Mutter. Und mehr noch. Der Täter war als eine große Figur mit großen Händen und einer übergroßen Pistole dargestellt. Haare und Bart waren mit gelbem Buntstift gezeichnet. Sie kannten nur einen, auf den das Bild paßte. Polizeipräsident Harald Bollmann, Udos eigener Vater.

Thann fragte sich, ob ein solches Bild als Beweismittel taugte. Wenn er handeln könnte, wie er wollte, würde er morgen Kollegen losschicken, um sämtliche ehemaligen Erzieher und Pflegeeltern Korfmachers mit dem Album zu konfrontieren. Vielleicht hatte der Junge über sein Erlebnis gesprochen. Thann würde sämtliche Bekannten Annas befragen, ob sie weitere blonde, bärtige Männer kannten, die mit Anna oder Udo Kontakt hatten. Wenn Bollmann der einzige gewesen war, wuchs die Wahrscheinlichkeit, daß er der Mörder war. *Dein Album macht dem Chef Sorgen.*

Es war zum Verzweifeln. Der morgige Tag würde anders aussehen, als Thann es sich wünschte. Kollegen befragen, die sich für Schweinkram hergegeben hatten, den Handlanger Fendrichs spielen, den Befehlsempfänger Bollmanns. Vor Wut schlug Thann aufs Lenkrad. Er sah nur einen Ausweg.

Er nahm sich vor, einen zweiten Anlauf bei Minister Lemke zu unternehmen. *Erstatten Sie mir Bericht, wenn Sie etwas Neues erfahren.* Immerhin hatte er etwas in der Hand. Es lag im Kofferraum, verpackt als Verbandszeug. Udo Korfmachers einzigartiges Familienalbum mußte Lemke zum Handeln zwingen.

Thann bemerkte, daß er eine Abbiegung verpaßt hatte. Er wendete. Es war nur wenig Verkehr, der Regen fiel schwach. Die Wischer quietschten, und die Scheibe beschlug. Die Weihnachtslichter in den Bäumen der noblen Haupteinkaufsstraße erinnerten Thann daran, daß er noch Geschenke zu kaufen hatte. Vielleicht morgen.

Er nahm den Wetterbericht wahr. Nachlassender Regen, Übergang zu Schauertätigkeit. Ein Wort, unter dem sich Thann nur die Fortsetzung des Regens vorstellen konnte. Er war müde und freute sich auf sein Bett und einen letzten Schluck.

Als er den Schlüssel umdrehen wollte, bemerkte Thann, daß seine Wohnungstür unverschlossen war. Er hielt den Atem an, griff nach seiner Dienstwaffe und entsicherte sie.

Sein Herz klopfte, der Pulsschlag arbeitete mächtig zwischen seinen Rippen. Thann gab sich Mühe, die Tür lautlos zu öffnen, doch als sie aufsprang, klickte es vernehmbar. Er streckte die Waffe mit beiden Händen in Schulterhöhe von sich und zielte in den dunklen Flur. Er wartete und lauschte.

Stille.

Schritt für Schritt schob er sich in die Wohnung. Sein Herz schien den Brustkorb sprengen zu wollen. Langsam erreichte Thann die Tür zum Wohnzimmer – offen! Er hielt inne. Kein Geräusch, weder Schritte, noch das Atmen einer anderen Person. Die Türen zu den übrigen Räumen waren verschlossen. Kein Lichtstrahl, kein Laut. Thann nahm die linke Hand von der Pistole und tastete vorsichtig nach einem Schalter. Die Pistole in seiner Rechten zitterte stark. Die Finger krampften sich um das kalte Metall. Die Linke bekam den Lichtschalter zu fassen. Das Wohnzimmer stand in gleißendem Licht.

Obwohl geblendet, sah er sofort, daß niemand im Zimmer war.

Er fuhr herum und hielt die Waffe in Richtung Küche, Bad und Schlafzimmer. Keine Regung. Drei verschlossene Türen, die ihn drohend anschwiegen. Thann blickte noch einmal zurück, um sich zu vergewissern.

Er sah ein Bild der Verwüstung. Alle Schränke und Regale waren geleert, die Wände beschmiert, der Fernsehapparat in Trümmer zerschlagen. Langsam schlich er in den Flur, die Waffe noch immer zitternd von sich gestreckt.

Erst als er sich überzeugt hatte, allein in der Wohnung zu sein, atmete Thann auf. Er schloß die Wohnungstür, sicherte seine Waffe und verständigte die Nachtschicht des nächsten Schutzbereichs. Dann befiel ihn von Neuem die Panik. *Denn man wird versuchen, es mir wieder wegzunehmen.*

Das Album!

Er hatte es im Auto zurückgelassen. Er rannte hinunter. Da stand sein alter Golf, friedlich unter der Straßenlampe. Thann nahm das Erste-Hilfe-Kissen aus dem Kofferraum und preßte es atemlos gegen seine Brust.

Eine Stunde später schmiegte er sich an Evas warmen Körper, zwei Hände ineinander verflochten. Thann wußte nicht, ob er in dieser Stellung einschlafen konnte. Er wußte nicht, ob er überhaupt schlafen würde. Egal! Evas Nähe tat ihm gut.

Als die Kollegen den Schaden aufgenommen und ihre Spurensuche beendet hatten, war ihm klar geworden, daß seine Wohnung in dieser Nacht nicht sein Zuhause sein konnte. Es waren nicht die Zerstörungen. Es war nicht einmal die Drohung, mit schwarzem Filzschreiber an die Wand geschmiert, an der vorher die Unterlagen zu seinem Fall gehangen hatten. Es war das Bewußtsein, daß die Tür jederzeit wieder von ungebetenen Besuchern geöffnet werden könnte.

Sein privatester Ort trug eine unsichtbare Verletzung, so furchtbar wie der Satz an der Wand seines Wohnzimmers:

THANN, DICH MACHEN WIR ALLE!

Als er spürte, daß Eva in tiefem Schlaf lag, stand er vorsichtig auf und schlich im Dunkeln zu seiner Sporttasche, in die er in seiner Eile das Nötigste gepackt hatte. Er tastete zwischen Kleidungsstücken und Rasierapparat, bis seine Hand faßte, was er jetzt brauchte.

In seinen Fingern wölbte sich das schwere Glas. Er schraubte am Verschluß, hob die Flasche gegen den trüben Schein der Straße, der durchs Fenster fiel, und setzte zu einem einzigen, langen Schluck an, der ihm Frieden und Schlaf bringen sollte.

58.

Freitag, der 21. Dezember. *BLITZ*, Seite 1:

DIE TEUERSTE ATEMLUFT DER WELT!
POLIZEI VERSCHWENDET MILLIONEN!
Der neueste Schildbürgerstreich. Zum Totlachen, wenn es nicht so traurig wäre! Was kostet ein Kubikmeter Atemluft? Der Polizeipräsident weiß es: 8,5 Mios! Soviel verschlingt zur Zeit die sinnloseste Baustelle Deutschlands.

Ort der Verschwendung: Das Präsidium. Alle 52 Zellen des Polizeigewahrsams werden derzeit vergrößert. Von 28,9 Kubikmeter Rauminhalt auf 30. Kosten: 8 495 000 Mark! Ein Sprecher des neuen Präsidenten Harald (Bumm-Bumm) Bollmann: Verwaltungsvorschrift. Die Festgenommenen brauchen soviel Luft zum Atmen. Ist Bumm-Bumm balla-balla? Zum Vergleich: Durchschnittsgröße eines Polizistenbüros: 26 Kubik. Architektennorm für Kinderzimmer: 25 Kubik. Umkleidekabine im Sportverein (immer dicke Luft!): 11 Kubik!

BLITZ empfiehlt: Luft anhalten und Geld sparen!

Im Büro. Pornostars vernehmen. Scheißjob.

»Ich bin heute den letzten Tag hier. Da kannst du dich darauf verlassen. Wenn es sein muß, laß ich mich krank schreiben. Es ist nicht zum Aushalten. Das reinste Spießrutenlaufen, ehrlich. Ich hätte nicht gedacht, daß das Präsidium voller Spießer steckt. Ihr zwingt mich, das Filmen zur Hauptbeschäftigung zu machen, das sag' ich dir!«

Sagt bloß dem Fröhlich nichts. Polizeimeisterin Sigrid Kraftschik saß in Thanns Büro und zündete sich eine Zigarette an. Er hatte nicht die Energie, sich dagegen zu wehren.

Eva hatte am Morgen seine Fahne wahrgenommen und die angebrochene Flasche neben dem Bett liegen sehen. Es war ihm peinlich gewesen, und er hatte sich nicht getraut, nach einem Kopfschmerzmittel zu fragen.

Die kleine Kraftschik schob trotzig ihr Kinn nach vorn. Trotz der Uniform war sie hübsch. »Im Grunde ist es nämlich ein Job wie jeder andere. Und das Geld ist schneller verdient als bei diesem Haufen hier, das kannst du mir glauben. Den nächsten Job habe ich gestern schon vereinbart. Im Januar geht's auf eine Berghütte in die Alpen und im Februar an die Côte d'Azur. Udo wird mich ganz groß rausbringen, hat er gesagt. Glotz nicht so blöd. Du bist der gleiche Spießer wie die anderen, das sag' ich dir!«

Udo Korfmacher und sein Album. Eva hatte es in die Kanzlei mitgenommen. Ihr Anwalt hatte einen großen, gut gesicherten Safe. Thann hatte sie dorthin begleitet, seine Nervosität beim Autofahren hatte sich nicht gelegt. Eva verstand nun, warum er stets Umwege fuhr und den nachfolgenden Verkehr im Auge behielt.

»An der Côte hat Udo eine Villa mit geheiztem Swimming Pool. Im Februar ist dort schon richtig Frühling. Wir drehen ein paar Stunden am Tag mit internationalen Stars und machen den Rest des Tages dolce vita oder wie man auf Französisch sagt. In einer Woche mach' ich soviel Kohle wie du in einem Monat nicht, das kannst du mir glauben.«

Kennst du die Hütte, die unser Chef in Südfrankreich hat?

Thann hatte gleich am Morgen versucht, den Innenminister zu erreichen. Die Sekretärin vertröstete ihn auf Brunn oder den späten Vormittag. Mit Brunn wollte sich Thann nicht zufrieden geben.

Tommaso hatte sich wie Thann über die Anzeige gefreut, die er dem kranken Kurz abgeschwatzt hatte. Bönte und Bernhard lauerten nun Korfmacher auf. Noch hatte der sich nicht blicken lassen.

Außerdem hatte Thann der Spurensicherung einen Tip gegeben. Er vermutete, daß die Fingerabdrücke, die die Einbrecher in seiner Wohnung hinterlassen hatten, mit denen in Eichs aufgebrochener Wohnung übereinstimmten.

Und mit denen von Schneider oder Dalla oder beiden. Von den Holz-Shampooisten fehlte jede Spur. Miller ging es den Umständen entsprechend, hieß es.

Ihr Kommissariatsleiter hatte eine Urlaubskarte geschickt. Der Alte war jetzt in Florida. Der K1-Chef würde sich wundern, wenn er wüßte, was inzwischen alles vorgefallen war.

Die adrette Kleine auf der anderen Seite des Schreibtisches plapperte munter weiter von den Vorzügen ihres neuen Gelderwerbs. Thann war schlecht. *Die kleine Kraftschik kniete vor Schneider und versuchte gerade, seinen Schniedel hochzukriegen.*

Als sie zu einer neuen Geißelung des Spießertums ansetzte, stoppte er sie. Er wies sie darauf hin, daß ihr Produzent und Kameramann in den nächsten Jahren ein sehr unzuverlässiger Brötchengeber sein würde. Er zählte die Liste der in Frage kommenden Delikte auf, inklusive einiger dazugedichteter wie Unzucht mit Minderjährigen und Mißbrauch Schutzbefohlener.

»Im Knast wird dein Udo nicht mehr filmen können. Da wird er allenfalls selbst gefickt. Vielleicht solltest du daran denken, deinen süßen Arsch woanders zu verkaufen, wenn dir der Polizeidienst nicht mehr gut genug ist.«

Sigrid Kraftschik war plötzlich stumm.

»Und warst du schon beim Arzt? Drei Filme macht etwa zehn Partner. Fremde. Ungeschützt. Wer weiß, was du dir da schon gefangen hast.«

Die Polizeimeisterin sank in sich zusammen. Sie zog hektisch an ihrer Zigarette. Tiefe, senkrechte Falten waren auf ihrer Stirn erschienen.

»Paß auf. Du sagst mir jetzt, wie du zum Pornofilm kamst und wer von unseren Kollegen alles beteiligt war. Wir werden dafür sorgen, daß das Spießrutenlaufen aufhört. Wenn du willst, kannst du bei uns bleiben. Weniger Kohle als beim Film, aber gesicherter Pensionsanspruch.«

Er nahm ihr den Stummel aus der Hand und drückte ihn im Waschbecken aus. Während Thann lüftete, begann die Kollegin zu reden.

Der zweite Klient.

Sein Name war neu im Spiel: Moor. Sigrid Kraftschik hatte ihn angesprochen, wie vorher Schneider sie angesprochen hatte. Michael Moor war nicht unter denen gewesen, die sie am Mittwoch abend bei Korfmacher überrascht hatten. Er hatte laut der kleinen Kraftschik in einem früheren Film eine hervorragende Rolle übernommen. »Michi« Moor war Führer einer Hundestaffel der Polizei.

Am Telefon hatte Thann etwas von einer Routinebefragung im Rahmen einer internen Untersuchung erzählt.

Als Moor den Raum betrat, überraschte ihn Thann mit einer ungewöhnlichen Aufforderung. »Hose runter!«

»Was?«

»Soll ich's zweimal sagen? Hörst du schlecht?«

Michi Moor nestelte an dem Gürtel, der seinen Bierbauch festhielt. Bevor er seine Hose fallen ließ, blickte er Thann noch einmal fragend an.

»Na, mach schon. Ich beiße dir schon nichts ab.«

Der Hundetrainer trug weite, gelbe Boxershorts. Seine weißen Beine waren stark behaart. Quer unter seinem linken Knie verlief eine Narbe. *Wie nach einer Meniskusoperation.*

59.

In der Dresdner Straße, wo Bernhard und Bönte lauerten, war Korfmacher noch immer nicht aufgetaucht. Thann fuhr hinaus zum Verlagsgebäude des *BLITZ*. Auch dort war er nicht. Thann bemerkte, wie wenig er von Udo Korfmacher wußte. Nichts über eine Freundin, bei der er sich vielleicht gerade aufhielt, nichts über Freunde, bei denen er untertauchen konnte. Vielleicht kaufte er auch nur Weihnachtsgeschenke ein oder ging irgendwelchen Geschäften nach.

Geschäfte!

Es war Freitag vormittag. *Am Freitag steigt 'ne Party. Auftrag vom Boß. Im 'Belle'. Mädels besorgen, junges Blut, Provision.* Thann ließ den Motor seines Autos höherdrehen und nahm die Auffahrt zur Autobahn. Diesmal hatte er von der Verwaltung ein Zivilfahrzeug zugeteilt bekommen. Einen Audi mit Startproblemen.

Nach dreißig Minuten war er am anderen Ende der Stadt.

Wieder passierte er den Nobelpuff, wendete im Wald und fuhr langsam zurück. Er parkte auf einem Waldweg in der Deckung von Bäumen und Gestrüpp. Zu Fuß näherte er sich dem *Belle Nuit*, das tagsüber recht glanzlos neben der Landstraße lag. Der Parkplatz war leer. Hinter dem Haus standen drei Autos, Korfmachers Japaner war nicht dabei.

Aus einem Fenster, das im ersten Stock des Hauses offenstand, hörte Thann Stimmen, die ihm bekannt vorkamen. Als er näherkam, wurde das Fenster geschlossen. Er lehnte sich gegen die Mauer. Er glaubte nicht, daß sie ihn gesehen hatten. Er versuchte, die Hintertür zu öffnen. Sie gab nach. Thann betrat das *Belle Nuit*.

Er stand im Gang, der vom Gastraum zu den Toiletten führte, so seine Vermutung. Es war dunkel, nur am Ende des Gangs fiel etwas Licht durch einen Vorhang aus bunten Plasikstreifen. Von den Stimmen war hier nichts zu hören.

Der Gastraum war leer. Abgestandener Rauch hing in der Luft. Alle Lampen waren eingeschaltet. Die knisternde Atmosphäre, die nachts vergnügungswillige Männerherzen höherschlagen ließ, war einer kalten Nüchternheit gewichen. Auf dem Bartresen standen leere Cognacflaschen und eine Kiste billigen Weinbrands. Daneben lag ein Trichter aus Kunststoff.

Die Tür hinter der Bar war angelehnt. Durch das Büro kam Thann in einen Gang, der zu einem Raum hinter der Bühne führte. Er kehrte um und suchte den Weg nach oben. Vor dem Gastraum wurde er schließlich fündig. Zwischen Garderobe und Vordereingang hing ein Vorhang aus rotem Stoff. Dahinter lag die Treppe.

Er stieg leise nach oben. Immer deutlicher konnte er die Stimmen hören.

Oben waren die Zimmer, in die die Mädchen nachts ihre Freier schleppten. Jetzt standen die Türen offen, durch die Fenster fiel Tageslicht. Zu dieser Stunde fehlte auch diesem Teil des Hauses das Flair des Verrufenen völlig. Am Ende des Flurs sah Thann eine zweite Treppe hinter einer Tür, die ebenfalls offenstand. Die Stimmen kamen aus dem letzten Zimmer.

»Ihr könnt hier nicht länger bleiben. Das sagt auch der Boß. Ab Montag wieder, okay. Aber nicht am Wochenende. Bald macht euch der Boß zu Teilhabern, dann wißt ihr, warum ihr am Wochenende nicht ein einziges der Zimmer blockieren könnt.« Ein französisch klingender Akzent. Der kleine Geschäftsführer.

Thann schlich in das vorletzte Zimmer und drückte sich hinter die Tür.

»Ihr habt genügend andere Schlupfwinkel. Und heute abend könnt ihr hier durchmachen, wenn ihr wollt. Nur ein Zimmer gibt es leider nicht.« Eine andere Stimme. Thann hatte sie schon einmal gehört: Es war die des unbekannten Anrufers auf Korfmachers Anrufbeantworter.

Die Antwort war ein unwirsches Grunzen. Auch dieses Organ kam Thann bekannt vor.

»Was ist mit den Mädels, Freddy?« fragte der Geschäftsführer.

»Ich hab' Korfmacher gesagt, daß wir keines haben wollen, das wir schon auf der letzten Weihnachtsfeier hatten. Er hat zehn Tussis versprochen.« Freddy, der unbekannte Anrufer.

»Wunderbar«, antwortete der Geschäftsführer, »Bumm-Bumm will auch kommen. Er unterbricht extra seinen Weihnachtsurlaub. Seine Frau denkt, es sei dienstlich. Wenn ihr beiden kommt, zieht bitte etwas Feines an. Schwarzen Anzug, wenn ihr keinen Smoking habt.« Unterbrischt. Dienst-lisch.

Wieder dieses Grunzen als Antwort. Thann hörte Schritte und drückte sich gegen die Wand. Er hielt die Luft an.

»Mein Anzug hängt bei meiner Alten. Aber da lauern sie auf mich. Scheiße, ihr müßt mir was borgen.« Schneiders Stimme.

»Mir auch.« Dalla, ganz nahe.

Thanns Herz begann heftig zu pochen. Gelegenheit zur Festnahme. Einer gegen vier oder fünf. Thann nestelte mit zittrigen Händen an seinem Pistolenhalfter. Als er die Waffe endlich in die Hand bekam, trat er auf den Gang.

Er sah gerade noch, wie Schneider und Dalla hinter den anderen am Ende des Flurs verschwanden. Die Tür fiel ins Schloß, bevor Thann sich bemerkbar machen konnte. Er stürzte hinterher, doch der Türknauf ließ sich nicht bewegen. »Privat« stand groß auf dem Türschild. Er hörte das Poltern von eiligen Schritten auf einer Holztreppe.

Thann machte kehrt und stürzte die Treppe hinab, die er gekommen war. Unten hörte er Schneider und Dalla im Gang zu den Toiletten. Als er außer Atem die Hintertür erreichte, starteten sie bereits ihren Wagen. Thann versuchte, sich die Autonummer einzuprägen, dann rannte er zu seinem Auto. Die kalte Luft stach in seinen Lungen.

Der Anlasser jaulte. Wertvolle Sekunden verstrichen. Endlich sprang der Audi an. Thann stemmte sich gegen das Gaspedal. Die Reifen drehten durch. Der Audi beschleunigte rasch, doch der Vorsprung der beiden war zu groß. Bereits an der ersten Kreuzung mußte Thann aufgeben. Er hatte sie verloren. In seinen Notizblock notierte er das Kennzeichen. *Bumm-Bumm kommt auch.*

Thann fuhr zurück ins Präsidium.

60.

Wieder hatte er es im Ministerium versucht, doch noch immer war Lemke nicht zu sprechen. Kaum hatte Thann aufgelegt, klingelte der Apparat.

Es war Eva.

»Schatz, ich hab's. Die Firmen, die das Haus an der Friedrichstraße abrissen und daran verdienten. Und wer dahintersteckt.«

»Ja, und?« Thann griff nach Notizblock und Bleistift.

»Es war wirklich nicht einfach. Es ist ein ganzes Geflecht. Firmen, die miteinander Geschäfte machen, aber denselben Leuten gehören. Unternehmen, die pleite machten und unter neuen Namen neugegründet wurden. Und immer wieder die gleichen Hintermänner.«

Thann goß sich Weinbrand ins Glas, langsam und leise, damit Eva es nicht bemerkte.

»Also, der Büroturm an der Friedrichstraße gehört der 'City-Immobilien GmbH und Co KG'. Gesellschafter sind folgende drei Konzerne: die 'Secura Feuer&Leben', der französische Baukonzern 'Dubuffet et Fils' und die hiesige 'LeKo-Bau'.«

Thann kannte die *LeKo*, eine der big five der deutschen Baubranche.

»Hinter 'LeKo-Bau' steckt zum einen die Erbengemeinschaft Konrad. Ist dir Mark Konrad ein Begriff? Er war so etwas wie eine Industriellenlegende. Vom einfachen Bauzeichner zum Gründer eines der größten Konzerne der Nachkriegszeit. Das ist die offizielle Version. Inoffiziell heißt es, daß er der größte Profiteur der Judenenteignungen während der Nazizeit in unserer Stadt war, doch das nur nebenbei. Vor acht Jahren starb er im biblischen Alter von 98 Jahren. Die Erbengemeinschaft, das sind drei Söhne und die Witwe seines vierten Sohnes. Du kennst sie.«

»Woher?«

»Ihr Name ist Nicole Konrad-Bollmann. Klingelt's jetzt?«

Es klingelte in jeder Nervenfaser Thanns. Die junge, reiche Frau des neuen Polizeipräsidenten. *Porsche, Villa, Designerklamotten.* Thann trank sein Glas auf einen Ruck leer. Der Schnaps reichte nicht aus, um seine Magenschmerzen zu betäuben.

»Der zweite Gesellschafter von 'LeKo-Bau' ist die Stiftung 'Neues Leben'. Du kennst die Wohnblocks im Osten der Stadt. Sozialer Wohnungsbau. Der Stiftung gehören Tausende von Wohnungen in der ganzen Republik. Sie gilt als gemeinnützig und ist daher von Steuern befreit. Offiziell ist der Zweck der Stiftung also nicht, Gewinn zu machen. Stattdessen werden die Überschüsse wieder investiert oder für kulturelle Zwecke ausgegeben.«

»Offiziell macht sie keinen Gewinn. Und inoffiziell?«

»Wie es bei gemeinnützigen Gesellschaften oft so üblich ist, sind die Managergehälter bei der 'Neues Leben' äußerst üppig. Das Jahreseinkommen der Chefin der Geschäftsleitung wird auf fünf Millionen Mark geschätzt. Sie heißt übrigens Marianne Seilmann-Lemke und ist ...«

»Die Frau des Innenministers!«

»Richtig. Dessen Vater, Hermann Lemke, hatte in den Fünfzigern zusammen mit Mark Konrad die 'LeKo-Bau' gegründet. Der Minister ist sein einziger Erbe.«

Thann erinnerte sich an die Bemerkung des kranken Kurz: *Manchmal dachte ich, da steckt noch etwas anderes dahinter.*

»Das heißt, Lemke ist ein großer Hai in der Baubranche und über die Stiftung an 'LeKo' beteiligt. Und über seine Frau sahnt er ab.«

»Genau so. Als Lemke in die Politik ging, hatte sein Vater ihm gerade alles vermacht. Da der Baukonzern bei den Wählern einen schlechten Ruf als Sanierungshai hatte, gründete Lemke die Stiftung und hielt sich offiziell aus deren Aktivitäten heraus. Das hat ihm damals viel Ansehen verschafft. Vermutlich verdient er aber nicht nur über seine Frau am Erbe, sondern nutzt auch sein Amt, um der *Neues Leben* und der 'LeKo' Landesaufträge zu verschaffen.«

»Und jetzt verrätst du mir, was das Ganze mit unseren Morden zu tun hat.«

»Paß auf. Es war einmal vor 27 Jahren. Da gab es einen jungen Immobilienmakler namens Axel Lemke. Der spätere Minister. Lemke war nur mäßig erfolgreich, er lebte eigentlich nur von Aufträgen, die ihm sein Vater zuschanzte. Bis eben vor 27 Jahren. Da bekam Axel Lemke Wind von der Friedrichstraße 17, in der meine Mutter wohnte. Das Haus gehörte einer Erbengemeinschaft, die heillos zerstritten war, und die als einzigen Ausweg den Verkauf des Hauses sah. Das war Lemkes große Chance. Da ihm für den Kauf das nötige Kleingeld fehlte, tat er sich mit Michael Konrad zusammen, einem der Söhne des alten Mark Konrad. Gemeinsam gründeten sie die Firma 'Immo-Service'.«

Thann notierte die Namen der Personen und Firmen. Immer neue Verflechtungen entstanden auf seinem Notizblock.

»Die Firma gibt es übrigens heute noch, nur der Name ist jetzt ein anderer. Unter anderem verdient sie an Verträgen mit der 'Neues Leben'. Ein weiterer Weg, wie Lemke über seine Stiftung zu Geld kommt. Aber das nur nebenher.

Das erste Geschäft der 'Immo-Service' war der Kauf der Friedrichstraße 17 zum Spottpreis von fünf Millionen. Allein das Grundstück war damals bereits mindestens das Dreifache wert. Innerhalb eines Jahres hatten sie es geschafft, daß alle Mieter draußen waren, frage mich nicht, wie. Meine Mutter blieb als einzige.

Du weißt, wie es weiterging. Eine Woche nach dem Tod meiner Mutter verkaufte die 'Immo-Service' das Grundstück an die 'LeKo-Bau' zu einem Preis von dreißig Millionen D-Mark. Also 25 Millionen Gewinn in einem Jahr. Eine glänzende Verzinsung, nicht wahr?«

»Macht geteilt mit seinem Partner zwölf Komma fünf Millionen für Axel Lemke. Ganz ordentlich!«

»Nicht ganz. Es waren nämlich drei, wie ich seit heute weiß. Halt dich fest, wenn ich dir sage, wer der Dritte ist.«

»Axel Lemke, Michael Konrad und wer noch?«

»Harald Bollmann.«

Thanns Finger umschlossen das Glas. Seine Knöchel wurden weiß. Bollmann war schon lange vor seiner Heirat reich gewesen. Draußen auf dem Gang hörte Thann Schritte. Er wartete wortlos. Die Schritte schienen näherzukommen. Also keiner, der gelauscht hatte und nun ging.

»Schatz, bist du noch dran? Ist dir die Luft weggeblieben?«

Thann fragte mit gedämpfter Stimme zurück: »Woher hatte Bollmann das Kapital, um sich an dem Geschäft zu beteiligen?«

Ihm lag die Antwort selbst auf den Lippen. Er ließ einen kleinen Schluck Weinbrand durch die Kehle rinnen.

Plötzlich klopfte es an Thanns Bürotür. Er verschluckte sich und mußte husten.

Eva antwortete zögernd: »Vielleicht brachte er einfach nur den Tod meiner Mutter ein.«

Das Motiv. *Der Innenminister verfolgt unsere Arbeit mit großem Interesse.*

Die Tür ging auf. Thann hustete noch immer.

»Was hast du?« fragte Eva.

Ein kurzgeschorener, blonder Schädel schob sich durch die Tür. Bollmann. *Der Boß.*

Der Weinbrand ätzte weiter in Thanns Bronchien, doch er unterdrückte den Hustenreiz. Bollmann sah Flasche und Glas und schüttelte mißbilligend den Kopf. Thann wußte nicht, wie er reagieren sollte. Fast gleichzeitig redeten die Stimmen auf ihn ein. Er war wie gelähmt.

Bollmann, polternd: »Na, Junior, habe ich Sie erschreckt? Schlechtes Gewissen, was?«

Eva, fast in seinem Ohr: »Das heißt, Anteile gegen Killerjob. Denkbar ist es. Bollmann als Killer für Lemke. Es ist natürlich nur Spekulation. Aber was meinst du? Traust du das den beiden zu?«

Bollmann: »Privatgespräch? Na, da will ich nicht stören. Ich komme später noch einmal vorbei.«

Eva: »Was hast du gesagt?«

Thann gab sich einen Ruck. Seine Stimme zitterte: »Der Herr Polizeipräsident«, erklärte er in den Hörer.

Eva fragte ganz leise: »Wer, Bollmann?«

Bollmann hatte bereits die Klinke in der Hand. »Schönen Gruß. Bis später.«

Tür zu. Spuk vorbei.

Thann atmete auf.

»Bollmann? Ist er wieder weg?« fragte Eva.

Bollmann, Killer und Karrierebulle. Und Lemke vielleicht sein Auftraggeber. *Erstatten Sie mir Bericht, wenn Sie etwas Neues erfahren.* Wenige Stunden, nachdem er Lemke von dem Album erzählt hatte, war der Einbruch in seine Wohnung geschehen. Thann wurde schwindlig.

»Ja. Ich traue es ihnen zu.«

»Dann haben wir den Fall gelöst?« fragte Eva.

Thann lachte grimmig. Er wischte sich die Schweißtropfen von der Stirn. »Was haben wir in der Hand? Einen vagen Verdacht. Und wenn er zutrifft, dann stehen gegen uns lediglich das Innenministerium dieses Landes und seine nachgeordneten Polizeibehörden.«

Was blieb übrig? Selbstmord, Kapitulation oder *allein* gegen den Filz aus Polizei, Politik, Verbrechen und Geschäft. Thann entschloß sich für das letztere. Es war so gut wie Selbstmord. Aber ehrlicher als aufzugeben. In Thanns Magen spielte sich ein Gewitter ab. Leise stellte er die Flasche zurück in ihr Versteck.

Die Stimme im Hörer gab ihm Kraft: »Weißt du was, Schatz?«

»Was denn, Eva?«

»Ich liebe dich!«

Es klopfte wieder. Diesmal war es Tommaso.

61.

»SCHEISSE! WARUM?«

»Er sagt, er wußte nicht, was er da unterschrieb. Er habe eine Art Black-out gehabt. Das käme von seiner Krankheit.« Tommaso zuckte mit den Schultern.

»Aber er wurde von Korfmacher erpreßt! 45 000 Mark in drei Jahren!«

»Er sagt, er hat ihn unterstützt. Der Fotograf war mit ihm irgendwie verwandt.«

»Du weißt wie ich, daß Korfmacher die Leute erpreßte, Enrico«, sagte Thann fast flehend. Wahrscheinlich hatte Korfmacher Kurz erneut unter Druck gesetzt. Doch woher konnte der Fotograf von der Anzeige wissen?

»Und du weißt genau, daß wir nichts in der Hand haben, ihn einzusperren. Kurz zieht seine Anzeige zurück, und auch sonst gibt es keinen, der sich erpreßt fühlt. Tut mir schrecklich leid.«

»SCHEISSE!« schrie Thann.

»Ich weiß nicht, warum du dich so aufregst. Vielleicht hat Kurz diesen Fotografen wirklich nur unterstützt. Vielleicht warst du ein bißchen übereifrig. Das kann dem besten Kripomann passieren, daß er sich in etwas verrennt.«

In etwas verrennt. Übereifrig. Thann sah rot. »ES REICHT! HAU AB!«

Er warf die Tür hinter Tommaso krachend ins Schloß. Wieder war ihm Udo Korfmacher entglitten. *Ich habe gute Beziehungen zur Polizei.* Wie ein Stück nasse Seife. Ohne Korfmacher als Zeugen stand Thann da wie ein Ochse vor dem Stadttor. Dumm und hilflos.

Thann nahm einen großen Schluck direkt aus der Flasche. Er lief hin und her. Er hieb mehrmals mit der Faust auf seinen Tisch. Dann schrie er gegen die nackte Bürowand. Ein Urschrei der Wut.

Diesmal blieb das Echo nicht aus. Bollmann riß die Tür auf.

»Was ist mit Ihnen los, Junior? Man muß ja Angst um Sie bekommen! Ich bitte Sie, stellen Sie diese Flasche weg und beruhigen Sie sich. Sieht so ein Kriminaloberkommissar unserer Polizeibehörde aus?«

Vielleicht brachte er den Tod meiner Mutter ein. Bollmann war braungebrannt, als sei er von einer Woche Karibik zurückgekommen und nicht von einem Tag Südfrankreich. *Seine Frau denkt, es sei dienstlich.* Er trug einen teuer aussehenden Zweireiher und grinste. Statt ihn zu erschießen, gehorchte Thann und stellte die Flasche in seinen Schreibtisch. Blut schoß in seinen Kopf und ließ die Gesichtshaut pulsieren.

Bollmann öffnete das Bürofenster und gab sich wieder einmal väterlich. »Jetzt atmen wir tief durch und kommen zur Ruhe. Ich habe gehört, daß Sie in den letzten Tagen viel Staub aufgewirbelt haben. Wahrscheinlich stehen Sie unter Streß. Gut, daß das Wochenende und die Feiertage vor der Tür stehen. Was haben Sie nur angestellt? Plötzlich wurden aus netten Kolleginnen kleine Huren, aus Hundeführern Sodomisten und aus bewährten Kräften brutale Schläger. Gibt es bereits eine Spur von Schneider und Dalla?«

Thann versuchte, seinen Haß zu unterdrücken. Da saß ein Mörder im Fell des Polizeipräsidenten und spielte den Harmlosen. Thann schluckte, bevor er antwortete. »Wir überwachen ihre Wohnungen rund um die Uhr. Wir wissen inzwischen, daß sie es waren, die bei Eich einbrachen. Sie wissen, Eich, der Tote auf der Deponie. Und bei mir haben sie gestern abend auch eingebrochen. Sie gaben sich nicht einmal Mühe, ihre Fingerabdrücke zu verwischen. Sie scheinen sich sehr sicher zu fühlen, obwohl wir ihnen wenig Grund dazu geben, wie ich zumindest hoffe.« Thann sah Bollmann herausfordernd an.

»Was haben sie denn bei Ihnen gesucht?« Bollmann erwiderte den Blick.

»Ich weiß es nicht.« Thann wollte nicht der erste sein, der auswich.

»Statt sie zu schnappen, lassen Sie sie also sogar in Ihre Wohnung.«

»Vielleicht hätten Sie mir die Leitung der Ermittlung geben sollen und nicht Bertram Fendrich.« Noch hielt Thann Bollmanns kalten Blitzen stand.

»Ich habe Ihnen schon einmal gesagt, was ich von Alkoholikern halte, die sogar im Dienst nicht von der Flasche lassen können.« Das saß.

Thann wich aus. Er hatte das Duell verloren. Seine Gesichtshaut pochte. Er wünschte sich nur noch, Bollmann würde ihn in Ruhe lassen.

»Kopf hoch, Junior. Ich werde demnächst einen Suchtbeauftragten für das Präsidium einstellen. Vielleicht bekommen wir Sie dann trocken. Am Wochenende spannen Sie erst einmal richtig aus. Und am Montag heißt es: Ärmel aufkrempeln und den Stall ausmisten. Sie werden Fendrich helfen, den Sumpf der unerlaubten Nebenbeschäftigungen trockenzulegen, bevor die verdammte Presse Wind davon bekommt.«

Bollmann klopfte Thann väterlich auf die Schulter.

Den Nachmittag verbrachte Thann erneut damit, Kollegen nach ihren Nebenbeschäftigungen auszufragen. Er war mit wenig Schwung bei der Sache und schaffte es dennoch, sich unbeliebt zu machen. Er bemerkte, daß sich die Pornoaffäre bereits herumgesprochen hatte. Wo er auch hinkam, war die Stimmung meist auf Seiten der Kollegen, die bei Korfmacher vor der Kamera Hure oder Hurenbock gespielt hatten, und gegen Thann, den Schnüffler. Geldknappheit war für viele schlimmer geworden als das, wofür sich Sigrid Kraftschik und Michi Moor hergegeben hatten. Thann mußte sein Verständnis dafür verbergen. Immer wieder war ihm, als redete er mit Wänden. Er vermutete, daß viele Kollegen nach Feierabend ein Doppelleben jenseits des Gesetzes führten. Doch die Entdeckung der Narbe des Hundeführers blieb sein einziger Erfolg an diesem Tag.

Die Dämmerung brach herein, und die frühe Dunkelheit brachte dichten Nebel mit sich. Die Lichter auf den Straßen wurden zu Lichtbällen, rot und gelb und unfaßbar. Selbst der Weg nach Hause, tausend Mal zurückgelegt, erschien Thann an diesem Abend fremd. Er fuhr langsam dahin, im Strom der vielen, die von der Arbeit kamen oder die letzten Stunden vor Ladenschluß zum Einkauf genutzt hatten.

Thann hatte wieder dieses Gefühl von Verletztheit und Unruhe, als er seine Wohnung betrat. Die Versicherung würde die Schäden bezahlen, die Unordnung konnte er am Wochenende beseitigen, doch so heimisch wie zuvor würden ihm diese Räume niemals mehr erscheinen. Er las nochmal die Drohung Schneiders und Dallas an seiner Wand:

THANN, DICH MACHEN WIR ALLE!

Er trug den demolierten Fernsehapparat in den Keller und kam zurück mit einem Rest weißer Wandfarbe. Während er die beschmierte Wand überstrich, beschloß er, Eva zu bitten, ihn für ein paar weitere Tage zu beherbergen. Gedanken an den Mordfall Eich schossen durch seinen Kopf. Die Entdeckung auf der Deponie vor gut einer Woche. Es kam ihm viel länger vor.

Gefoltert, bevor man ihn ermordete.

Thann räumte ein wenig auf und überstrich die Wand ein zweites Mal. Auch danach schimmerten die bösen Worte noch durch. Ein Menetekel des Feindes in der eigenen Wohnung. Die Handschrift der Mörder Eichs. Feine Kollegen.

Ein so bestialischer Fall ist mir noch nie begegnet.

Thann nahm einen großen Schluck. Er hatte keine Idee, wie er Bollmann packen konnte.

Junior, das ist eine Nummer zu groß für Sie.

Er sah nur noch eine Chance. Er verschloß den Farbeimer und fuhr zurück ins Präsidium.

62.

Noch nie hatte Thann mit solch innerer Anspannung an einer Einsatzbesprechung teilgenommen. Es sollte eine Razzia der besonderen Art werden. *Am Freitag steigt 'ne Party. Das Jahr war erfolgreich. Bumm-Bumm kommt auch.*

Thanns Hände zitterten. Er hatte dem Weinbrand zuviel Kaffee nachgegossen.

Sie waren zwanzig Mann. Er, Tommaso, Bönte und Bernhard sowie 16 Uniformierte der Schutzpolizei, die erst jetzt informiert wurden. Es sollte ein Überraschungsschlag werden. Die erste siegreiche Schlacht in diesem Feldzug, der seit einer Woche fast nur Niederlagen gebracht hatte. Hoffentlich.

Nicht einmal den Vorgesetzten Fröhlich hatte Thann eingeweiht, gegen alle Dienstvorschriften. Er verteilte Fotokopien, die er gemacht hatte, und erläuterte das Innere des Hauses. Letzte Einsatzbefehle, dann fuhren sie los. Zwei Zivilfahrzeuge und zwei Mannschaftswagen, ohne Sirene und Blaulicht.

Der Nebel trug den roten Neonschein des *Belle Nuit* bis weit auf den Parkplatz und die Straße. Dazu kam das Aufblinken der Dame mit der Zigarettenspitze wie ein Schuß Sahne in eine trübe Suppe. Sie rollten auf den Parkplatz. Thann führte die Hälfte der Leute zur vorderen Tür, Tommaso lief mit den anderen zum Hintereingang. Der Nebel verschlang sie im Nu. Ihre Schritte verhallten.

Thann hörte Musik nach außen dringen, es war ein getragener Popsong aus der Zeit, als er noch ein Schüler war. *A Whiter Shade of Pale.* Zuviel Orgel und melancholischer Gesang. Thann packte die Klinke und trat ein.

Nur die Bühne war erleuchtet. Blaues und rotes Scheinwerferlicht fiel auf eine Frau. Sie kniete, beugte den Oberkörper weit zurück und warf die Arme in wellenförmigen Bewegungen zur Seite. Sie trug nichts als eine Art Körperbemalung aus roter und blauer Farbe. Sie zuckte mit dem

Becken, griff sich an die blau-roten Brüste und vollführte eine Reihe weiterer Bewegungen, die erotisch wirken sollten. Thann brauchte einige Sekunden, bis er die Augen von der Bühne wegbekam.

Ein einziger Zuschauer saß im Gastraum und starrte zwischen die Schenkel der Tänzerin. Es war der kleine Geschäftsführer. Die Musik war so laut, daß er das Kommen der Beamten nicht wahrgenommen hatte. Thann wies seinen Leuten den Weg nach oben und suchte hinter der Bar nach dem Lautstärkeregler der Musikanlage. Mit einem Griff beendete er die künstlerische Darbietung.

Der Kleine fuhr aus dem Sessel hoch und lächelte, als hätte er Thann erwartet.

»Guten abend, mein Herr. Schön, daß Sie meiner Einladung gefolgt sind. Leider kann ich Ihnen heute nicht viel bieten. Ich sagte ja, am Freitag geschlossene Veranstaltung.«

»Wo sind Ihre Gäste?«

»Heute habe ich keine Gäste, heute habe ich Casting. Vortanzen. Sandrine hat Urlaub. So muß ich mich nach Ersatz umsehen. Barbara macht es ganz gut. Komm, Barbara, sag dem Herrn Kommissar guten Abend.« Barba-raah.

Thann genierte sich vor ihrer Nacktheit, als die farbenfrohe Tänzerin ihm die Hand gab.

»Ein schmerzvoller Geschäftsverlust an diesem Abend, leider«, erklärte der Geschäftsführer. »Aber mit Hilfe von Barbaras Kunst werden wir das am Wochenende und an den Feiertagen spielend wieder aufholen, nicht wahr, Barbara?« Der laufende Meter sah zu ihr hoch. Er reichte ihr gerade bis zu den Brüsten. Barbara lächelte den Polizisten an.

»Ich sehe, ihr unterhaltet euch blendend.« Die Stimme kam von hinten. Es war Tommaso.

»Was ist?«

»Alles leer.«

»Hinter der Bühne? Hinter der Bar? Oben in den Zimmern?«

»Niemand da.«

»Das darf doch nicht wahr sein!« Thann wurde laut und rot. Nervenflattern. Sein Magen rotierte.

»Bitte, beruhige dich.«

»DIESER MANN PANSCHT SEINEN SCHNAPS!« schrie Thann und zeigte auf den Geschäftsführer. »ER BETRÜGT DIE GÄSTE UND DIE STEUER! ER FÖRDERT DIE PROSTITUTION! FESTNEHMEN UND DIE BÜCHER BESCHLAGNAHMEN!«

»Laßt ihn in Ruhe«, befahl Tommaso den verdutzten Uniformierten.

»Hast du vielleicht gesungen? Bist du der Spitzel, den die Bande in der Sitte hat?« Thann packte Tommaso am Kragen. »DU HAST ALLES KAPUTTGEMACHT, DU VERRÄTERSCHWEIN. DU STECKST MIT BOLLMANN UNTER EINER DECKE.«

Tommaso befreite sich aus Thanns Griff. »Entschuldige mal. Ich hab' zu niemandem etwas gesagt. Hier gibt es keine Spitzel. Und was hast du mit Bollmann? Mit dem stekken wir alle unter einer Decke, denn er ist unser Präsident. Beruhige dich. Ich glaube, du leidest unter Paranoia!«

Thann kochte vor Wut. Tommaso hatte alles kaputtgemacht. Tommaso oder Bönte oder Bernhard. Er hätte sie am liebsten alle verprügelt. Und diesen Geschäftsführer dazu.

Der Kleine in Anzug und Fliege stand da, als sei er Publikum einer Komödie, sichtlich seiner Unantastbarkeit bewußt. Nie hatte es im *Belle* eine Razzia gegeben, und auch diesen Besuch konnte man nicht dazuzählen.

63.

Erst in Evas Bett schwand Thanns schlechte Laune allmählich. Sie unterhielten sich lange über ihre Theorien. Alle Möglichkeiten, alle Beteiligten. Eva verstand ihn. Sie hielt zu ihm. Als einzige.

Später schliefen sie miteinander. Die Erinnerung an das Video brachte ihn in Fahrt. Alle Varianten, alle Mitwirkenden. Diese Phantasien behielt er allerdings für sich.

Danach fiel Thann in einen tiefen, traumlosen Schlaf.

Als irgendwann in der Nacht das Telefon klingelte, und Eva ins Nebenzimmer ging, wurde er nur langsam wach. Erst ein Schrei Evas weckte ihn.

»Diese Ratte!«

Eva legte auf, kam jedoch nicht zurück. Thann hörte das Rascheln der Kleidung, die sie im Nebenraum ausgezogen hatten.

»Eva, was gibt es?«

»Mein Adoptivvater ist gestorben!«

Thann sah Eva im Licht der Tür. Sie war angezogen. »In einer halben Stunde bin ich wieder da. Ich muß nur etwas erledigen.«

Dann hörte er die Wohnungstür ins Schloß fallen.

64.

Der Nebel lag noch immer in den Straßen der Stadt. Für einen Moment war Thann verunsichert. Tatsächlich: Sein Auto war nicht mehr da. Eva mußte es genommen haben, vielleicht, damit er ihr nicht folgen könnte. Er lief zur Hauptstraße.

Die Luft war so feucht, daß er allmählich naß wurde. Müdigkeit und Witterung machten es ihm schwer, die Autos zu unterscheiden. Vorsichtshalber winkte er nach jedem Auto, das vorüberfuhr. Er hatte Glück. Nach nicht einmal einer Minute hielt ein Taxi.

»Guten Morgen, Sie kenn' ich doch. Herr Inspektor! Immer noch dem Mörder von dem Gehackten hinterher? Nee, heute ist Nachtleben angesagt, was, Herr Inspektor?«

»Dresdner Straße 70, bitte.«

Das Taxi fuhr los.

»Also doch dienstlich! Dresdner 70, Ecke Danziger. Für mein Gedächtnis bin ich berühmt. Direkt oder Stadtrundfahrt wie der Gehackte kurz vor seinem Ableben?«

»Direkt, bitte. So schnell wie möglich. Mit mir an Bord dürfen Sie die Höchstgeschwindigkeit überschreiten. Dafür zahle ich das Doppelte.«

»Wissense, für Sie fahr' ich gratis. Ist mir doch ein Vergnügen. Wie sagt man, der Polizei ein Freund und Helfer, das soll man immer sein. Nicht wahr, Herr Inspektor?«

»Wenn schon, dann Kriminaloberkommissar.«

»Hat er noch mal zugeschlagen oder habense ihn nu gekriegt, den Irren, der wo die Leute zerhacken tut? In der Zeitung hab' ich gelesen, daß die Polizei nicht soviel tut, wie die Bürger gerne wollen. Aber machense sich nichts da draus. Diese linken Schreiberlinge wollen nur Gesetz und Ordnung durch den Kakao ziehen. Der Dings, der Strauß, hat schon recht gehabt. Alles Ratten und Schmeißfliegen, nicht wahr?«

Diese Ratte. Udo. Evas Adoptivvater war gestorben, und sie schien Udo dafür verantwortlich zu machen. Doch was wollte sie mitten in der Nacht? Thann verfluchte die Reste von Alkohol und Müdigkeit, die sein Hirn benebelten wie die feuchte Luft die Straße vor ihm.

Rote Ampel. Thann trommelte auf den Vordersitz.

»Man sollte gar keine Zeitungen mehr lesen, nicht wahr? Da drüben an dem Kiosk hab' ich übrigens meine Lieblingshalte, denn da wohn' ich. Wenn ich da steh' und Hunger hab', dann hup' ich einfach und meine Alte bringt mir was runter. Haben Sie Hunger? Ich brauch' nur zweimal zu hupen.«

Grün. Weiter.

»Aber ich seh' schon: Sie haben keine Zeit. Tag und Nacht im Dienst. Jetzt kommt gleich die Dresdner. Schaunse, wie ich Gas geben tu. So was von abdüsen. Fehlt nur noch das Blaulicht. Und alles gratis für Sie, Herr Oberkrimikommissar.«

Thann stürmte die Treppe hoch. Durch die Ritzen der Tür und durchs Schlüsselloch fiel Licht. Er hörte lauten Streit. Er legte das Ohr ans Holz der Tür und vernahm deutlich die Stimmen Evas und Udos, ganz nah, als stünden sie im Flur, nur durch die Wohnungstür von Thann getrennt. In diesem Moment erlosch die Beleuchtung des Treppenhauses. Thann tastete nach Lichtschalter und Klingelknopf.

Plötzlich krachte ein Schuß. Holz splitterte direkt neben Thanns Kopf. Er sprang zur Seite. Ein zweiter Schuß. Thann erwischte den Lichtschalter. Noch ein Schuß. Thann drückte den Klingelknopf und ließ ihn nicht mehr los. Ein vierter Knall mischte sich in den Lärm der Klingel. Wieder splitterte Holz. Thann drückte sich gegen die Tür der Nachbarwohnung. Noch drei Schüsse, rasch nacheinander. Dann war es völlig still.

Thann fuhr an seine Hüfte, doch seine Dienstwaffe schien er in Evas Wohnung vergessen zu haben. Er entschloß sich, etwas zu tun, was gegen sämtliche Sicherheitsregeln verstieß, die man ihm je beigebracht hatte.

Er nahm Anlauf und warf sich gegen die Tür zu Korfmachers Wohnung. Das Schloß krachte auf, doch die Tür bewegte sich nur wenig.

Etwas Schweres schien sie zu blockieren. Da sah Thann die Blutlache, die unter der Ritze der Tür nach außen ins Treppenhaus sickerte. Er stemmte sich gegen die Tür und drückte sie auf. Es war ihm egal, daß er dem Schützen nun ein Ziel bot.

Der Schütze war Eva.

Sie stand da, zitternd und weinend, und zielte noch immer auf Udo Korfmacher, den Thann gegen die Wand geschoben hatte. Thann begann, beruhigend auf Eva einzusprechen. Sie weinte und zitterte und wischte sich mit der Hand, die die Waffe hielt, die Tränen aus dem Gesicht. Udo Korfmacher war tot. Mehrere Schüsse hatten ihn getroffen, mindestens einer davon mitten ins Gesicht, das nur auf den zweiten Blick an den Fotografen erinnerte. Thanns Zeuge war tot. Die Seife wieder entglitten, diesmal für immer. Was auch immer Korfmacher über Bollmann, Schneider und Dalla und vielleicht auch über Lemke gewußt hatte, er nahm es mit in die andere Welt, in die ihn Eva befördert hatte. Ins Nichts.

Evas Beine knickten weg. Sie ließ sich an der Wand zu Boden gleiten.

»Hilf mir. Bring ihn weg.«

»Das geht nicht, Eva. Die Nachbarn haben die Schüsse gehört. Gleich werden meine Kollegen da sein. Paß auf, Eva. Du wolltest mit ihm reden, denn er wollte dich wieder erpressen. Du hattest Angst vor ihm, denn er war gewalttätig. Deshalb hast du die Waffe von mir geklaut. Nicht aus Vorsatz, ihn umzubringen, sondern zum Schutz, weil du weißt, daß er manchmal jähzornig ist. Und tatsächlich ging er plötzlich auf dich los, als du ihn zur Rede stellen wolltest. Es war reine Notwehr. Du wolltest ihn nicht töten, nur stoppen, verstehst du?«

Thann lief ins Büro und holte Korfmachers silbernen Brieföffner. Er nahm die rechte Hand der Leiche und drückte ihr das lange, spitze Ding zwischen die Finger. Dann verständigte er Evas Anwalt. Sie hatte aufgehört zu weinen und beobachtete wortlos jeden seiner Schritte. Von der Straße drang das schrille Geheul der Polizeisirenen nach oben.

Eva hielt noch immer die siebenschüssige Sig-Sauer P6 fest umklammert – Thanns Dienstpistole. Wer sich die Waffe stehlen ließ, hatte für gewöhnlich das Ende der Karriere erreicht. Auch für sich selbst mußte Thann eine gute Geschichte erfinden, um im nun fälligen Disziplinarverfahren mit einem Verweis davonzukommen.

65.

Es war kaum Verkehr zu dieser frühen Morgenstunde. Der Nebel schien noch dichter geworden zu sein. Thann gebrauchte die Scheibenwischer. Er war froh, daß es nicht

Fendrich oder Bollmann gewesen waren, die ihn und Eva vernommen hatten. Eva hatten sie für ein weiteres Verhör dabehalten. Anwalt Meier, ihr Chef, war bei ihr. Thann glaubte sie in guten Händen. Wenn Eva bei der Version blieb, die er ihr eingetrichtert hatte, konnte nichts passieren. Im Lauf des Vormittags würde er sie abholen können.

Nach all der Aufregung dieser Nacht fühlte Thann die Müdigkeit zurückkehren. Er freute sich auf das Bett in Evas Wohnung. Sein alter Golf rumpelte in den Stoßdämpfern, als er zu schnell über eine Baustelle fuhr. Plötzlich blendeten ihn die Lichter des nachfolgenden Autos im Rückspiegel. Auch dieses war ins Schaukeln geraten. Die Lichter gingen auf und ab.

An der nächsten roten Ampel versuchte Thann, seinen Hintermann zu identifizieren. Es war ein großer weißer Wagen älterer Bauart. Die zwei Insassen hatten etwa die gleiche Statur. Mehr war bei der Dunkelheit und dem Nebel nicht zu erkennen. Es war ein anderer Wagen als der, mit dem Schneider und Dalla am Vortag das *Belle* verlassen hatten. Dennoch war Thann beunruhigt. Er bedauerte, daß er nicht auf eine Ersatzwaffe bestanden hatte. Seine Pistole hatte man zur Spurensicherung ins Labor gebracht.

Er erreichte das Viertel, in dem Eva wohnte, und bog ab. Der große alte Wagen war weg. Thann änderte noch ein paar Mal seine Richtung. Er blieb allein auf der Straße. Keine Verfolger. Er atmete auf.

Eva hatte ihm einen Zweitschlüssel gegeben. In ihrer Wohnung fühlte sich Thann inzwischen heimischer als in seiner eigenen. Es war wohlig warm. Er löschte das Licht und sah noch einmal durchs Fenster. Links und rechts der Straße parkten die Autos dicht an dicht. Kein Mensch war zu sehen. Weit reichte der Blick nicht. Der Nebel hatte sich in der Stadt festgesetzt.

Thann konnte trotz seiner Müdigkeit nicht einschlafen. Er traute sich nicht, noch mehr Alkohol zu trinken. Er wollte einen klaren Atem haben, wenn er Eva vom Präsidium abholte. Er lag wach und ließ die ereignisreichen letzten Stunden Revue passieren. Die Rücknahme der Anzeige durch Kurz. Die gescheiterte Razzia im *Belle Nuit*. Kurz tot. Korfmacher tot. Eva festgenommen. Bollmann wieder da und so fest im Sattel wie je. Minister Lemke möglicherweise selbst ein Teil der Mörderbande. *Junior, das ist eine Nummer zu groß für Sie.*

Mit dem Einbruch in seine Wohnung hatte der vergangene Tag begonnen.

THANN, DICH MACHEN WIR ALLE!

Plötzlich hörte er ein Kratzen im Schloß der Wohnungstür. Sofort war Thann hellwach. Er stand auf, drapierte das Bettzeug, als liege jemand auf der Matratze. Schnell und leise drehte er in Flur und Wohnzimmer die Birnen aus der Fassung. Er wollte im Dunkeln kämpfen.

Noch immer hatten sie das Schloß nicht aufbekommen. Thann wählte Tommasos Nummer. Die einzige Privatnummer eines Kollegen, die er auswendig wußte.

Vielleicht war Tommaso nicht zu Hause. Vielleicht ging seine Frau ran und legte wieder auf. Vielleicht war er sauer auf Thann wegen ihres Streits im *Belle*. Vielleicht gehörte er auch zu Bollmanns Bande. Oder er war auf Draht.

Thann legte den Hörer neben den Apparat. Er hörte das Schloß aufspringen. Jetzt ging alles sehr schnell.

Thann stand neben der Tür und war mit einer schweren Holzfigur bewaffnet. Er hörte vorsichtige Schritte im Flur, dann das Atmen eines großen, schweren Mannes dicht neben seinem Kopf. Im schwachen, diffusen Licht der Straßenlampen, das von unten durchs Fenster drang, zeichnete sich eine Gestalt ab, die sich ins Zimmer schob. Sie hob den Arm und feuerte drei Schüsse aus einer schallgedämpften Pistole auf das Bettzeug ab. Tausende von Federn flogen durch das Zimmer.

Ein Krächzen drang aus dem Telefonhörer. Der Eindringling schoß in Richtung Telefon und fluchte. Es war Schneider.

»SCHNEIDER IST BEI EVA KURZ!« schrie Thann.

Bevor die dunkle Gestalt auf ihn feuern konnte, sprang er nach vorne und hieb dem Eindringling die Figur über den Kopf.

Doch Schneider war hart im Nehmen. Er taumelte und schoß in Thanns Richtung. Thann spürte einen Schlag gegen die Holzfigur. Er holte ein zweites Mal aus, traf aber nur Schneiders Arm. Die Pistole flog durch den Raum, die Figur hinterher. Schneider stolperte über einen kleinen Tisch, dann bekam er den Lichtschalter zu fassen. Es blieb finster. Schneider fluchte erneut. Als Thann sich nach der Holzfigur bückte, warf sich der massige Gegner auf ihn. Thanns Kopf schlug gegen ein Regal. Für einen Moment verschwamm seine Wahrnehmung. Schneider versuchte, seine Kehle zu packen.

Es war ein Ringen um Leben und Tod. Thann spürte Schneiders schweren Atem in seinem Gesicht. Auch Thann versuchte, ihn bei der Gurgel zu erwischen, doch Schneider war schneller und kräftiger. Thann spürte die Daumen des Gegners auf seinem Kehlkopf. Mit seiner Stirn schlug er gegen Schneiders Nase. Ein Grunzen kam als Antwort. Warmes Blut tropfte auf Thanns Gesicht herab. Sein Hals war für einen Moment frei. Er versuchte, den schweren Eindringling mit dem Knie zwischen den Beinen zu treffen, doch es mißlang.

Sie versuchten beide, sich gegenseitig mit schweren Schlägen außer Gefecht zu setzen, doch der Bewegungsspielraum war zu gering. Keiner von beiden schaffte es, hochzukommen. Keiner konnte sehen, wohin er traf.

Mit seiner rohen Kraft gewann Schneider mehr und mehr die Oberhand. Schließlich war er wieder soweit und griff Thanns Kehle an. Diesmal paßte Schneider auf. Sein Gewicht preßte Thann gegen den Boden und machte ihn wehrlos.

Thann sah, wie sich die fleischigen Hände des Gegners vor seinen Augen abzeichneten. Er hielt Schneiders Handgelenke umfaßt und bot alle Kraft auf, den tödlichen Griff abzuwehren. Sie zitterten und keuchten vor Anstrengung. Zwei erbitterte Kämpfer, zum Äußersten entschlossen. Schneiders dicke Daumen zielten auf den empfindlichen Kehlkopf. Thann spürte, wie seine Kräfte allmählich nachließen. Er bäumte sich noch einmal auf und versuchte wieder, seine Beine frei zu bekommen.

Plötzlich bekam er unerwarteten Spielraum und rollte zur Seite. Seine ganze Kraft legte er in einen Fausthieb gegen Schneiders Kopf, doch dieser ging ins Leere. Schneider war aufgestanden und polternd hinausgelaufen.

Dann hörte Thann das aufgeregte Hupen von draußen. Aus der Ferne kam eine Polizeisirene näher. Schneider polterte das Treppenhaus hinunter. Thann sprang auf, um hinterher zu laufen. Doch nun stolperte er über den kleinen Tisch, schlug ein zweites Mal gegen das Regal und verlor die Besinnung.

»Verdammt, wieso geht das Licht nicht an?« Diese Worte des Streifenbeamten waren das erste, was Thann wahrnahm.

Seine Retter waren zu zweit. Statt Schneider zu verfolgen, waren sie nach oben gekommen, um nach dem Rechten zu sehen. Thann konnte es ihnen nicht verübeln. Ohne die beiden wäre er jetzt tot.

Sein Kopf pochte und dröhnte und seine Knie waren weich wie Grütze. Ein Kollege stützte ihn, der andere schraubte die Birnen fest. Regal und Tisch waren umgestürzt, überall lagen kleine, weiße Federn. An der Figur klebte etwas Blut, im Holz steckte eine Kugel.

Thann versprach dem Buddha, künftig an ihn zu glauben. Zumindest im nächsten Leben, wenn er ihm eine Wiedergeburt nach einem erfolgreicheren Angriff Schneiders bescheren würde.

66.

Samstag. Der Nebel war verschwunden. Eine schwere, schwarze Wolkendecke lag über der Stadt. Die tiefstehende Sonne brach ihre Strahlen durch eine Lücke über dem Horizont. Das grelle Licht blendete Thann.

Sein Kopf schmerzte wie von einem schweren Kater. An seinem Schädel fühlte Thann mehrere Beulen, zum Teil blutverkrustet. Er wußte, daß er nicht gut aussah, und freute sich dennoch auf Eva, als er mit seinem Auto die Festung ansteuerte.

Im Radio brachten sie nichts über den Tod des Ex-Polizeipräsidenten und nichts über die Schießerei bei Korfmacher. Stattdessen kündigten sie Regen an. Wenn es so weitergeht, können sie den Wetterbericht auf Band sprechen und täglich wiederholen, dachte Thann.

An einem Zeitungsstand hielt er und kaufte den *BLITZ*.

Die Überschrift war in fettem Schwarz und rot unterstrichen. Durch Thanns Nervenbahnen krochen Ameisen.

DIE PORNO-POLIZISTEN!
KÖNNEN UNS DIESE BEAMTEN VOR DEM VERBRECHEN SCHÜTZEN?

Das Foto auf der ersten Seite zeigte die Kraftschik mit einem Kollegen in eindeutiger Pose. Eine Momentaufnahme aus einem der zahlreichen von Udo Korfmacher produzierten Videos. Obwohl Geschlechtsteile und Augen mit schwarzen Balken abgedeckt waren, empfand Thann die Bilder als obszön. Der Text war angetan, das Verhältnis zwischen Polizei und Presse auf Jahre zu vergiften.

Zwei Polizeibeamte beim delikaten Nebenjob. Pornodreh nach Dienstschluß. Bumsfidel, während das Verbrechen in der Stadt überhandnimmt! Voller Einsatz vor der Kamera statt gegen Ganoven! Und immer mehr Polizisten arbeiten in ihrer Freizeit im Grenzbereich zwischen Legalität und

Mafia! Polizeipräsident 'Bumm-Bumm' Bollmann über seine 'Bums-Bums' Beamten: Untersuchungskommission überprüft. Alles nur Einzelfälle. BLITZ enthüllt: So tief ist der Sumpf der Porno-Polizei wirklich!

Und weiter:

MEIN GEHEIMES DOPPELLEBEN ALS PORNO-QUEEN!
Immer mehr tun es, keiner spricht darüber. Zum ersten Mal offenbart sich eine Polizeibeamtin schonungslos. Wie sie von Kollegen zum Sex vor der Kamera gezwungen wurde, welche perversen Praktiken sie mitmachen mußte. Jetzt mußte sie untertauchen, aus Angst vor der Rache der Porno-Polizei! Schockierende Einzelheiten auf Seite 4!

67.

Eva schlief bis weit in den Nachmittag. Thann hielt Wache. Er hatte in Evas Küche mehrere große Messer entdeckt und sie an strategisch wichtigen Orten versteckt. Und er hatte mit Tommaso telefoniert und sich bedankt. Er wußte nun, daß er auf den Kollegen zählen konnte, und bedauerte sein Verhalten im *Belle*. Tommaso schien keinen weiteren Groll gegen ihn zu hegen.

Als nächstes rief Thann Marlies Kurz an und sprach sein Beileid aus. Sie erzählte ihm, was sie in der Nacht bereits zu Eva gesagt hatte. Korfmacher war bei Kurz gewesen. Die beiden waren in Streit geraten. Sie hatte den Eindruck, es sei um Geld gegangen. Ihr Mann verbat sich ihre Einmischung, doch als Korfmacher gegangen war, begannen seine Schmerzen.

Es war sein vierter und letzter Herzinfarkt.

Eva schlief unruhig. Kein Wunder. Auch wenn sie seinen wichtigsten Zeugen für immer stumm gemacht hatte, verstand Thann die Tat nur zu gut. Udo, die Ratte – er ruhe in Frieden.

Hauptkommissar Fendrich hatte Eva gegen Morgen noch einmal verhört. Als Eva dies bei der Rückfahrt vom Präsidium erzählte, waren wieder die Ameisen durch Thanns Nerven gekrochen. Doch Fendrich schien sich fair verhalten zu haben. Meier hatte aufgepaßt, und Eva hatte sich kein einziges Mal verplappert.

Es war Notwehr gewesen, kein Zweifel.

Thann kannte eine Konditorei unweit Evas Wohnung an der Hauptstraße. Er wagte es, die Wohnung zu verlassen. Jetzt, kurz vor Einbruch der Dunkelheit, schienen die Wolken noch schwärzer und bis zum Bersten gefüllt. Ein steifer, kalter Wind blies Thann ins Gesicht. Im Café war es warm. Vor der Tortentheke drängelte sich ein Trupp älterer Damen.

Als Thann zurückkam, murmelte Eva etwas im Schlaf. Unter ihren Lidern gingen die Augen hin und her, eine senkrechte Falte stand auf der Stirn. Ein schlechter Traum. Sanft berührte Thann Evas Wange.

Die Kaffeemaschine brodelte, und Eva erwachte. Thann hatte den Tisch gedeckt. Sie fielen sich um den Hals, während der Himmel alle Schleusen öffnete und einen wahren Wolkenbruch auf die Stadt niederschüttete.

68.

Regen und Wind verursachten in ihrer seltenen Heftigkeit ungewohnte Geräusche. Immer wieder erschraken Thann und Eva. Er suchte unter ihren CDs nach einer Platte, die er kannte, und fand Jazz. Parker und Gillespie. Die Anspannung blieb.

Plötzlich hörten sie ein Klirren in der Küche. Thanns Herzklopfen war wieder da. Er griff nach einem der großen Messer und gab Eva ein Zeichen zurückzubleiben.

Die Küchentür lag angelehnt. Dahinter war es finster. Thann schlich langsam näher, das Messer nach vorn gestreckt. Da war es wieder, ein leises Scheppern, als habe jemand etwas umgestoßen. Thann trat die Tür auf und machte zugleich das Licht an. Er stieß das Messer in den Raum.

Die Gardine wehte ihm entgegen. Der Wind hatte das Fenster aufgedrückt und zwei Blumentöpfe umgeworfen. Thann verschloß sorgfältig das Fenster und hob die Scherben auf. In diesem Moment klingelte das Telefon. Er hörte Eva, die den Hörer abnahm.

»Ja? Wer ist da? ... Hallo?« Sie legte auf. Es klingelte wieder.

»Laß mich mal.«

Thann hob ab. »Hallo?«

Durch das Rauschen der Leitung drang nur der Regen, der auf ein Blechdach trommelte. Dann fuhr ein Auto vorüber. Thann erinnerte sich, daß unweit des Hauses eine Telefonzelle stand.

»Schneider? Dalla?«

Ein Grunzen, dann: »Thann, du trübe Tasse, das nächste Mal kriegen wir dich!« Ein kurzes, trockenes Lachen folgte.

Es war Schneider. Thann hörte, wie er einhängte. *Thann, dich machen wir alle.*

Eva schlug vor, die Nacht bei Marlies Kurz zu verbringen. Ihre Adoptiveltern hatten ihr Haus mit allerlei Alarmanlagen ausgerüstet. Dort würden sie sich sicher fühlen, hoffte sie. Mit Messern bewaffnet, stiegen sie in Thanns Auto. Unbehelligt fuhren sie durch den schweren Regen.

Frau Kurz freute sich über die Gesellschaft. Sie schilderte die letzten Stunden ihres Mannes. Eva erzählte, wie sie Korfmacher getötet hatte. Die Notwehr-Version. Thann berichtete von Bollmann, Schneider und Dalla. Sie tranken etwas Wein. Bald spürte Thann, wie ihm die Augen zufielen. Marlies Kurz gab ihm einen Revolver ihres Mannes, als sie schlafen gingen. Thann und Eva bekamen das Gästezimmer, das früher einmal Evas Zimmer gewesen war.

Endlich fiel die Angst von ihnen ab. Die Anspannung verflog, für kurze Zeit vergaßen sie die tödliche Bedrohung. Sie schliefen miteinander in dieser besinnungslosen Freude darüber, daß sie jemanden in den Armen hielten, der sie begehrte. Und so, wie sie lagen, als sie fertig waren, schliefen sie ein.

Thann lief durch ein Labyrinth aus Spiegeln. Immer wieder grinste ihm das Bild Bollmanns entgegen. Er rannte und rannte, um es abzuschütteln. Plötzlich merkte er, daß er auf einem Laufband lief und in Wirklichkeit nicht vorwärtskam. Er wollte abspringen, doch unter ihm lauerten Dalla und Schneider. So sprang er über eine der Spiegelwände hinweg und landete mitten in den Dreharbeiten für einen Pornofilm. Sie zogen ihn aus, und er sollte mitmachen. Eva war auch dabei. Plötzlich ging die Tür auf. Razzia. Die Kollegen nahmen ihn fest und sperrten ihn ein. Keiner glaubte ihm, daß er unschuldig war. Er floh und geriet dabei wieder in das Spiegelkabinett, in dem Schneider und Dalla mit Messern auf ihn warteten. Er rief nach Tommaso.

Eva rüttelte ihn wach.

69.

Am nächsten Morgen verabschiedeten sie sich von Marlies Kurz. Ihr Bruder hatte Frau Kurz eingeladen. Eva und Thann hatten sie überredet, nicht ihretwegen abzusagen. Stattdessen hatte Thann vorgeschlagen, den Sonntag bei seiner Mutter zu verbringen. Er hatte Kollegen gegenüber niemals seine Familie erwähnt und hoffte, Schneider und Dalla würden nichts von seiner Mutter wissen.

Als sie losfuhren, sah Thann im Rückspiegel ein großes, weißes Auto älterer Bauart aus der Reihe der parkenden ausscheren. Es blieb hinter ihnen, und Thann begann daran zu zweifeln, daß seine Idee gut war.

Als er auf die Autobahn fuhr, sah Eva ihn erstaunt an. »Warum fährst du Richtung Norden? Ich denke, deine Mutter wohnt in ...«

»Es braucht nicht jeder zu wissen, wo sie wohnt.« Thann deutete mit dem Daumen nach hinten. Der weiße Straßenkreuzer war noch immer da. Thann konnte sich denken, wer darin saß. Die Angst kroch in ihm hoch. Sie passierten den Flughafen und kamen aufs Autobahnkreuz. Thann wählte die Route nach Osten. Hier war nur wenig Verkehr. Der große Weiße blieb ihnen weiterhin auf den Fersen.

Als die Verfolger näherkamen, trat Thann aufs Gaspedal. Doch der andere Wagen war schneller. Er schob sich immer näher. Thann wechselte unmittelbar vor dem Straßenkreuzer nach links, überholte einen Kleinwagen und setzte sich vor diesen. Die Verfolger mußten abbremsen, doch rasch war der weiße Wagen wieder gleichauf.

Dalla saß am Steuer, Schneider daneben, gerade einen Meter von Thann entfernt. Sein Fenster war offen. Der Fahrtwind formte Schneiders Haar zu einer grotesken Frisur. Grinsend hob er eine Pistole und zielte auf Thanns Kopf.

Thann riß das Lenkrad nach rechts, geriet auf den Standstreifen und trat auf die Bremse. Der Schuß ging ins Leere. Quietschend und schlingernd kam Thanns Golf zum Stehen. Der Kleinwagen raste vorbei. Schneider und Dalla waren bereits um die nächste Biegung verschwunden.

Thann und Eva holten tief Luft. Thanns Finger krampften sich ums Steuer, damit Eva sein Zittern nicht bemerkte. Sie sah sich um. »Hinter uns ist frei«, flüsterte Eva.

Thann fuhr los und beschleunigte. Die Tachonadel ruckte immer weiter nach rechts. Ein Schild kündigte eine Ausfahrt an. Ein Kilometer. Thanns Puls klopfte in der Brust und im Kopf. Bleifuß. Höchstgeschwindigkeit.

Unmittelbar vor der Ausfahrt wartete der weiße Wagen. Sie passierten ihn und hofften, der Vorsprung würde reichen. Vier Kilometer bis zur nächsten Ausfahrt. Als sie den Kleinwagen ein zweites Mal überholten, zeigte ihnen der Fahrer einen Vogel. Thann lachte. Der weiße Verfolger wurde im Spiegel immer größer, doch der Abstand genügte. Sie verließen die Autobahn und rasten in den nächsten Ort.

Es war ein Gewirr kleiner Gassen. Immer wieder bogen sie ab. Dann steuerte Thann auf einen Parkplatz und zwängte den Golf in den Durchgang zwischen einer Kirche und dem Nachbarhaus. Hier warteten sie eine halbe Stunde, bis spielende Kinder sie belehrten, daß an dieser Stelle das Parken verboten sei.

Auf Landstraßen fuhren sie jetzt Richtung Süden. Jedes weiße Auto ließ Thann in Schweiß ausbrechen. Immer wieder glaubte er, Schneiders windzerzauste Fratze zu sehen. Als sie schließlich bei seiner Mutter ankamen, waren beide erschöpft wie von einem Marathonlauf.

70.

Der Empfang war eiskalt.

Thanns Mutter schien sich nicht zu freuen. Gern hätte Thann ihr Blumen oder Pralinen mitgebracht, doch daran konnte es nicht liegen. Als er ihr Eva vorstellte, ignorierte Gudrun Thann sie einfach. Auch beim Kaffeetrinken blieb sie einsilbig und merkwürdig verschlossen. Thann konnte sich ihr Verhalten nicht erklären.

Eva war erleichtert, als Thann vorschlug, zu zweit einen Spaziergang durch die Wälder oberhalb des Dorfes zu unternehmen. Der Weg war matschig, und der Regen prasselte auf ihren Schirm. Dennoch erschien es ihnen gemütlicher als in Mutters guter Stube.

»Glaubst du, sie ist eifersüchtig auf mich?« fragte Eva.

»Vielleicht. So habe ich sie noch nie erlebt.«

Rasch brach die Dämmerung herein und zwang die beiden zur Rückkehr.

Am Abend erfuhr Karl Thann die Wahrheit.

Sie wollten frühzeitig schlafen gehen, und Gudrun Thann brachte Bettzeug. »Eva, Sie schlafen oben im Gästezimmer. Karl, dein Bett mache ich hier auf dem Sofa.«

»Nicht nötig, Mutti, das Bett im Gästezimmer ist breit genug.«

»Nein, das kommt gar nicht in Frage!« Gudrun Thann sah ihn streng und bestimmt an. »Ihr könnt nicht zusammen schlafen!«

»Wenn du willst, verloben wir uns noch heute abend, Mutti, damit du zufrieden bist.«

»War das jetzt ein Antrag, Karl?« fragte Eva. Ihre braunen Augen leuchteten, und ihre vollen Lippen lächelten fast unbeschwert glücklich. Thann schien es, als habe er Eva noch nie so schön gesehen.

»Ihr könnt nicht miteinander schlafen. Das ist Inzest. Ihr beide seid Geschwister.«

71.

Karl Thann erstarrte. *Inzest. Ihr seid Geschwister.* Worte, die wie Beilhiebe trafen.

Gudrun Thann begann leise zu schluchzen. Thann versuchte, sie zu trösten, obwohl er selbst nichts verstand.

Dann begann Gudrun Thann zu erzählen.

Hans-Werner Kurz und die Thanns waren gute Freunde gewesen. Als Kurz sich von Anna trennte, zog er zunächst als Untermieter bei ihnen ein. Da ihr Mann oft auswärts zu tun hatte, lud Gudrun abends gern Kurz ein, um nicht allein vor dem Fernsehapparat zu sitzen. Und er nutzte die Gelegenheit, um sein Herz auszuschütten. Sie trösteten sich gegenseitig. Dabei erfuhr Kurz, wie sehr sich Gudrun Thann Kinder wünschte. Doch nach drei Fehlgeburten hatte sie die Hoffnung aufgegeben.

Nach einem Jahr hatte Kurz den letzten Versuch aufgegeben, sich mit Anna zu versöhnen. Er nahm eine eigene Wohnung und lernte seine zweite Frau kennen. Bei den Thanns ließ er sich nur noch selten blicken. Dann starb Anna. Kurz bat das kinderlose Paar, den Jüngsten aufzunehmen. Mit Freude sagten die beiden zu. Es war Karl.

»Du warst damals gerade elf Monate alt. Ein süßes Kerlchen. Wir waren so glücklich. Wir hatten einen Sohn.«

Gudrun Thann weinte. Gleichzeitig lächelte sie in Erinnerung an ihr damaliges Glück. Thann schoß ein Satz von Marlies Kurz durch den Kopf: *Den Kleinen gaben wir zu Freunden meines Mannes.*

Ab und zu hörten sie noch voneinander. So wußte Gudrun Thann, daß Kurz Karriere bei der Polizei gemacht hatte und daß Eva inzwischen über ihre Herkunft aufgeklärt worden war. Gudrun jedoch wagte es nicht, Karl aufzuklären. Sie fürchtete, ihn von sich zu entfremden.

Als ihr Mann starb, beschloß sie, Karl niemals die Wahrheit zu sagen. Sie hatte Angst, er würde sich abwenden und sie den letzten Rest von Familie verlieren.

»Dann kam der Anruf von Hans-Werner. Vorgestern war das. Ihr wart bei ihm gewesen, und er glaubte, daß ihr ... Als ich euch heute sah, war mir alles klar. Es mußte raus. Die Wahrheit. Ihr seid Geschwister. Und ich bin nicht deine leibliche Mutter. Ich habe dich all die Jahre belogen. Karl, verzeih mir.« Sie sank in sich zusammen, von Weinkrämpfen geschüttelt.

Thann fühlte sich wie in einer Achterbahn, die durch eine Welt der Erinnerungen raste. Karl Korfmacher – Karl Thann. Anna, seine wirkliche Mutter, die ihn nach Karl Marx benannt hatte. *Wenn Sie den mal treffen, sagen Sie ihm einen Gruß von Friedrich Engels.* Er selbst war das kleine

Baby auf einem der Fotos in Udos Album. Es war auch *sein* Familienalbum. Und Bollmann hatte auch *seine* Mutter ermordet.

Nicht der verstorbene Thann war sein wirklicher Vater, sondern wahrscheinlich der biertrinkende Einfaltspinsel Heinz Pfaff oder der aufgeblasene Künstler Leo Frentzel. Udo war sein Bruder gewesen. *Die Ratte.* Thann überlegte, ob er die gleichen Charaktereigenschaften geerbt hatte wie dieser Erpresser und Pornograf. Jetzt verstand er, was Eva bewegt hatte, als sie begann, die Geschichte ihrer Mutter zu erforschen.

Thann zitterte und fror. Bevor sie schlafen gingen, versprach er Gudrun Thann, sie nie im Stich zu lassen. Sie sollte weiterhin die Mutter für ihn sein. Er wünschte Eva gute Nacht, ohne Kuß, ohne Zärtlichkeit. Er hatte eine Schwester gewonnen und eine Geliebte verloren. Er wußte nicht, wie er damit fertig werden sollte. Was er an diesem Abend erfahren hatte, drohte ihn weit mehr aus der Bahn zu werfen als alles, was er in den letzten eineinhalb Wochen erlebt hatte. *Eine Nummer zu groß.*

Thann war müde, doch er konnte auf diesem Sofa nicht einschlafen. Karl Korfmacher, Annas Sohn. Evas Bruder. *Ihr könnt nicht miteinander schlafen. Das ist Inzest. Ihr seid Geschwister.* Er spürte plötzlich eine Geilheit in sich, die er nie mehr würde befriedigen können.

Er stand auf und suchte nach Alkohol, um sich zu betäuben.

Er fand Weinbrand, Gin und Wodka, Liköre und Fruchtsäfte. Er stellte die Flaschen auf den Wohnzimmertisch und begann Cocktails herzustellen, immer neue Mischungen, die er auf einen Zug wegtrank. Er fand heraus, daß sie umso besser schmeckten, je hochprozentiger sie waren. Er prostete den Gespenstern der letzten Tage zu, bis er in einen bleiernen Schlaf fiel.

72.

Er erwachte von einem großen Druck auf seine Blase. Es war völlig dunkel. Kein Lichtschalter in Reichweite. Thann stand auf und torkelte gegen einen Schrank. Nur allmählich kam seine Erinnerung zurück. Das Wohnzimmer seiner Mutter. Er suchte die Tür. Ein Möbelstück schlug gegen sein Schienbein. Der Druck in seiner Blase wurde unerträglich.

Gerade rechtzeitig fand er zur Toilette. In seinem Kopf dröhnte der Pulsschlag wie eine tonnenschwere Bronzeglocke. Der Geschmack in seinem Mund war scheußlich. Alkohol. Zu viele Cocktails. *Inzest. Ihr seid Geschwister.* Der Traum war vorbei. Es war zu schön gewesen, um wahr zu sein. In Wahrheit gab es keine Liebe. Nur das sinnlose Suchen nach ihr. Es war besser, diese Suche aufzugeben. Ein für allemal.

Über das Waschbecken gebeugt trank er kaltes Wasser. Es war zu kalt. Sein Magen rebellierte. Thann unterdrückte den Brechreiz. Der allmorgendliche Kater. Diesmal noch etwas schlimmer als sonst.

Er räumte die Flaschen auf und packte seine Sachen. Er hatte noch immer Schwierigkeiten, das Gleichgewicht zu halten. Sein Bronzekopf hörte nicht auf zu dröhnen. Er nahm zwei Schmerztabletten mit etwas Wasser.

Jetzt begann auch noch das Magenstechen.

Die Uhr am Armaturenbrett zeigte kurz vor sieben, als Thann das Dorf verließ. Eva und seine Mutter schliefen noch. Schwester und Adoptivmutter. Sein Kopf war voller Gedanken an die Ereignisse der letzten Tage und Stunden. *Bewahren Sie kühlen Verstand.* Ein Gewirr von Erinnerungsfetzen und Schlußfolgerungen, die sich ständig verflüchtigten, bevor er sie fassen konnte. Gleich darauf tauchten sie in neuer Kombination wieder auf. *Dem fließt der Ehrgeiz aus den Ohren.* Sein Gehirn war wie gelähmt. *Aber drauf hat er nichts.*

Jede Menge Restalkohol. Er konnte sich nicht konzentrieren. Nicht auf das, was war, und nicht auf das, was vor ihm lag.

Er fuhr langsam. Als er endlich die Stadt erreichte, war es Tag geworden, und sein Kopf war etwas klarer. Die Schmerzen waren geblieben. Der einsame Kämpfer meldete sich zurück. Allein gegen Polizei, Verbrechen und Politik. Sinnlos und stur.

Seit Tagen hatte Thann den Briefkasten nicht mehr geleert. Werbeprospekte flogen ihm entgegen, die er gleich in den Papierkorb steckte, der neben den Briefkästen stand. Corinna hatte eine Karte geschrieben. Weihnachtsgrüße an ihren *Kater Carlo*. Sie schien sich von Holger getrennt zu haben. Von ihrer Schwangerschaft kein Wort.

Seine Wohnung versetzte Thann in einen erneuten Schock. Es war kalt. Von seinen bisherigen Aufräumarbeiten war wenig zu erkennen. Die Drohung seiner Feinde stand noch immer sichtbar an der Wand, der weiße Farbschleier hatte sie kaum weniger furchtbar gemacht. Er schob eine Kommode gegen die Tür, legte sich ins Bett und schlief rasch ein. Die Pistole, die er von Marlies Kurz bekommen hatte, lag neben dem Kopfkissen.

Das Telefon schrillte. Thanns Kopfschmerzen waren sofort wieder da. Er zitterte am ganzen Körper. Tommaso meldete sich.

»Sag mal, Karl, hast du Weihnachtsurlaub oder Dienst heute?«

Montag. Heiligabend.

»Scheiße, wie spät ist es?«

»Mittag, zwölf vorbei. Wenn ich mit dir rechnen darf, dann schieb bitte deinen Arsch ins Präsidium. Ich brauche jeden Mann. Vielleicht schnappen wir Schneider und Dalla!«

»Wie geht es Miller?«

»Besser. Man kann mit ihm schon sprechen.«

73.

Tommaso zeigte ihm den *BLITZ am Sonntag,* die Zeitung von gestern. Seite vier. Thann erkannte Schneider und Dalla.

»Ich hab's an die Zeitung gegeben. Ich weiß, es wirft kein gutes Licht auf uns. Aber wir müssen die Schweine kriegen.«

Thann las den Artikel, den sie zu den Fotos geschrieben hatten. Er war wirklich nicht schmeichelhaft für die Polizei.

DIE SCHLÄGER DER PORNO-POLIZEI
AMOK-KOMMISSARE UNTERWEGS!
Bodo Schneider, 37, und Ulf Dalla, 36, Kriminaloberkommissare. Seit Donnerstag laufen sie Amok, haben einen Kollegen lebensgefährlich verletzt, auf einen zweiten einen Mordanschlag verübt. Die Polizei ist ratlos, bittet dringend um Hinweise. Die Schläger der Porno-Polizei sind auf der Flucht. Als ihre Kontakte zur Unterwelt aufflogen, drehten sie durch. Wo halten sie sich auf? Vorsicht! Sie sind bewaffnet und schrecken vor keiner Gewalttat zurück.

»Seit gestern klingelt hier das Telefon, und ich bin völlig allein. Reaktionen auf den Artikel. Gut, daß du reingekommen bist. Mein Gott, bist du krank?«

»Sag Karl zu mir.«

»Du siehst nicht gut aus.«

»Danke.«

»Magst du einen Kaffee? Hast du gefrühstückt?«

»Nein danke, Enrico. Was gibt's Neues von den beiden?«

»Ein Pizzafahrer will Schneider erkannt haben. Ein Tankwart will Dalla erkannt haben. Und ein Spaziergänger will beide gesehen haben.«

»Wann?«

»Alle Angaben beziehen sich aufs Wochenende.«

»Wer arbeitet noch dran?«

»Es ist Heiligabend, Karl. Ich bin froh, daß die Schutzpolizei wenigstens die wichtigsten Punkte überwacht: ihre Wohnungen, die von Dallas Freundin und den Nachtclub.«

»Also tatsächlich nur wir beide.«

»Einer von uns befragt die Zeugen, der andere bleibt hier als Anlaufstelle.«

Thann war bereits an der Tür. »Ich melde mich, Enrico!«

Eigentlich hatte er ihn noch nach einer Schmerztablette fragen wollen.

74.

»Ach, Sie sind's. Hereinspaziert!«

Thann betrat die Wohnung. Die Bilder an der Wand erschienen ihm bereits wie alte Bekannte. Rapsfeld, Straßenschlucht, tanzendes Pärchen. Die Bulldogge schnupperte an seinen Beinen und wedelte mit ihrem Stummelschwanz.

»Sie haben die beiden Gesuchten erkannt?«

»Ja. Ich führte meinen Hund spazieren, gleich hier draußen im Park.«

Thann sah durchs Fenster auf die Bäume, den Park und das Hochhaus, dessen erleuchtete Fenster einen Weihnachtsbaum formten. Heiligabend. »Sind Sie sicher?«

»Ja, ich habe die beiden Gesichter wiedererkannt. Bullenvisagen. Entschuldigung. Sie nehme ich natürlich aus. Ich habe noch nie jemanden an die Polizei verpfiffen. Aber als ich die Zeitung las, dachte ich mir, es geht nach dem Motto: gute Bullen gegen böse Bullen. Und da sind mir die guten lieber. Daß ich Sie wiedersehe, ist 'ne echte Überraschung, Herr Kommissar.«

»Was haben Sie genau gesehen?«

Die Bulldogge lief durchs Zimmer. Das wackelnde Hinterteil wirkte grotesk.

»Es war gestern früh, draußen im Park. Ich hörte die drei schon von weitem.«

»Drei?« Bollmann?

»Ja, Ihre beiden gesuchten Kollegen und ein Dritter. Sie stritten sich. Ich habe nicht hingehört, aber es ging um eine Wohnung, mit der die beiden nicht zufrieden waren, und um Hausaufgaben, die sie nicht gemacht hätten, wie der Dritte meinte.«

»Wie sah der Dritte aus?«

»Groß und breit, feiner dunkler Mantel, sehr kurze, blonde Haare, Schnurrbart. Alter irgendwo zwischen vierzig und sechzig.«

Bollmann! Schneider und Dalla hatten ihn getroffen. *Hausaufgaben nicht gemacht*. Karl und Eva waren noch am Leben.

»Und weiter?«

»Ich lief dem Hund hinterher, bis er sein Geschäft machte. Auf dem Rückweg sah ich die beiden wieder, ohne den Dritten. Sie gingen in Richtung Straße, und der eine stolperte fast über die Hundeleine. Wirklich unangenehme Typen, Ihre bösen Kollegen.«

Wo sie danach hingegangen waren, hatte Fritz Engels nicht mehr verfolgt. Immerhin. Für den alten, zerknitterten Ex-Kommunarden dennoch eine gute Leistung.

»Was macht eigentlich Ihre Suche nach Annas Erbe?«

»Ihr Gruß an Karl ist angekommen. Schönen Gruß zurück.«

75.

»Er ist mir aufgefallen, weil er nicht genügend Geld hatte. Er mußte zurück zum Auto. Dann kam er mit einem Fünfhunderter. Da hatte ich Probleme mit dem Herausgeben.«

Thann legte dem Tankwart ein Foto Dallas vor.

»Ja, das war er. Sagen Sie, ist er wirklich bewaffnet gewesen?«

Bewaffnet und als Killer unterwegs. *Hausaufgaben machen. Thann, dich machen wir alle.* »Wann war das?« fragte Thann statt einer Antwort.

»Gestern am frühen Nachmittag. Das war aber auch eine Tankrechnung. Fast siebzig Liter hatte der geschluckt. Ich hab' dem Typen hinterhergekuckt. Hübsche alte Karre. Die säuft natürlich was weg.«

»War noch jemand im Auto?«

»Ja. Ich weiß aber nicht, ob es der andere Typ aus der Zeitung war.«

Der andere Typ: Schneider.

76.

Pizza-Pronto hieß der Laden. Er lag im Viertel südlich des Bahnhofs. Die Betreiber waren Türken. Der Fahrer hatte auch an diesem Tag Dienst. Während Thann auf ihn wartete, spendierte ihm der Chef des Unternehmens eins seiner runden, original italienischen Erzeugnisse. Noch während Thann aß, begann sein Magen zu rumoren. So schlimm, daß er die Nahrungsaufnahme abbrechen mußte.

»Schon fertig? Geschmeckt?«

»Danke.«

»Das hier ist Stefan. Er hat Mann gesehen. Aber machen kurz. Nächste Kunde warten schon auf 'Pizza-Pronto'.«

Thann machte es kurz. »Sie haben uns angerufen?«

»Stimmt. Ich habe ihn gesehen, vorgestern.«

Stefan war ein schmuddeliger Typ mit Ohrring und Pferdeschwanz. Thann ließ ihn den Mann aus dem Gedächtnis beschreiben. Es stimmte. Schneider.

»Wo war das?«

»Blumenstraße, Neubauviertel. Da, wo alle Häuser gleich aussehen. Und dann noch der Nebel vorgestern, o Mann. Ich war froh, daß sie da so große Schilder für die Hausnummern haben, sonst wär' die Pizza noch kälter gewesen, als ich ankam.«

»Und welche Hausnummer war das?«

»Blumenstraße 17, zweiter Stock links. Statt eines Namens hatte ich nur diese Beschreibung. Ein unfreundlicher

Typ, Mann. Kein Trinkgeld. Stattdessen beschwert er sich, die Pizza sei kalt. Ich sage: Stimmt nicht, 'Pizza-Pronto' hat die Thermo-Kartons. Natürlich war die Pizza ziemlich kalt. Mann, bei der langen Anfahrt. Aber fünf Minuten in den Ofen, und sie ist heiß. Der soll sich nicht so aufführen, hab' ich mir gedacht. Dann meint er, ich soll nicht so frech sein, und droht mir Prügel an. Lange Fahrt, Nebel, kein Trinkgeld und dann noch blöd anquatschen lassen. O Mann!«

»War noch jemand in der Wohnung?«

»Weiß nicht. Ich hab' ihm zwei Stück Pizza gebracht. Vielleicht war da noch jemand. Ich hätte ihm die Pizza ins Gesicht klatschen sollen. Andererseits, in der Zeitung steht, er ist gefährlich. Sagen Sie, kriege ich jetzt eine Belohnung?«

»He, Stefan! Genug quatschen! Nächste Kunde warten schon auf 'Pizza-Pronto'!«

77.

Thann fuhr durch den Regen. Blumenstraße. Endlose Reihen schräg zur Straße stehender Betonblöcke, grau und gleichförmig. Sozialer Wohnungsbau. *Neues Leben. Die Chefin heißt übrigens Marianne Seilmann-Lemke.*

Die Nummer 17 war der linke Eingang eines der Blöcke. An der Hälfte der Klingelschilder fehlten die Namen. Die Briefkästen waren aufgebogen. Die Haustür stand offen. Neben der Treppe lag Müll. Es stank fast wie auf der Deponie.

Zwei Kollegen in Uniform begleiteten Thann nach oben. Zweiter Stock links. Als sich auf ihr Klingeln und Klopfen nichts tat, öffneten sie die Tür mit Gewalt. Die beiden Kollegen hatten ihre Waffen gezogen.

Sie stürmten hinein.

Die Wohnung war leer. Völlig leer, bis auf zwei Matratzen, Schlafsäcke, Bierflaschen und Pizzakartons. Thermokartons für kalte *Pizza-Pronto*. Einen Herd gab es nicht in dieser Wohnung. Die Heizung war abgedreht oder ausgefallen. Es war kalt und dennoch stickig. Das Notquartier zweier Gauner auf der Flucht. Auf dem nackten Fußboden lag ein Stadtplan. Etwa da, wo die Wohnungen von Eva, Kurz und Thann lagen, waren mit blauem Kugelschreiber Kreuze eingezeichnet. Um Eichs Wohnung in der Goethestraße war ein blauer Kringel.

Die beiden Uniformierten bezogen in der Wohnung Posten und warteten auf Schneider und Dalla.

Im nächsten Block hatte der Hausmeister seine Werkstatt. Er gab an, die beiden nicht zu kennen und nicht zu wissen, wer ihnen die Schlüssel zu der leerstehenden Wohnung gegeben hatte.

Noch eine Adresse, die observiert werden mußte. Immerhin. Thann hoffte, daß die beiden Kollegen der Schutzpolizei nicht *zu* gut mit Schneider und Dalla befreundet waren.

Inzwischen hatten bei Tommaso weitere Personen angerufen und angegeben, die Gesuchten gesehen zu haben. Der eine entpuppte sich als ein Witwer, neunzig und senil, der jemanden brauchte, mit dem er reden konnte. Eine andere als Kellnerin im Operncafé, die Thann schöne Augen machte. Sie trug einen sehr tiefen Ausschnitt und zuviel Makeup und war sich bezüglich ihrer Aussage nicht sicher. Thann merkte sich das Café für alle Fälle.

Den Rest der Anrufer hob er sich für den nächsten Tag auf. Eine bessere Beschäftigung konnte er sich dieses Jahr für den ersten Weihnachtstag ohnehin nicht vorstellen. Er wünschte Tommaso ein frohes Fest im Kreise der Familie.

78.

Plötzlich begann es zu schneien. Die weiße Weihnacht, von der so viele träumten. Im Licht der Scheinwerfer führten die Flocken ihren Tanz auf, ein himmlisches, schwereloses Ballett.

Es war die Stunde, in der die Familien in ihren warmen Stuben Bescherung feierten. Wer es sich leisten konnte, war erst gar nicht in der Stadt geblieben. Thann fiel nichts ein, auf das er sich freuen konnte, als er nach Hause kam. Es war kalt und wüst. Und wenn jemand zu Besuch käme, führte er wahrscheinlich nichts Gutes im Schilde. Schneider und Dalla waren unterwegs. *Hausaufgaben machen*. Er oder sie.

Zwanzig Uhr. Thann hatte Hunger und bestellte etwas bei *Pizza-Pronto*. Sie lieferten auch an diesem Abend. Eine halbe Stunde Wartezeit, hieß es. Er begann sich zu langweilen. Zuvor hatte er endlich alles aufgeräumt und noch einmal die Wand gestrichen. Mindestens ein dutzendmal war er zwischen Wohnung und Keller hin und her gelaufen, Kurzens Pistole im Hosenbund. Dabei war ihm warm geworden.

Gern hätte Thann noch einmal das Video gesehen. Doch erst nach den Feiertagen würde er sich einen neuen Fernsehapparat kaufen können. Er schenkte sich Weinbrand ein. Auch dieser Vorrat würde bald zur Neige gehen. Sogar die Lautsprecher seiner Musikanlage waren zerstört. Kein Jazz, keine Musik, die ihn aufheitern könnte.

Er blätterte lustlos in einem Buch, das er einmal geschenkt bekommen hatte. Ein Kriminalroman. Er spielte in Los Angeles und schon nach den ersten Seiten war alles klar. Thann warf das Buch in die Ecke. Sein Magen knurrte. Frohe Festtage.

Er sah aus dem Fenster. Weder Killer noch Pizzabote. Noch immer fielen dicke Flocken und packten alles weiß ein. Bald würde der Großstadtdreck das, was liegenblieb, ergrauen lassen. Und dann wäre alles nur noch Matsch.

Endlich klingelte es. Thann betätigte den Türöffner und lauschte ins Treppenhaus. Hoffentlich der Bote von *Pizza-Pronto*. Für alle Fälle lag ein Messer auf der Kommode und die Pistole neben dem Bett.

Auch das Telefon klingelte. Es war Tommaso, der von zu Hause anrief. Er klang aufgeregt. Aus dem Treppenhaus schallten die Schritte immer lauter nach oben. Thann glaubte, ein Grunzen zu hören.

»Stell dir vor, Karl. Endlich. Wir haben's geschafft.«

Die Schritte und ein Keuchen erreichten die offenstehende Wohnungstür. Thann umklammerte die Pistole.

»Was gibt's, Enrico? Sprich!«

»Volltreffer, Karl. Du kannst ab sofort ruhig schlafen!«

Der Bote stand im Flur, völlig außer Atem. In der Hand hielt er einen Karton und die Rechnung.

»Die Wohnung wurde ihnen zur Falle. Vor zwei Minuten bekam ich den Anruf. Wir haben Schneider und Dalla!«

Thann rannte aus der Wohnung. Der Pizzabote sah ihm sprachlos hinterher. Der Inhalt des Thermokartons verlor weiter an Temperatur.

Mit blockierenden Reifen rutschte Thanns alter Golf auf den Parkplatz und kam neben dem roten Porsche zum Stehen. Thann hastete ins Gebäude.

Er lief durch die Baustelle des Zellentraktes. Überall lagen Werkzeugkisten und Zementsäcke. Kein Licht. Thann stolperte über einen Preßlufthammer. Es war staubig und leer.

Die Behelfszellen erstreckten sich über alle fünf Stockwerke der Festung. Thann rannte die Treppe nach oben. Endlich traf er einen Kollegen, der ihm Auskunft geben konnte. Der Polizeipräsident hatte die beiden in ein Büro ins Kellergeschoß gebracht. Zum Verhör, sagte der Kollege.

Thann rannte zurück nach unten, durch die Baustelle und weiter. Kellergeschoß. Ein Gang mit mehreren Türen. Es war völlig still. Vielleicht waren die beiden längst befreit und über alle Berge.

Thann öffnete die erste Tür, stürmte hinein und rammte einen großen Blonden, größer und weit schwerer als er – Bollmann.

79.

Eine Schrecksekunde lang starrten sie sich an. Dann sah Thann die Leichen. Er roch das Blut. Ihm wurde schwindlig. Es waren seine Verfolger, Schneider und Dalla, blutüberströmt, auf dem Boden liegend. Sie waren übersät mit Stichwunden, vor allem in Brust und Hals. Sie trugen Handschellen. Blutspritzer waren überall an den Wänden. Auch Bollmann war blutbefleckt. Er hielt ein Messer in der Hand. Thanns Knie wurden weich, und ein Brechreiz überfiel ihn.

»Sieht nicht gut aus, Junior. Was?«

Auch auf der Decke waren Blutflecken. Bollmann mußte mindestens einen der beiden an der Halsschlagader erwischt haben.

»Ich sag' dir, wie's war. Dalla hatte gerade Schneider kaltgemacht, als ich reinkam. Er wollte auf mich los. Keine Ahnung, wie er an das Messer kam. Ich konnte es ihm abringen. Er griff mich weiter an. Ich mußte mich wehren. Ganz einfach, Junior. Kapiert?« Bollmann legte das Messer auf den Verhörtisch und drehte die Handflächen nach oben. Seine Augen verschickten stahlblaue Blitze.

»Ich dachte schon, Sie wollten sie entwischen lassen«, sagte Thann.

»Was?«

»Aber Sie sind auf Nummer sicher gegangen. Die beiden werden nichts mehr gegen Sie aussagen können.«

»Du tust mir leid, Junior. Du bist schwer von Begriff. Wer nicht kapiert, den bestraft das Leben.«

Bollmann griff mit einem harten Schlag an. Thann ging sofort in die Knie. Bollmann setzte nach und trat gegen sein Kinn. Thann verlor das Bewußtsein.

Sein Kopf dröhnte. Bronzeglocken. Der gleiche Klang wie am Morgen. Thann schlug die Augen auf. Ihm war übel.

Es war der gleiche Raum, nur aus anderer Perspektive. Thann lag auf dem Fußboden, seine Hände waren an den

Heizkörper gefesselt. Die beiden Leichen waren immer noch da. Vor Thanns Augen stand in edlen, polierten Schuhen eine perfekt gebügelte Wollhose, die nur wenig Blut abbekommen hatte. Bollmann starrte auf ihn herab.

»Stunde der Wahrheit, Junior. Erzähl mir, was du weißt!«

»Stadt, Land oder Fluß?« Das Sprechen bereitete ihm große Mühe.

»Du spielst mit deinem Leben. Ist dir das klar?«

Thanns Kopf fühlte sich an wie eine einzige Beule. Das Kinn war taub. Die Beine drohten einzuschlafen. Sein Mageninhalt drängte nach oben.

»Wo ist das verdammte Album?«

Ein Beweisstück für meine Rehabilitierung. Zumindest das Denken funktionierte noch. Thann bewegte sich ein wenig. In seinem Kinn spürte er ein Kribbeln. Die Zunge tastete nach den Zähnen, sie schienen noch da zu sein.

Bollmann beugte sich zu ihm hinunter. »Spuck's aus, verdammt noch mal.«

Das blonde Bullengesicht war so nah, daß er Bollmanns Atem roch. Er sammelte Spucke in seinem Mund. Sein Gegner drohte ihm mit der rechten Faust, zwei Zentimeter vor Thanns Nase. Auf der Oberfläche des dicken Siegelring spiegelten sich die Neonröhren. Mit Daumen und Zeigefinger der anderen Hand spielte Bollmann an dem Ring, dann drückte er zu.

Schnapp.

Zwei Klingen stachen hervor, ausgelöst von einem verborgenen Mechanismus. Zwei Klingen, blitzend, scharf und ganz nah.

Eichs toter Kopf. *Sechs Schnitte auf der einen Seite, zwei auf der anderen*. Rosenbaums Vortrag. *Das Opfer wurde offenbar gefoltert, bevor es starb*. Das Foto von Annas Leiche. *Die gleichen Schnitte. Ein ganz besonderer Schlagring*. Thann starrte auf die beiden Klingen.

Bollmann grinste. Seine Augen blitzten. Er fuchtelte mit seiner Faust hin und her.

»Wo hast du das Album deines Bruders versteckt?«

Das dämliche Album macht dem Chef Sorgen. Thanns Herz klopfte wie noch nie. Sein Kopf dröhnte. Alles andere kribbelte und zitterte.

Plötzlich stieß Bollmann die Faust in Thanns Gesicht. Seine Wange brannte, als hätte man Säure darauf gegossen.

»Wenn Sie mich töten, sind Sie dran, Bollmann.« Seine Stimme klang verändert. Ihm war, als schmeckte er Blut.

»Stunde der Wahrheit, Junior. Drohen kannst du mir nicht.«

Gefoltert, bevor er starb.

»Ich habe eine Person meines Vertrauens eingeweiht. Wenn mir etwas zustößt, werden sofort Anwälte und Presse informiert. Dann sind Sie dran. Lassen Sie mich sofort frei!«

Bollmann lachte. »Eva, das Flittchen. Deine Schwester ist so gut wie tot, Junior. Du weißt doch, daß es deine Schwester ist, mit der du geschlafen hast, du Hurensohn!«

Thann sah Blut auf seine Jacke tropfen. Das Brennen war stärker als alle anderen Schmerzen. Die Faust Bollmanns war wieder ganz nah. An den Klingen waren Blut und Hautfetzen.

»Jetzt rede, oder du überlebst die nächsten fünf Minuten nicht.«

»Schlagen Sie ein Thema vor, Herr Polizeipräsident.«

Bollmann trat zu. Einer der schwarzglänzenden Schuhe traf Thann mit Wucht, knapp unter den Rippen. Ihm blieb die Luft weg. Er krümmte sich. Angst. *Milzruptur, freie Flüssigkeit in der Milzloge, Not-OP.* Es dauerte eine Weile, bis Thann wieder normal atmen konnte. Bollmann betrachtete die Wirkung seines Tritts.

Plötzlich sah Thann eine Bewegung hinter dem Rücken des Polizeipräsidenten. Eine Bewegung, die er nicht begriff, denn außer ihm und Bollmann gab es hier nur Leichen.

»Du wirst reden, Junior. Früher oder später redet jeder. Fragt sich nur, wieviel Schmerzen vorher nötig sind. Spiel nicht den Harten, Junior. Du bist schwach und einsam.

Nur mit meiner Hilfe kann aus dir etwas werden. Das ist ein Angebot. Also, wo ist das Familienalbum deines Bruders?«

»Machen Sie mich los, dann sage ich alles. Ich will erst Ihre Garantie, daß Sie mir nichts tun.«

»Ich gebe dir die Garantie, daß mein scharfer Freund auch deine andere Wange küßt, wenn du nicht sofort redest.« Der blonde Bulle fuchtelte wieder mit seiner klingenbewehrten Faust.

Irgend etwas regte sich hinter Bollmann. Thann sah nicht hin, um seinen Gegner nicht darauf aufmerksam zu machen.

»Na gut, Chef. Das Album ist in einem Safe. Wir haben Fotos von den Zeichnungen gemacht. Die Filme lagern in einem anderen Safe. Und ein Anwalt hat in einem dritten Safe einen Umschlag mit der Niederschrift der ganzen Geschichte. Zu öffnen im Fall meines Todes. Jetzt lassen Sie mich endlich frei.«

Bollmann kam noch näher und drückte Thann die blutigen Klingen an die Nase.

»Du bluffst. Ich reiße dir beide Nasenlöcher zugleich auf. Das tut mir genauso weh wie dir. Glaube mir, mein Sohn. Rede, laß uns die Sache gut hinter uns bringen. Karl, ich laß dich am Leben. Ich mach' was aus dir.«

Mein Sohn? *Ja, Vater. Danke, Vater.*

Da geschah es – eine große, blutüberströmte Gestalt wankte auf Bollmann zu. Thann erschrak. Dalla, auferstanden von den Toten!

Bollmann fuhr herum. Zu spät.

Dalla stach zu mit beiden Händen und all seiner letzten Kraft. Dann ließ er das Messer los und taumelte. Er öffnete den Mund. Doch was immer er auch sagen wollte, es gab nur ein Blubbern. Ein Schwall Blut floß über die Lippen.

Bollmann zog seine Waffe aus dem Hosenbund und schoß Dalla aus nächster Nähe ins Gesicht. Dalla fiel nach hinten. Blut und Hirn spritzten durch den Raum.

Bollmann wandte sich wieder Thann zu. Doch sein Gesicht war angsterfüllt, seine Bewegungen seltsam verlangsamt. Er hob die Waffe, wankte in Thanns Richtung und zielte. Sein Mund verzerrte sich, seine Linke faßte auf den Rücken. Er knickte um. Im Fallen löste sich ein Schuß. Die Kugel drang in die Wand.

Bollmann landete mit seiner ganzen Masse auf Thann. Der Präsident drehte den Kopf hoch, starrte ihn aus kürzester Entfernung an und öffnete den Mund. Nur mit Mühe verstand Thann die letzten Worte Harald Bollmanns.

»Warum mußtest du auf der falschen Seite ... alles kaputt gemacht ... nach so langer Zeit ... den blöden Spinner auf dem Müll verrotten lassen ... wir ... eine Familie ... es ging nicht anders ... Anna.«

Dann war Schluß. Aus seinem Rücken ragte der blutige Griff des Messers.

80.

Mitten in der Nacht kam Thann nach Hause. Es war kalt und roch nach Wandfarbe. Thann hatte eine lange Vernehmung durch Fendrich hinter sich. Er fühlte sich ausgelaugt und leer.

Eine halbe Stunde hatte er in diesem Raum voller Leichen gelegen, gefesselt an den kalten Heizkörper und halb begraben unter Bollmanns schwerem Körper, den er nicht abschütteln konnte.

Er hatte geschrien, was die Lunge hergab, bis man ihn endlich fand.

Das schlimmste waren die Augen gewesen. Bollmanns weitaufgerissene, stahlblaue Augen, die ihn mit der gesammelten Bösartigkeit des allmählich erkaltenden Polizeichefs angestarrt hatten. Eine halbe Stunde mit diesen Augen.

Mindestens die nächsten beiden Tage würde er der Festung fernbleiben. Seine Wange pochte unter einem großen Pflaster, das sie ihm verpaßt hatten, zusammen mit einer

Spritze und ein paar Nähten. Sein Kopf dröhnte noch immer, sein Kinn war blau angelaufen. Sollten sie doch zu ihm kommen, wenn sie noch mehr wissen wollten.

Bertram Fendrich hatte über die Feiertage Bereitschaftsdienst für das K1. Er war unerwartet fair zu ihm gewesen. Der Anblick der Leichen und der Tod seines großen Ziehvaters hatten Fendrich kleinlaut gemacht. Wenn er etwas von den kriminellen Machenschaften Bollmanns gewußt hatte, ließ er es sich zumindest nicht anmerken.

Nach der Vernehmung war Minister Lemke gekommen. Er spielte den Fassungslosen. Thann erinnerte sich an jedes seiner Worte.

»Wie konnten wir uns in Harald Bollmann nur so täuschen. Sie waren der einzige, der einen Verdacht hatte. Gute Spürnase. Alle Achtung! Was haben Sie nur mitgemacht in diesem Verhörraum! So darf das natürlich nicht an die Presse gelangen! Eine Frage, Herr Thann. Wenn es wahr ist, daß Bollmann vor fünfundzwanzig Jahren diesen ersten Mord begangen hat – aus welchem Motiv könnte er es getan haben? Was sagt Ihre Spürnase?«

Thann hatte sich um eine klare Antwort gedrückt. Er hatte auf seine Schmerzen verwiesen.

Dann hatte man Thann in einem Funkwagen nach Hause gebracht.

Er sah aus dem Fenster. Das Schneegestöber dauerte an. Hinter vielen Fenstern war noch Licht. Die Menschen feierten das Fest der Liebe.

Zu viele Tote. Anna und Eich. Udo und Kurz. Schneider, Dalla, Bollmann.

Miller und er waren gerade noch einmal davongekommen.

Zwölf Tage hatte der Kampf gedauert, der ihm Vertrauen und Sicherheit geraubt und stattdessen Härte verliehen hatte. Am Ende hatte Thann gewonnen, aber nicht als Sieger, sondern als Überlebender.

81.

Er lag im Bett und fürchtete sich vor kommenden Träumen. Von draußen drang ein Lichtschein ins Zimmer, als würde der Schnee leuchten. Thann hörte Kirchenglocken. Die Botschaft eines Friedens, von dem in dieser Nacht alle sprachen, an den er jedoch nicht mehr glauben konnte.

Als er fast eingeschlafen war, klingelte es an der Tür. Thann schreckte hoch und griff instinktiv nach der Pistole.

Es war Eva.

Sie zögerte einzutreten. Er wußte nicht, was er sagen sollte. Sie fielen sich in die Arme. Thann spürte ihren Körper. Sie sahen einander an. Plötzlich hielt sie nichts mehr. Thann vergaß all seine Wunden und Schmerzen.

Es war der Hunger zweier Menschen nach Liebe und Fleisch. Atemloses Ringen, immer neue Anläufe, bis sie endlich hatten, was sie brauchten.

Dieses Gefühl der Liebe war es, was Anna Korfmacher ihnen hinterlassen hatte. Keine Macht der Welt sollte es ihnen wegnehmen. Niemals.

Sie lagen aneinandergeschmiegt in Thanns Bett. Eva war die erste, die etwas sagte.

Das Strahlen ihrer Augen wirkte stärker als jede Medizin. Ihr Lächeln machte den Alkohol überflüssig. Ihre Stimme war Musik.

»Frohe Weihnachten, du sturer Bulle!«

Krimis von Jacques Berndorf

Eifel-Blues
ISBN 3-89425-442-4 DM 16,80
Der erste Eifel-Krimi mit Siggi Baumeister
Drei Tote neben einem scharf bewachten Bundeswehrdepot: Verkehrsunfall? Eifersuchtstragödie? Spionageaffäre?

Eifel-Gold
ISBN 3-89425-035-6 DM 16,80
Der zweite Eifel-Krimi mit Siggi Baumeister
Riesengeldraub in der Eifel: 18,6 Millionen sind weg. Wer war's? Und dann geschehen Wunder...

Eifel-Filz
ISBN 3-89425-048-8 DM 16,80
Der dritte Eifel-Krimi mit Siggi Baumeister
Totes Golferpärchen. Das Mordwerkzeug: Armbrust. Das Motiv: Eifersucht? Spuren führen zu internationalen Finanzkreisen.

Eifel-Schnee
ISBN 3-89425-062-3 DM 16,80
Der vierte Eifel-Krimi mit Siggi Baumeister
Ole und Betty verbrennen in einer Feldscheune. - Ein Krimi über Sehnsüchte, Träume und Betäubungen junger Leute.

Eifel-Feuer
ISBN 3-89425-069-0 DM 17,80
Der fünfte Eifel-Krimi mit Siggi Baumeister
Wer hat den General in seinem Landhaus getötet? Baumeister kämpft gegen die Desinformationstricks der Dienste.

Eifel-Rallye
ISBN 3-89425-201-4 DM 17,80
Der sechste Eifel-Krimi mit Siggi Baumeister
Auf dem Ring und drumherum wird ein großes Rad gedreht - für einige Leute tödlich, für Baumeister lebensbedrohlich.

Eifel-Jagd
ISBN 3-89425-217-0 DM 17,80
Der siebte Eifel-Krimi mit Siggi Baumeister
Ein Hirsch aus der Eifel kann teurer sein als ein Menschenleben, und Kugeln treffen nicht nur Wild.

Eifel-Sturm
ISBN 3-89425-227-8 DM 17,80
Der achte Eifel-Krimi mit Siggi Baumeister
Ungeklärte Todesfälle im Umfeld einer geplanten Mega-Windkraftkraftanlage – die Handschrift eines Profikillers?

grafit

Az8bernd0700.cdr8